早春の化石

私立探偵　神山健介

柴田哲孝

祥伝社文庫

目次

プロローグ

遠くで犬が吠えた。

だが、それ以外には何も物音は聞こえない。

夜空には薄い雲が流れ、満月が青白い光を放っていた。

山の谷間を縫《ぬ》う県道に、一台の車が走っていた。白い、国産のセダンだった。ナンバープレートに「わ」の文字が入っていることから、レンタカーであることがわかる。

車の運転席に男が一人、座っていた。男はステアリングを握る手に汗を滲《にじ》ませながら、暗いアスファルトの路面を見つめていた。年齢はわからない。髪に白いものがまざりはじめていることから五十代にも見えるし、小柄で童顔の容姿は三十代といっても通るかもしれない。ステアリングを握る手が、かすかに震えている。

男は、慎重だった。すべての準備は整っている。あとは今夜のことを、予定どおりにやりとげればいい。それだけだ。

間もなく道は、二又《ふたまた》の分岐点に差し掛かった。男は車の速度を落とし、大きく息を整えた。そしてステアリングを左に切り、県道を外れる脇道へと入っていった。細く、荒れた道だった。アスファルトの路面は所々が剝《は》がれ、穴が空き、歪《ゆが》んでいる。だが男にとっては、懐《なつ》かしい道でもあった。男は、安堵《あんど》の息を洩《も》らした。

しばらく進むと、ヘッドライトの光芒《こうぼう》の中に、それまでとは異質な風景が浮かび上がった。古い、村だ。何軒かの平屋の粗末な家の影が、渓《たに》に肩を寄せ合うようにして蹲《うずくま》っていた。

だが、人の気配はない。月明かり以外に、光も存在しない。深い闇の中で、すべてが眠るように朽《く》ちかけていた。

男は、さらに奥へと進んだ。やがて車は集落を通り過ぎ、渓から山へと登っていく。いつの間にか路面の舗装《ほそう》も途切れていた。道の脇の深い草の中には、古い銹《さ》びた線路が埋もれている。

男は、窓から月を見上げた。山の斜面に続く開けた草原の中に、巨大なコンクリートの建造物の影が聳《そび》えていた。長い時間の空白の中で、人々の記憶から忘れ去られた廃墟《はいきょ》だった。

男は車を止め、建造物を見つめた。その姿を、自分自身の人生に重ねた。男の頰《ほお》にひと筋の涙が伝い、光った。

車のギアを入れ、男はまた走りだした。ゆっくりと、荒れ地に分け入ってゆく。だが、男は迷わない。引き返すこともできない。自分は、戻ってきたのだ。この大地に……。

道は丘を登り、そしてまた渓に下っていく。しばらくすると、前方に古いトンネルがあった。車一台がやっと通れるほどの、暗く狭いトンネルだった。男はまた、車を止めた。

入口に鉄パイプの柵《さく》が置かれ、「立ち入り禁止」と書かれた立て札が立っていた。男が、車から降りる。辺《あた》りを見回し、様子を探る。柵を道の脇にどかし、立て札を抜いた。

車に戻り、トンネルに入っていく。壊れかけた煉瓦《れんが》の丸い壁面が、ヘッドライトの光芒の中に迫る。深く抉《えぐ》れた路面には、水が溜まっていた。一瞬、タイヤがグリップを失い、空転した。

このトンネルは、こんなに狭かっただろうか。男はふと、そんなことを思った。

トンネルを抜けると、茫漠《ぼうばく》とした風景が広がった。この辺りの山には、深い森はない。ただ痩《や》せた疎林《そりん》と、人の背丈ほどの草が荒れた山肌を覆《おお》っているだけだ。

男はそこで車のエンジンを切り、降りた。早春の冷たい風を胸に吸った。だがそれでも、全身を蝕《むしば》む緊張は治まらなかった。

後ろのドアを開け、座席に立てかけてあった鶴嘴《つるはし》を握った。

男は深い草を分け、地面を探った。やはり、あった。草と蔓《つる》に埋もれるように、古いトロッコのレールが横たわっていた。男は懐中電灯で足元を照らしながら、レールを辿《たど》った。

レールは、丘を下っていた。間もなく懐中電灯の光は、急な岩盤の壁に突き当たった。光を、動かす。岩に、大きな横穴があった。二本の錆びたレールは、その中に消えていた。

男は鶴嘴を手にしたまま、穴の中へ入った。だが穴は、入口から二メートルほどの所で煉瓦とブロック、コンクリートの壁で塞《ふさ》がれていた。男はその前に跪《ひざまず》き、壁に触れた。そして、安堵の息を洩らした。ここは、前に来た時のままだ。何も変わっていない……。男が立った。鶴嘴の柄《え》を握り、刃の先端をブロックの継ぎ目に当てる。息を整え、振り降ろした。一度、二度、三度……。

誰もいない山に、岩を砕く音が響いた。寺の鐘を打つような、くぐもった音だった。だが、しばらくして音が止んだ。

男が穴の底に大の字に横たわり、荒い息をしていた。ブロックの壁の一部が崩《くず》れ、そこに人が這《は》って通れるほどの穴が開いていた。穴は、さらに奥の漆黒《しっこく》の闇へと続いている。だが、こうしてはいられなかった。夜明けまで、もうあまり時間がない。それまでに、すべてをやり終えなければならなかった。

男は這うように立ち上がり、車へと戻った。トランクを開ける。中には毛布で包まれ、ロープで縛《しば》った〝荷物〟が入っていた。両腕で抱き上げ、〝荷物〟を一度、地面に降ろす。男は手を合わせ、小さな声で呟《つぶや》いた。

──洋子《ようこ》、すまない……──。

男は〝荷物〟を担《かつ》ぎ上げると、トロッコのレールに沿って丘を下った。途中でよろめき、何度か倒れかけた。だが、〝荷物〟は落とさなかった。細心の注意を払い、運んだ。

──洋子、すまない……。君をこれ以上、傷つけるつもりはない……──。

また、小さな声で呟いた。

穴の入口に、辿り着いた。男はそこで、〝荷物〟を置き、息をついた。なぜ自分は、ここにいるのだろう。なぜ、こんなことをしているのだろう。小さな疑問が、脳裏《のうり》をかすめた。

だが、もう後戻りすることはできないのだ。最後まで、すべてをやり遂《と》げなくてはならない。

男は、まず自分がコンクリートの壁に開けた小さな入口から潜《もぐ》り込んだ。中から手を伸ばし、〝荷物〟の〝足〟の部分を摑《つか》んで引きずり込む。そしてまた〝荷物〟を担ぎ、深く暗い穴の底へと向かった。

どのくらいの時間が過ぎたのだろうか。男は、穴の岩盤を柱で支えた部屋のような場所にいた。腐った畳の上に、〝荷物〟を横たえていた。その上に、穴の天井から涌《わ》き水が滴《したた》っている。

ポケットからナイフを取り出し、〝荷物〟のロープを切った。毛布を剝ぐ。中から、白い女の体が現れた。左胸に、アイスピックが刺さっていた。

懐中電灯の光を当てる。美しい顔。形のいい胸。引き締まった腹と、豊かな尻。長く、しなやかな手足。男はその姿に見とれ、心に焼きつけた。

そして、呟く。

——洋子、すまない。こうするより、なかったんだ。すべての問題を、解決するために……——。

男はズボンのベルトを外し、服を脱《ぬ》いだ。裸になり、女の冷たい体を抱いた。震えながら女の堅く閉じた足を開き、そこに自分の体の一部を埋めた。

——洋子、すまない……。君を、憎んでいるわけじゃない。許してくれ……——。

泣きながら、体を動かした。女の口を吸い、顔を撫《な》でた。そして呻《うめ》きながら、果てた。

〝儀式〟が、終わった。男は服を身に着け、女の体を見下ろした。懐中電灯の光の中に横たわる蠟《ろう》人形のような体は、いまにもまた息を吹き返し、動きだしそうだった。

——洋子、さようなら。もう、君と会うことはないだろう……——。

男は、踵《きびす》を返した。元の道を、穴の出口に向かって登っていく。

一度、車に戻り、トランクから重い袋を降ろした。中には水で練った生コンクリートが入っていた。男はその袋と鏝《こて》を手にすると、また穴の入口に向かった。

壊れた壁にコンクリートを盛り、その上にブロックを載せる。さらにコンクリートを盛り、目地を鏝で仕上げていく。やがて穴の入口は、元と同じように塞がった。

すべてが終わるころには、夜が明けかけていた。山の東の稜線《りょうせん》が、白みはじめている。

だが、誰も見ていない。男は荒い息をしながら丘を駆け登り、車に乗った。エンジンを掛け、ギアを入れた。

村の出口に向けて、走り去った。

どこかで、一番鶏が鳴いた。

第一章　木霊《こだま》

1

気分のいい朝だった。

一年に何度かは、このような朝がある。

目が覚《さ》めると寝室のダブルベッドの窓から爽《さわ》やかな風が流れ込み、カーテンの隙間《すきま》からは眩《まばゆ》い陽射しが射し込んでいた。森の中では小鳥が鳴き、春の訪れを告《つ》げていた。

そうだ。春は少しずつ、静かに訪れるものではない。ある日、突然に南からの風が吹き、懐かしい気配を運んでくる。人も、森の樹木も、動物も、長い冬が終わり新しい命の季節がきたことを知る。この日は、そんな朝でもあった。

神山健介《かみやまけんすけ》はベッドの上でしばらく微睡《まどろ》み、朝の余韻《よいん》を楽しんだ。だが、あまりゆっくりもしていられない。ガウンを羽織り、キッチンに向かった。湯を沸《わ》かし、コーヒーを淹《い》れた。今朝の豆は、キリマンジャロを選んだ。春の訪れを感じた朝には、このコーヒーが似合う。

まだ火種の残っているダッチウエストのストーブに薪《まき》を焼《く》べ、ソファーに体を沈めてコーヒーを味わう。部屋が温まってくると、もうひとつ気分のいい理由を思い出した。昨夜、以前に勤《つと》めていた東京の興信所から、新しい仕事が舞い込んできた。

気紛《きまぐ》れで始めた探偵稼業《かぎょう》だったが、最近は概《おおむ》ね順調だった。東京の興信所の下請けとしてだけでなく、地元の白河《しらかわ》周辺からも結構仕事は入る。内容は浮気の調査、家出娘の捜索、ストーカー対策、結婚相手の素行調査といった小さなものばかりだったが。時には逃げた犬や、いなくなった猫を捜してくれというものまである。

今回の東京からの仕事は、多少は金になりそうだった。だが、仕事の内容はまだ聞いていない。東京からわざわざ白河まで相談にくるというからには、かなり深刻な事情がありそうだった。少なくとも、犬や猫に関する相談ではないだろう。依頼人とは、今日の午前一〇時に新白河の駅前にある『ティールーム高山《たかやま》』という喫茶店で会うことになっている。

ローマイヤのハムと地鶏の卵でハムエッグを作り、朝食を終えると、すでに時計は八時半を回っていた。熱いシャワーを浴び、洗面台の鏡の前に立った。

神山は右手で、胸と腕の筋肉に触れた。最近は週に二度はジムに通っているせいか、筋肉が元に戻ってきている。腹も引き締まってきた。なかなかいい傾向だ。あとは酒とタバコを止めれば完璧なのだが、それは男としての主義に反する。

歯を磨きながら、顎《あご》の無精髯《ひげ》を撫《な》でた。もう五日も髯を剃《そ》っていなかったことを思い出した。それはそれで悪くないのだが、今日これから会うクライアントは東京の資産家のお嬢様らしい。失礼があってはいけないので、一応、剃っておくことにした。

さて、何を着ていこうか。あまり安物では田舎《いなか》の探偵として足元を見られそうだし、高級すぎればそれはそれで警戒される。それも、探偵としての心得のひとつだ。

考えた末に、ブルックス・ブラザーズのネービーのジャケットにグレーのフラノのパンツを合わせることにした。シャツはブルーのボタンダウン。ネクタイはラルフローレンのストライプ。こうなれば靴はコールハンを合わせるべきなのだが、あえてアルマーニのローファーを選んだ。一昨年の夏、白河でヤクザ者に手を踏まれたことがあった。その男が履《は》いていたのがアルマーニだった。以来、このブランドの靴を気に入っている。

リビングに戻り、ラッキーストライクに火を付けた。その一本をゆっくりと味わい、神山は外に出た。ドアノブに「外出中」の札を下げ、鍵を掛ける。ポーチの上で庭を振り返った時、神山は目の前の光景にうっとりと見とれた。

そうだ、車を買ったのだ――。

建てたばかりの屋根付きの車庫の中に、新しい車が入っていた。ここのところ特に寝覚めがいいのは、この新しい車も理由のひとつかもしれない。

前の車――BMW318CI――は、やはり一昨年のごたごたの時に柘植克也《つげかつや》とのバトルで完全に壊れてしまった。直そうと思ったが、とんでもない修理費が掛かることがわかった。しかも、すでに一〇万キロ以上も走った車だ。それならば、買い換えた方が早い。

結局、年末で車検が切れるのを待ってBMWを廃車にし、新しい車を探すことにした。

伯父の遺産と生命保険の金が入ったからといって、贅沢《ぜいたく》をするつもりはなかった。新車ではなく、程度のいい中古車で十分だった。最低でも四人が乗れる乗用車で、冬には雪が降る白河という土地柄を考えれば４ＷＤがいい。色は目立たないようなダーク系で、できれば〝もしもの時〟のために走行性能の高い車にこしたことはない。

それだけの条件を兼ね備えた車種をリストアップし、悩んだ末に選んだのがこの車だった。

ポルシェ・ＣＡＲＲＥＲＡ４――。

二〇〇一年式の「９９６」と呼ばれるタイプだ。リアに三・四リットルの水平対向六気筒エンジンを積み、その三〇〇馬力というパワーをビスカスカップリング式４ＷＤシステムにより路面に伝える。

何よりも、美しい車だ。この車が探偵稼業に向いているかどうかは、あくまでも主義と主観の問題だ。だが、ラピスブルーと呼ばれる紺メタリックのボディーカラーだけは、少し失敗したと反省している。暗い所で見ると落ち着いた色なのだが、陽光の下ではやたらと、神秘的なまでの輝きを放つ。目立つこと、この上ない。

まあ、いいだろう。張り込みの時には、もう一台の車――パジェロミニ――を使えばいい。それでも駄目なら、白い軽トラックを買おう。白河周辺を走っている車の三台に一台は白の軽トラックだし、釣りに行ったり薪を運ぶのにも便利だ。

神山は広い庭を横切り、リモコンキーでイモビライザーを解除した。ポルシェのドアを開け、左側の運転席に体を沈めた。

イグニッションを回すと、水平対向のエンジンが独特の低音を響かせて目覚めた。やはり、気分のいい朝だ。この音を聞いているだけで、幸せになれる。

エンジンを十分に暖気し、一度アクセルを踏み込む。重い咆哮《ほうこう》が、森に響く。左腕のオメガのシーマスターを見ると、時間は九時半になっていた。そろそろいい頃だ。神山はティプトロニックSのミッションをマニュアルモードに入れた。

ゆっくりと、庭を出る。ステアリングのスイッチでシフトアップしながら、光る牧草地の中を抜ける農道を下った。

2

一〇時少し前に、新白河の駅に着いた。駅前のコインパーキングに車を入れ、『ティールーム高山』に向かう。

ポスト・アンド・ビームと漆喰の建物の、落ち着いた静かな店だ。まだ午前中ということもあり、店内に人は疎《まば》らだった。近所の主婦らしきグループや若い男女が数人いるだけで、クライアントらしき客の姿は見えなかった。

神山は窓際の席に着き、ウェイトレスにブレンドコーヒーを注文した。コーヒーは、今日二杯目だ。カフェインの摂《と》りすぎには注意しなくてはならないことはわかっている。

神山は目印のために、テーブルの上に文庫本を一冊置いた。見知らぬ相手と出会うために、東京の興信所を通じて取り決めておいたルールだ。本は、『TENGU』というタイトルのミステリーだった。タイトルは変わっているが、なかなか面白い小説だ。

コーヒーを飲みながら、クライアントを待った。一〇時を過ぎて、若い女の客が二人、店に入ってきた。だが、これは違う。大きなボストンバッグと、土産物《みやげ》の袋を持っている。この辺りの温泉にでも遊びにきた、東京あたりからの旅行客だろう。

一〇時一五分過ぎになった頃にまた一人、女の客が入ってきた。だが、これも違う。年齢は三〇を少し越えたくらいだが、服装が派手すぎる。イタリア製のブルーの革ジャンパーに、アニマル柄のパンツ。靴はフェラガモだ。ブルネットの髪を頭の上でまとめ、大きなサムソナイトのスーツケースを引きずっている。どう見ても、良家のお嬢様という雰囲気ではない。

派手な顔を、どこかで見たことがあるような気がした。確か、ケイ・中嶋《なかじま》とかいう雑誌モデルだ。一時はかなり売れていたようだが、最近はあまりメディアで見かけなくなった。おそらく、地方ロケの合間に立ち寄った、といったところだろう。

だが女は店内を見渡し、こちらに歩いてきた。神山の前に立ち、テーブルの上の文庫本を見つめている。そして、いった。

「すみません。神山さんですか」

「そうだが……」

「私、中嶋佳子《けいこ》です。東京の興信所から紹介された……」

女が神山の向かいに座り、口元に笑いを浮かべた。どこか陰があり、それでいて人を魅了するような微笑だった。目の色は、ポルシェのラピスブルーに似ていた。

クライアントの名前を、聞き忘れていた。だが、そんなことは言い訳にもならない。プロの探偵でも、相手の素性《すじょう》を見抜けない場合はある。

「まさか〝こんな人〟だとは思わなかったわ。地方の探偵さんだと聞いていたから、てっきり……」

中嶋佳子が、微笑《ほほえ》みながらいった。〝こんな人〟というのが、〝どんな人〟という意味なのかはわからない。だが、少なくとも悪い意味ではなさそうだった。

彼女は、紅茶を注文した。カップにレモンを入れ、しばらく待ってそれを取り出し、皿に置く。そして静かに味わう。見た目は派手だが、仕草のひとつひとつに品《ひん》があった。

「それで、依頼の内容は」

神山が訊《き》いた。

「長田《ながた》さんから伺ってませんの?」

長田というのは、東京の興信所の担当の男だ。昔の、神山の上司だ。政治や経済の裏情報を探るような〝金〟の絡む仕事以外、興味を示さない男でもある。

「いや、詳しくは聞いていない」

いくら下請けに回すとはいっても、個人情報に関することには秘密厳守を徹底する。仕事の依頼内容もそのひとつだ。それが探偵社会のルールでもある。

中嶋佳子が、戸惑《とまど》うような表情を見せた。

「困ったわ……。少し、複雑な話なんです……。それではまず、これを読んでいただいた方が早いかしら……」

そういって彼女は、Ａ４の用紙を何枚か重ねたものを取り出した。その中の一枚を、神山に差し出す。広げると、新聞記事のコピーだった。

〈――昨夜午後一〇時ごろ、静岡県伊東市八幡野《いとうしやわたの》の漁港防波堤から乗用車が海に落ちたとの通報があった。伊東警察署によると運転していたのは東京の飲食店店員、大塚義夫《おおつかよしお》さん（38）で、間もなく海中から車と大塚さんの遺体を発見した。車内に遺書のようなものが残されていたことから、警察は事件と自殺の両面から慎重に調べを進めている。また大塚さんには同行している女性があり、何らかの事情を知っているものとして行方《ゆくえ》を追っているが、現在のところ所在が摑《つか》めていない――〉

神山は、コーヒーを飲みながらゆっくりと記事に目を通した。簡単な記事だが、その内容が様々な可能性を示唆《しさ》しているように思えた。記事を読み終え、日付を見た。日付は二年前の三月になっていた。

「この記事が、今回の依頼の件と関係があるのですか？」

神山が訊いた。

「ええ……。その記事にある死んだ男に同行していた女性というのが、私の双子の姉……中嶋洋子だったんです……」

なるほど。確かに複雑な事情があるようだった。

「少し、詳しく話してもらえませんか」

「はい……」

女は紅茶を口に含み、自分を落ち着かせるように息を整えると、静かな口調で話しはじめた。

中嶋洋子と佳子の姉妹は、一卵性双生児だった。一般に一卵性双生児は、ＤＮＡなどの遺伝子情報はすべて一致する。洋子と佳子も、顔から体形、さらに性格や立振舞に至るまで、他人のみならず家族まで識別に迷うほどよく似ていた。佳子自身、姉を「鏡の中の自分自身……」もしくは「自分の体の一部……」と感じることさえあった。

仲も良かった。子供の頃からお腹が減るのも一緒だし、眠くなるのも一緒だった。学校のテストの点まで、申し合わせたように同じだった。大人になっても、二人の関係は変わらなかった。同じ相手に恋をし、同じ相手に失恋した。

必然的に、行動を共にすることも多かった。一人がたまたまコンサートのチケットを購入すると、もう一人が偶然に近くの席に座っている。そのようなことも珍しくなかった。結局、二人で食事をし、同じタクシーで家に帰ることになる。一人が服を買えば、もう一人も偶然に同じ服を持っていた。

神山は、途中で訊いた。

「佳子さんは以前、雑誌のモデルのような仕事をやられてませんでしたか。ケイ・中嶋という名前で……」

「気が付いていたんですか。ええ……やっていました。学生時代から、ずっと……」

「それは、一人で？」

彼女は少し考え、そして頷《うなず》いた。

「はい。一人といえば、一人です……」

「差支《さしつか》えなければ」

「最初に町を歩いていてスカウトされたのは、姉の洋子の方だったんです。しかしオーディションの日に姉がたまたま都合が悪くて、私が代わりに行ったんです。そうしたら、受かってしまった。その後も仕事が入ると、二人のうちの都合のいい方が行くようにしていたんです。おそらくプロダクションの人もファンも、ケイ・中嶋が二人いたということに最後まで気付かなかったと思います。私たちが双子の姉妹であることは、秘密にしていました……」

それで事情が呑み込めた。有名人の姉妹が何らかの事件に巻き込まれれば、普通マスコミはもっと大きく報道する。

「続けてください」

「はい……」

彼女は、話を続けた。

中嶋家は代々東京の赤坂《あかさか》の資産家で、乃木坂《のぎざか》の周辺にいくつかのビルやマンションを所有していた。洋子と佳子の二人も、父親の所有するマンションの別々の部屋に住んでいた。だが、いつの頃からか、佳子の方の部屋の周囲を奇妙な男がうろつくようになった。その男が、伊東の海で死んだ大塚義夫だった。

「いわゆる、ストーカーですね?」

「そうです。最初はケイ・中嶋のファンだったのだと思います。警察にも何度か相談したのですが……。道で待ち伏せをされたり、どうやってセキュリティーを抜けたのか深夜に部屋のドアの前にまで入ってきたこともありました……」

「直接、その男と話したことは？」

「ありません。一度も、なかったと思います。私と顔を合わせると、何もいえなくなって下を向いてしまうんです……」

中嶋佳子の話は、この辺りからさらに複雑になりはじめた。大塚義夫という男は、モデルのケイ・中嶋のファンだった。ここまではよくある話だ。だが男が知っていたのは、妹の佳子の部屋だけだ。その時点では、佳子に洋子という姉がいることは知らなかったはずだ。

佳子は姉に、ストーカーに狙われていることを打ち明けていた。だが、洋子はそのような男には一度も会ったことはないといっていた。

頭の中の糸が、絡むような話だ。神山は手帳を出し、佳子の話すことをメモに取りはじめた。

「しかし、なぜ姉の洋子さんがその大塚という男と一緒にいたんですかね」

「わかりません。大塚が自殺した三日前でしたか……。姉が突然、消えてしまったんです。私は、姉が偶然どこかで大塚と出会い、私と間違えて拉致《らち》されたのではないかと思うんです……」

有り得そうな話ではある。だが、どこか釈然としない。

「お姉さんが、大塚と行動を共にしていたというのは確かなのですか。何か、確証があるのですか？」

佳子が、真剣な目差《まなざし》で神山を見つめる。そして、大きく頷いた。

「確かです。大塚の遺体が発見された日の深夜に、伊東の警察から電話が入ったんです……」

「警察は、何と？」

「すでに、実家の方から姉の捜索願を出していました。それで、連絡がきたのだと思います。大塚の車の中から姉のハンドバッグと携帯電話、そして衣服や靴など身に着けていたもの一式が発見されたんです。新聞には出ていませんが……」

これはよくない情報だ。男に服を脱がされたまま、女が行方不明になれば結末は見えている。しかも、二年も経っているのだ。どこかに監禁されていたとしても、生きてはいない。

「お姉さんは行方不明なんですね」

「はい……」

「二年前から」

神山が訊くと、佳子の青い瞳から大粒の涙がこぼれ落ちた。

「そうです……。何をおっしゃりたいのか、わかっています……。姉はもう、この世にはいない。大塚も、遺書に書いていましたから……」

「遺書を読んだのですか？」

「ええ。警察で、読ませてもらいました。自分は、中嶋洋子を殺した。家族の人たちに、申し訳ない。しかし、こうするよりなかったのだと、そのようなことが書いてありました……」

絶望的だ。だが、クライアントに同情してはならない。あくまでも、仕事として冷静に対応する。それが探偵の鉄則だ。

「それならば私は、何を調査すればいいんですか。私はまだ、依頼の内容を聞いていない」

佳子が涙を拭《ぬぐ》い、いった。

「ひとつは、その大塚義夫という男の素性です……」

「素性？　しかし名前がわかっているのなら、素性を調べるのは簡単でしょう。警察に訊けばいい」

「それが、違うんです……」

中嶋佳子の話は、ここからまた一段と複雑になりはじめた。

警察の調べによると、大塚義夫は千葉県の千倉《ちくら》の出身。事件当時は新宿区内の回転寿司店で板前として働き、中野区のアパートに住んでいた。ところが出生地に確認すると、大塚義夫という人物がもう一人存在することがわかった。〝本物〟は事件の三年前に失踪《しっそう》。

郷里の肉親や知人に写真で照会したが、伊東市の海で死んだ大塚義夫はまったくの別人だった。

「つまり……」神山が訊いた。「お姉さんを拉致したと思われるその大塚某《ぼう》という男は、まったくの身元不明ということですね」

「そうです。一応、その男の痕跡《こんせき》を辿《たど》ってはみたのですが、事件の一年半ほど前まで伊東市内のやはり回転寿司店にいたことが確認できただけで、それ以前のことは何ひとつわかりませんでした……」

「しかし、その男は失踪した大塚義夫の身分証その他を持っていた?」

「そうです」

「それならば、千倉の線から洗ってみた方が早い」

「それもやってみました。警察も、私たちも興信所を使って調べてはみたのですが、その男と〝本物〟の大塚義夫の間には何も接点がないんです……」

　よくある話だ。何らかの事情で姿を消したい者が、他人になりすまして社会の片隅でひっそりと生きていく。そのために戸籍や身分証が売買されるのも、最近ではけっして珍しい話ではない。

「その男の写真はありますか」

「はい、持ってます……」

佳子はハンドバッグの中から一枚の写真を出し、テーブルに置いた。社員旅行か何かの集合写真から、トリミングした写真らしい。だが最近のデジタルカメラは性能がいいので、顔の特徴はわかる。いわゆる童顔だが、割と端整な顔立ちをしていた。目には精気がなく、暗い。

「身体的な特徴は？」

「身長は一六八センチ。体重は五八キロ。足の大きさは二五・五センチ。左肩から背中にかけて、大きな火傷《やけど》の跡がありました。わかっているのは、それだけです……」

「わかりました。あなたは、その男が何者であったのかを突き止めたい。しかし、なぜまた白河だったんですか」

神山が訊くと、佳子は少し困ったような顔をした。

「その男が乗っていた車は、レンタカーでした。東京の新宿区内の営業所で借りたものです。その車の中から、東京と白河を往復した高速道路の領収書が見つかったんです。あとは伊東にいた時代に、その男が同僚に白河の北《きた》温泉という秘湯《ひとう》の話をしていたそうなんです。とてもいい温泉だったと……」

神山は、唖然《あぜん》とその話を聞いていた。高速道路の領収書と、世間話程度の温泉の話題から身元不明の一人の男の素性を調べろというのか。雲を摑むような話だ。しかも北温泉は、正確には白河ではなく栃木県側の那須《なす》町の温泉だ。

「その車……レンタカーの走行距離はわかりますか?」

「それも警察から聞いています」佳子が、手帳を開く。「三日間で、七七二キロ走っていました……」

神山は、頭の中で道程を計算した。東京から白河を往復し、その後に伊東まで行ったとすると、多少の回り道をすれば確かにそのくらいの距離になる。その男は、本当に白河まで来なければならない理由があったのかもしれない。だが……。

「先程、〝ひとつは〟といいましたね。その男の素性を調べる以外に、他にも調査の依頼があるわけですね」

佳子が、縋《すが》るような目で神山を見つめた。

「はい……。実は、もうひとつのお願いの方が大切なんです。姉の、遺体を探していただきたいんです……」

神山は、さすがに溜息《ためいき》を洩《も》らした。犬や猫の次は、二年前に死んだ女の死体探しをやらされるらしい。探偵稼業も楽ではない。

「しかし、お姉さんの遺体は、もうこの世には存在しないかもしれない。二年前、もし車に乗っていて、そのまま海に流れてしまったとしたら……」

「いいえ、それは違うと思います。姉は、土の中に埋められているんです」

佳子が、きっぱりといい切った。

「なぜ、そう思うんです」

「声が、聞こえるんです。子供の時から、姉に何かが起きると私にもわかりました。一卵性双生児というのは、そういうものなんです。いまでも、時々姉の声を聞くような気がします。自分は土の中に埋まっている。だから、早く見つけてほしいと……」

今度は、オカルトか。東京の長田が、今回のクライアントを神山に押しつけた理由がわかったような気がした。まともな興信所なら、相手にはしない客だ。

「依頼を、引き受けてもらえますでしょうか……」

佳子が、不安そうにいった。

3

家に戻ると、庭に梅が咲きはじめていた。

伯父が、この家を建てた時に植えた古い木だ。思わず顔を寄せると、甘い香りが鼻をくすぐった。

だが、〝気分のいい朝〟の続きに浸《ひた》るのもほどほどにしなくてはならない。神山は携帯を開き、東京の興信所――『プライベート・リサーチ』――の長田浩信《ひろのぶ》に電話を入れた。昼を過ぎているというのに、長田の眠そうな声が聞こえてきた。

——〝客〟には会えたのか。それで、どうだった——。

「どうもこうもない。いったい、どういうことだ」

——あの女から、話を聞いたんだろう。そういうことだよ。身元不明の男の過去と、あの女の姉の死体を探してやってくれ——。

「まったく手懸《てが》かりがないんだぜ」

——まあ、いいじゃないか。適当に仕事をやった振りをしていろ。こっちは、もうあの頭のいかれた女に付き合うのは懲《こ》りごりなんだ。料金もそっちで勝手に交渉してくれ。うちは、間に入らない。そこそこの金にはなるだろう——。

「わかった。それでは、好きなようにやらせてもらう」

電話を切った。

そこそこの金にはなる、か……。

だが、それも怪しいものだ。中嶋佳子は、調査の結果が出るまで一週間ほど白河に滞在するという。宿を相談された時に、「どこかに安いホテルはないか?」と訊かれた。仕方なく駅前の『ホテル・サンルート』を勧めたのだが、資産家というほど金は自由にならないようだ。何か、話しにくい事情でもあるのかもしれない。

それに、一週間で今回の依頼の件が決着するとも思えない。神山は、一人で探偵事務所を切り回している。身元不明の男や女の遺体だけでなく、犬や猫やスナックのママの不倫の相手も探さなくてはならないのだ。

神山は昼食に近所の農家で採れた野菜とローマイヤのハム——確か朝もこれを食べたような気がする——でサンドイッチを作り、それを齧《かじ》りながら作業をはじめた。コーヒーはもう三杯目だ。カフェインが体に悪いことはわかっている。

まず中嶋佳子から預かった男の写真をスキャナーでスキャンし、プリンターで一〇〇枚印刷した。それを待つ間に男の特徴をパソコンに打ち込み、これも印刷する。そうだ。手配書を作るのだ。あまり効果的な方法とは思えないが、とりあえずはこれ以外に何もやるべきことが思い浮かばなかった。

今回のケースは、あまりにも手懸りになる材料が少なすぎる。男の名前もわからない。わかっているのは男の身体的な特徴と、火傷の跡。だがこれも、人前で服を脱がなければわからない。あとは白河までの高速道路の領収書と、一枚の顔写真だけだ。

いや、もうひとつある。死んだ男は、東京と伊東で回転寿司の板前の職に就《つ》いていた。プロの流れ板だったのかもしれない。もしそうだとすれば、これが最も有力な手懸りになる可能性はある。

もしくは白河には、ただ女の遺体を埋める場所を探すためだけに立ち寄ったのか。だとすれば男の身元を突き止めることも、女の遺体を発見することも、絶望的だ——。

作業に追われていると、庭に車が入ってきた。高校の時の同級生、薫《かおる》のホンダのセダンだった。薫は車から降りるとブルーのポルシェをしばらく眺《なが》め、ポーチに上がってきた。

神山はドアを開け、出迎えた。薫が神山の前に立ち、いった。

「車、買ったんだね」

「ああ、一週間前に来たばかりなんだ」

「何だか探偵らしくない車だね……」

いかにこの車が探偵向きであることを説明しても、薫には理解できないだろう。

「どうしたんだ、こんな時間に」

神山が訊くと、薫がいきなり背伸びをして唇を吸った。慌《あわ》てて、神山が後ずさった。

「いきなり、何だよ……」

神山がいった。薫がおかしそうに笑う。

「別に逃げることないべ。今日は頼みがあってさ。これは、ほんのお礼の前払いよ」

「頼みって、陽斗《はると》のことか？」

薫はいわゆるバツイチで、いまは市内のスナックで雇《やと》われママをやっている。陽斗は、元の亭主との間にできた子供だ。最近の薫の悩みは、いつも陽斗だった。四月には、高校二年になる。息子の名前を出すと、薫の顔が急に女から母親へと変わった。

「うん……。前に健ちゃんからもらったパンフレットに、子供の素行調査って書いてあったからさ……」

何か、事情がありそうだった。

「とりあえず、入れよ」

神山がドアを開けると、薫が細い体を滑り込ませた。

薫にもコーヒーを淹れ、神山はストーブに薪を焼べた。いくら春になったとはいえ、三月初旬の白河の山村ではまだストーブの火を絶やすことはできない。

部屋の中で薫と二人になると、なぜか落ち着かなかった。高校時代からの遊び仲間ではあったが、いつも他に誰かがいた。神山はふと、薫と二人だけになるのはこれが初めてであることに気が付いた。

「何があったんだ。早く話せよ」

ソファーに座ると、神山がぶっきらぼうにいった。

「陽斗が、一六になったのよ。それで、バイクの免許を取ったの……」

神山は、薫の話を聞きながらラッキーストライクに火を付けた。

「いいじゃないか、バイクくらい。男なら誰でも一度は通る道だ。もし心配なら、おれが安全な乗り方を教えてやる」

「それだけじゃないのよ。あの子、最近、悪い仲間と付き合ってるの……」

またしても、厄介《やっかい》な話だった。今日はどうも、この手の話に縁があるらしい。職業柄、それも仕方がないのだが。

陽斗が付き合っている仲間というのは、白河では有名な『ホワイト・アッシュ』という暴走族のグループだった。頭は深谷達司《ふかやたつじ》という二一歳の男で、地元のヤクザとも繋《つな》がっているらしい。他のグループとの暴力沙汰《ざた》は年中で、これまでにも引ったくりや強姦《ごうかん》などで何人もの逮捕者を出していた。確かにガキの遊びとしては、度が過ぎている奴らだ。

「柘植君でも生きてたら、相談できたんだけど……」

柘植克也も、神山と薫の高校時代の同級生だった。つい最近まで、白河西署の風紀の刑事だった。だが、奴はもうこの世にはいない。まあ毒を以て毒を制すという意味では、あのような男も有効かもしれないが。

「それで、おれは何をすればいい？」

「毎週土曜日に、集会とかがあるのよ。知ってるかな。四号線沿いに、〝ハリウッド〟っていうレストランがあるでしょう。あそこが、溜り場になってるの……」

その店は、知っていた。土曜の夜に前を通ると、確かに柄の悪い奴らとバイク、車が何台も集まっている。

「しかし、どうやってだ。まさか鎖を付けて引きずってくるわけにはいかないだろう」

「それでいいわ。引きずってきて。何なら、少し痛めつけてやってもかまわないから」

母親にそういわれると、かえってやりにくい。

「わかった。まあ、何とかやってみよう」

「料金はいくら払えばいい？」

「薫から、金を取れるか。今度、店に行った時にボウモアのボトルを一本入れてくれ。それでいい……」

どうも、女に頼まれると弱いところがある。

「そのかわり……」神山が続けた。「おれからもひとつ、頼みがあるんだ」

「私にできることなら、何でもいいよ」

「実は、人探しを手伝ってほしい」

神山はそういってソファーを立ち、作ったばかりの手配書を持って戻ってきた。それを、薫に見せた。

「この人、行方不明なの？」

薫が、写真を見ながら訊いた。

「いや、そうじゃない。もしかしたら、人を殺してるんだ。しかも、二年前に自殺している。名前も素性もわからない……」

「怖いね。でも私、こんな人、知らないよ……」

「わかってる。この町でスナックをやっている仲間や女の子たちに、訊いてもらいたいんだ。四～五年前に、こんな男が客として店に来なかったか……」

男は二年前には、東京にいた。さらにその一年半前には、伊東に住んでいた。もし仮にその男が白河にいたことがあるとすれば、その前ということになる。

「よし、やってみるべ。でもあまり期待しないでよ」

帰り際に、神山は作ったばかりの手配書を二〇部ばかり薫に渡した。小さな町の水商売の世界は、その地域の最大の情報網でもある。うまくいけば、何かが引っ掛かってくるかもしれない。

ドアを出た所で、神山はまた薫にキスをされた。

「おい、よせよ……」

「いいじゃん。どうせいま、彼女いないんでしょ」

「まあな……」

「早く彼女、作りなよ。体に悪いよ」

薫がそういって、陽光の中に去っていった。

世間はやはり、春になった。

4

夕方になると、また少し空気が冷えはじめた。神山はジーンズにバズリクソンズのA2

を着込み、パジェロミニで白河の町に向かった。頭には、黒いニットの帽子を被っている。

久し振りに――とはいっても一週間振りだが――居酒屋の『日《ひ》ノ本《もと》』の前に車を駐《と》め、店に入っていった。まだ時間が早く、ほとんど客はいない。だがカウンターで、白河西署の捜査課の刑事、奥野眞規《おくのまさき》が一人でビールを飲んでいた。

「こんな時間から、刑事が酒を飲んでいていいのか」

神山が後ろから肩を叩くと、奥野が振り返り、気まずそうな顔をして若白髪《しらが》の頭を掻《か》いた。

「なんだ、神山さんか。そういわないでよ。今日は非番なんだからさ……」

奥野は刑事としては抜けたところがあるが、悪い男ではない。前の事件以来、神山にはすっかり頭が上がらなくなっている。

神山は奥野の隣に座り、持ってきた紙袋の中から手配書を一通取り出してそれを奥野に渡した。

「この男を探してるんだ。もし情報があったら、教えてくれ」

奥野が手配書と写真を見る。

「何かやったの、この男」

「二年前に、静岡県の伊東署の管内で自殺したんだ。しかし、身元がわからない。もしかしたら、四〜五年前に白河に住んでいた可能性がある。その時には、〝大塚義夫〟という名前を使っていたのかもしれない」

二人の会話を耳に挟み、女将《おかみ》の久田久恵《ひさだひさえ》が割り込んできた。〝久恵〟という名前なのに、〝久田〟という家に嫁に行ったうっかりした女だ。手配書を読み、今度は厨房《ちゅうぼう》に入ってって主人の久田一治《かずはる》を呼んできた。

良い傾向だ。情報とは常に、こうして庶民の底辺から少しずつ広がっていくものだ。

「ねえ、親方。この人、寿司職人だったんだってさ。だったら親方の伝《つて》で、どうにかなるんでねえか」

女将が、主人にいった。

「そうだな……。うちの組合の方で調べさせたら、何かわかるかもしんねえな……」

久田一治は、白河の料理人仲間では知られた存在だった。かつては県内のホテルの料理長を務め、いまも『日本調理師連合会白河支部豊栄会《ほうえいかい》』の理事に任じられている。会員数は約一〇〇店舗、四〇〇人。もし大塚と名乗る男が白河近辺で板職に就いていたのだとしたら、引っ掛かってこないわけがない。

「この手配書は、何部あるんですか?」

主人が訊いた。

「いまここにあるだけで、八〇部ですね」

「もっと用意できませんか。来週の日曜日に、豊栄会の総会があるんです。そこで撒《ま》いてもいいし、会員の全員に郵送してもいい」

「助かります」

「警察の捜査の時にも、そのくらい協力してくれよ……」

奥野が横から、口を挟んだ。

「誰が警察なんかに協力するもんけ」

女将に、にべもなく突き放されて、奥野が肩をすぼめた。

神山はビールを飲みながら考えた。とにかく、種は蒔《ま》いた。あとは芽が出るかどうかは、運次第《しだい》だ。

今夜は、ゆっくり飲むか。だが、そう思ったところで考えが変わった。

「なあ女将、奥に座敷があったよな。もし空いてたら、今日そこを使わせてもらえないか」

以前、白河に戻ってすぐの時に、柘植克也と二人で使った部屋だ。小ぢんまりとしていて、落ち着ける。人目を気にせずに、静かに飲むことができる。

「何んだい。コレでも呼ぶのけ?」

女将が小指を立てて、意味深な笑いを浮かべた。

「そうじゃない。客だ。東京から来ているクライアントを呼ぶんだよ」

「まあ、いいからいいから。好きに使ってくんな」

女将がそういって、厨房に消えた。

神山は一度、店の外に出て中嶋佳子に電話を入れた。彼女はホテルの部屋にいて、夕食をどうしようかと考えていたところだという。神山が誘うと、二つ返事で『日ノ本』に来ることになった。店の場所を教え、電話を切った。

奥の座敷に移り、ビールを飲みながら佳子を待った。

三〇分程して、襖《ふすま》が開いた。中嶋佳子が、部屋を覗《のぞ》き込む。だが、怪訝《けげん》そうな顔で神山を見ている。

「ここですよ。どうぞ」

神山がいうと、やっと佳子の顔に笑みが浮かんだ。何かに安堵《あんど》したように、部屋に上がってきた。

「神山さんですか。昼間と全然違うから、誰だかわかりませんでした。変装してるんですか」

真面目《まじめ》な顔で、佳子がいった。変装、か。どうもこの女は、〝天然〟が入っているらしい。神山は自分がニット帽を被ったままなのに気が付き、それを取った。

「いつもは、こんな恰好《かっこう》なんです」

「でも、誘ってもらって良かった。知らない町に一人だけで、これからどうしようかと思ってたんです……」

「さて、食べましょう。腹が減った」

女将を呼び、料理を注文した。神山はここで、ひとつ試してみることにした。

「まず刺盛り。豪勢なやつを。それから天ぷらとか特別料理とか、適当に持ってきてください」

女将が、愛想よく引き揚げていく。

やはり、反応があった。中嶋佳子の様子に、小さな変化があった。運ばれてきたビールを飲み、部屋の中を見回しながら、そわそわと落ち着かない。そして、意を決したようにいった。

「このお店……お高いんですか？」

「どうでしょう。この辺りの居酒屋としては高級店ですが、あまり高くはないと思いますが」

佳子が、頷く。そしてまた黙ったまま、部屋の中を眺めている。

「何か不都合でも？」

神山が訊いた。

「いえ……」佳子が俯《うつむ》き、続けた。「実は私、今日はあまりお金の持ち合わせがないんです……」

やはり、そうか。本当に中嶋佳子が資産家の娘で、経済的に裕福だとしたら、金の匂いに鼻が利《き》くあの長田が手放すわけがないのだ。それに行方不明になった中嶋洋子の調査依頼に、両親ではなく妹が出てくるのもおかしい。

「何か事情があるようですね。もしよければ、話してもらえないかな」

「はい……」

佳子が、小さな声で頷いた。

5

料理が運ばれてきた。

中嶋佳子が、黙ってそれを見つめている。

「さあ、食べよう。心配はいらないから」

神山がいうと、佳子が頷き、静かに箸《はし》をつけはじめた。

「美味《おい》しい……」

頬に伝う涙を拭い、小さな声でいった。

「いくつか訊きたいことがあるんだが、いいかな」

「はい……」

「まず最初に、君の御両親のことだ。なぜ今回の依頼に、両親ではなく妹の君が出てきたのか……」

「両親は、いないんです……」

佳子のラピスブルーの目から、また大粒の涙がこぼれ落ちた。

話は、やはり複雑だった。姉の洋子が失踪したのが二年前の春。その後の捜査で洋子が生きている可能性が絶望的であることがわかってくると、まず母親の真知子《まちこ》が精神的に不安定になりはじめた。そして七カ月後——一昨年の秋に——真知子は自宅マンションの一〇階のベランダから飛び降りて自殺した。

父親の敬司《けいじ》は、気丈な人だった。当初は姉の失踪も、母の死も運命として受け止めているように見えた。だが、周囲の人間が思っている以上に、精神的にも肉体的にも追い詰められていたのかもしれない。母の死の直後に体調を崩し、癌《がん》であることがわかった。発見した時にはすでに、手遅れだった。そして母の後を追うように、昨年の夏、呆気《あっけ》なく亡くなった。

「なるほど……。するといま君は、まったく一人なのか」

「そうなんです……。一人になっちゃったんです……。正確にいえば遠い親戚……母の従兄弟《いとこ》とかはいるんですが……」

佳子のグラスの中に、涙がひとすじ、落ちた。

「立ち入ったことを訊くようだが、お金の問題というのもそのことなのかな」

「そうです。その前に、ひとつお願いがあるんですが……」

「どうぞ」

「私、今夜は酔っちゃってもいいですか？」

「かまわないが……」

佳子は、料理を運んできた女将に浦霞《うらがすみ》の冷《ひや》を注文した。枡《ます》の中にグラスを立て、溢《あふ》れるほど注ぐ。そのグラスを手にすると、佳子は半分ほどを一気に飲んだ。

「姉の認定死亡が下りないんです……」

『認定死亡』とは、一般に生死不明の者に戸籍上の死亡を認める法律上の制度のことをいう。補足する法律に、『失踪宣告』という措置《そち》がある。不在者（失踪者）などの死体が確認できない者に対し暫定的《ざんてい》に死亡を確定させる便宜《べんぎ》上の制度で、普通失踪と特別失踪の二種類に大別される。従軍や船舶の沈没事故などの特別失踪の場合には、失踪から一年で認定死亡が下りる。だがそれ以外の普通失踪の場合には、七年間は認定死亡が認められない。

今回の佳子の姉の洋子のケースは、普通失踪にあたる。つまり、遺体を発見できなければ、あと五年間は認定死亡が下りない。興信所や私立探偵事務所には、よく相談が持ちかけられる事例のひとつだ。

「つまり、こういうことかな」神山が訊いた。「お父さんの遺した財産の相続人は、君とお姉さんの二人だ。ところがお姉さんの認定死亡が下りるまで、その財産が凍結されてしまう」

「そうなんです……」

話は、さらに複雑になっていく。佳子の父の敬司は、戦前に満州鉄道にいた曾祖父《そうそふ》から受け継いだ莫大《ばくだい》な資産を持っていた。東京の乃木坂の周辺にいくつものオフィスビルやマンションを所有し、その他にも多額の金融資産があった。ところが父の死の直後に、アメリカでリーマン・ブラザーズが破綻《はたん》。世界的な大不況のあおりを受けて、信用取引で買っていた株が一気に暴落をはじめた。

「ようするにお姉さんの認定死亡が下りないために、遺産相続が受けられない。不動産や現金だけでなく、株も処分することができない」

「そうなんです……。後から知ったことですが、父はかなり高額の株の信用取引をやっていたんです。銀行や証券会社から、不動産や預金を担保にしてお金を借りていました。このままだと、何もなくなっちゃうんです……」

「それで、お姉さんの件を解決しなければならなくなった」

「そうです。でも、これだけは信じてください。お金のことは二の次なんです。とにかくいまは、姉に〝会いたい〟んです……」

まったく、厄介な話だ。自分もビールではやっていられない。神山は、赤霧島のボトルを注文し、ロックで飲みはじめた。

「私にもください」

佳子がいった。神山と同じようにロックを作り、それを一気に飲み干《ほ》す。無茶な飲み方だ。どうやらこの女は、本気で酔い潰れるつもりらしい。

だが、〝仕事〟は話が別だ。

「私立探偵を雇って調査を依頼すれば、お金も掛かるんですよ。大丈夫なんですか」

「いえ……あまり大丈夫じゃないかもしれません……」

神山も、酔いたい気分になってきた。

「東京のプライベート・リサーチの方の支払いは？」

「それも、本当のことをいっちゃっていいのかしら……」

「どうぞ」

佳子はまた、赤霧島のロックを一杯、呷《あお》った。そして、いった。

「私、長田さんに体で払ってたんです……」

力が、抜けた。あの腐れ外道《げどう》め。だが神山も、偉そうなことはいえない。過去に行き掛かり上、同じようなことになったことはある。どうやら女が興信所の調査費を体で払うのは、最近の流行であるらしい。

「やめた方がいい。一度東京に戻って、態勢を整えてからまたやりなおしたらどうですか」

「それでは間に合わないんです。私、何でもします。姉が見つかったら、お金も払います。お願いですから、私と姉を助けて……」

佳子の目から、大粒の涙がぽろぽろとこぼれはじめた。だが〝助けて〟といわれても、死んでしまったものは助けようがない。

「帰りなさい」

「嫌です……」

「無理だ」

佳子が、またグラスを呷る。

「それじゃあ、こうしてください。私、死んだ大塚義夫という男が話していた、北温泉という秘湯に行ってみたいんです……。案内していただけませんか。その分は、ちゃんとお支払いしますから……」

「どうしてですか。その温泉に、何かがあるとでも?」

「わかりません。でも、声が聞こえるんです……」

「声、ですか。例の、土の中から聞こえてくるお姉さんの声?」

「そうです……」佳子が頷いた。「木霊《こだま》みたいに、頭の中で聞こえるんです。姉の声が、助けて、と。その声が、白河に来てから少し大きくなったような気がするんです……」

北温泉は、那須の深い山の中にある。

「その近くに、お姉さんの死体が埋まっているとでも？」

「わかりません、でも、そうかもしれない……」

神山は、溜息をついた。まったく、頭が痛くなるような話だ。

佳子が、また焼酎を呷る。もう、かなり飲んでいる。

「わかった。近々、北温泉に行ってみよう。それで駄目なら、東京に帰りなさい」

「はい……帰ります……。でも、もうひとつお願いがあるんですけど……」

嫌な予感がした。

「何です」

「私、本当にお金がないんです……。ホテル代を払うと、たぶん東京にも帰れなくなっちゃうの……」

「それで」

「明日から、神山さんの家に泊めてもらえないでしょうか……」

神山も、焼酎を呷った。どうやら自分も、本気で酔った方がよさそうだ。

6

翌日は、土曜日だった。

神山は午前中から、失踪した〝犬〟の捜索に奔走《ほんそう》した。だが、相手が犬の場合は、人間よりもむしろ楽だ。失踪者は牡《おす》、四歳、柴犬のまざった茶の雑種で、名前はブッシュ。飼い主は白河市内の白亜台《はくあだい》ニュータウンに住む郵便局員だった。伊東市内の海で自殺した大塚某という男よりも、身元はしっかりとしている。

牡犬の習性、そして早春という季節を考えれば、ある程度の行動パターンは想定できる。やはり、神山の予想していたとおりだった。まず、市内の獣医を回り、近隣の町で牝《めす》犬を飼っている家を調べて一軒ずつ当たっていくと、近くの九番《くばん》町に住む農家で手懸りがあった。この家では白い牝の柴犬を飼っているが、三日ほど前から茶の牡犬が辺りをうろついているという。

神山は畑の裏山に登り、ブッシュの名を呼んだ。すぐに、反応があった。雑木林《ぞうきばやし》の中から茶色の犬が尾を振りながら飛び出してきて、神山にまとわりつく。飼い主から預かってきた写真と照合すると、犬の顔も一致した。あまり利口《りこう》そうではないが、どこかの国の大統領に似て愛嬌《あいきよう》がある。

好物だと聞いていたドッグフードをポケットから出し、与えた。よほど空腹だったらしい。無心に食べている犬の首輪に、散歩用のロープを繋いだ。

これで一件落着だ。餌《えさ》を食べ終えると犬は大人しく神山についてきて、パジェロミニの荷台に乗り込んだ。白亜台ニュータウンの飼い主に引き渡し、調査費と必要経費を受け取る。たいした金にはならないが、二年前に失踪した女の死体の発掘よりも確実で楽な仕事ではある。

帰りに駅前の『ホテル・サンルート』に寄り、パジェロミニで中嶋佳子を拾った。佳子は、荷物をまとめてフロントの前のソファーに座って待っていた。神山を見て、立ち上がる。イタリア製の革ジャンパーにフェラガモのパンプスという服装は、とても預金残高がゼロの女には見えない。

「すみません……」

佳子が、神妙な顔で頭を下げた。薄い色のシャネルのサングラスを掛けているが、顔が少しむくんでいるのがわかる。

「いいんだ。とにかく、ここを出よう」

車に乗って走りだすと、また佳子が謝った。

「昨夜は、すみませんでした。私、少し飲み過ぎたみたい……」

少しではない。かなり飲み過ぎていた。あの後は、ホテルの部屋に連れ帰るだけでも大変だった。だが、神山はいった。

「いいんだ。気にしないでくれ」

市内から国道四号線を渡り、国道二八九号線を甲子峠に向けて登っていく。この車は、ポルシェと比べるとひどく遅い。坂がきつくなると、いくらアクセルを踏んでも登らなくなる。

「でも、本当に神山さんの家に泊めてもらってもいいんですか?」

「なぜだ」

「奥さんが怒らないかと思って……」

「おれは独身だよ。女房はいない」

神山は、佳子の顔を見た。なぜか、戸惑ったような表情をしていた。

道の右手には、阿武隈《あぶくま》川が流れている。神山は国道を左に逸《そ》れ、真芝《ましば》の集落へと入っていった。静かな田園風景の中を抜けると、周囲に広大な牧草地が広がる。その先の丘の上に、淡《あわ》いミントグリーンのペンキを塗ったばかりの神山の家が見えてきた。古い、洋館だ。空はどんよりとした厚い雲に被《おお》われていた。

「あれが、おれの家だ」

神山がいった。

「なんだか、〝13日の金曜日〟みたいな家ですね……」

佳子が、また少しずれたようなことをいった。

「だいじょうぶだ。あの家に、ジェイソンは住んでいない。それに今日は、土曜日だ」

家に着き、佳子の荷物を客間に運んだ。間の悪いことに、ポーチにハスクバーナのチェーンソーとアックスが置いたままになっていた。昨日、薪割りをやったまま片付けるのを忘れていた。佳子がポーチの上で立ち止まり、黙ってそれを見ている。

「気にしないでくれ。この家には本当に、ジェイソンも女房もいないんだ」

佳子が、こくりと頷く。サングラスを外し、神山を見つめた。そして突然、神山の腕の中に飛び込んできた。

神山の胸に顔を埋め、子羊のように震えている。その体を、神山は抱き締めた。そうするしかなかった。佳子が、顔を上げる。目の前にある春の花のような唇を、そっと吸った。そして、いった。

「奥の客間を使ってくれ。あまり広くないが、快適な部屋だ」

「はい……」

佳子が、小さな声を出した。

部屋に戻り、薪ストーブに火を入れた。小枝から細い薪に火が燃え移ったところで、楢《なら》の大きな薪を焼べる。あとはダンパーとゲートで火力を調整し、少しずつ燃やす。春先のいまの気候ならば、これで十分だ。佳子は革張りの古いソファーに座り、黙って神山の様子を見守っていた。

「薪ストーブの扱い方は?」

神山が訊いた。

「使えます。父の葉山《はやま》の別荘にも、同じダッチウエストのストーブがありましたから……」

さすがにお嬢様は、いうことが違う。たとえ無一文になっても、育ちの良さは変わらない。

「それなら後は適当にやってくれ。薪はポーチに、いくらでもある」

ストーブの火が落ち着いたところで、携帯が鳴った。薫からだった。

——健ちゃん、今日は土曜日だよ。覚えてる?——。

薫のハスキーな声が聞こえてきた。

「何かあったのか?」

——ほら、忘れてる。陽斗のことだよ。今夜また、〝集会〟があるらしいの——。

そうだった。暴走族グループの『ホワイト・アッシュ』とかのガキ共が、四号線沿いの『ハリウッド』というレストランに集まって悪さをする日だった。

「わかった。何とかするよ」

——お願いね。ボウモアのボトル、用意しとくから——。

そういって、電話が切れた。逃げた犬の調査費に、薫の店のボウモアのボトルが一本。土曜日の一日の稼ぎとしては悪くない。

神山は寝室に入り、ジーンズをアルマーニのピンストライプのスーツに着換えた。ネクタイは、フェラガモのアニマル柄のピンク。髪はムースでオールバックに固めた。どう見ても、筋者にしか見えない。

リビングに出て、佳子にいった。

「ちょっと出掛けてくる」

「遅くなるんですか」

「いや、そんなに遅くはならない。食い物は冷蔵庫の中に入っている。もしかしたら、二〜三人客を連れて戻るかもしれない。何か料理を作って待っててくれ」

「はい」

佳子が、目を輝かせていった。いい返事だ。料理を作れといわれて喜ぶ女に、悪い女はいない。

ポルシェに乗り込み、エンジンを暖める間に元同級生の広瀬勝美《ひろせかつみ》に電話を掛けた。職業は大工だが、腕っ節ならこの辺りであの男の右に出る者はいない。

「葬式用の黒い背広は持ってるか？」

神山は、電話に出た広瀬にいった。

——持ってるけんども……——。

「他に黒いワイシャツにサングラス、派手なネクタイに、靴は先の尖《とが》ったやつがいい」

——全部あるけんど、そんなもんどうすっだよ——。

「殴《なぐ》り込みだ。暴走族の仲間から、薫の息子の陽斗を拉致しにいく」

——面白そうだな——。

電話から、広瀬の笑い声が聞こえてきた。

「もう一人、誰かいないか。体のでかい奴がいい」

——新井《あらい》さんはどうだべ——。

新井孝《たかし》は、居酒屋『日ノ本』の常連客の一人だ。白河市内のオーディオ生産工場に勤める設計技師だ。おっとりとした大人しい男だが、体だけはでかい。

「よし、新井さんにしよう。葬式のスーツを着て来るようにいってくれ。ただし、暴走族の件は伏せておけよ」

——わかってんよ——。

「待ち合わせは〝日ノ本〟だ」

ポルシェで二八九号線を白河市内まで下《くだ》る。時間は、まだ早い。夜八時まで時間を潰し、四号線沿いの『ハリウッド』に向かう。新井はポルシェの狭い後部座席に長身を折り畳《たた》むように座り、何やら不安そうに視線を動かす。

「これから、何をしにいくの？　恐いなあ……」

神山と助手席に座る広瀬に、交互に訊く。

「たいしたことじゃない。薫の息子の、陽斗を迎えにいく。それだけだ」

「それじゃあなぜ、こんなヤクザみたいな恰好をしてるのさ」

「悪い仲間がいんだ。そいつらを、ちょっと脅《おど》かすんだべ」

広瀬がいった。浮世絵柄のネクタイに安物のサングラスを掛けて、広瀬はすっかりその気になっている。

「ぼくは嫌だなあ……」

「だいじょうぶだ。おれたちに付いてきて、入口を入った所に立っているだけでいい。新井さんも、これを掛けていてくれ」

神山はそういって、新井にもレイバンのサングラスを渡した。

『ハリウッド』に着くと、すでに何台もの車やバイクが店の前の駐車場に駐まっていた。どれも品のない暴走族仕様だ。神山はそのど真ん中に、ラピスブルーのポルシェ・CARRERA4を乗り付けた。

三人で——新井は広瀬に背中を押されているが——店の中に入っていく。新井は、レジの前に腕を組んで立たせておいた。背が高いので、マネキンよりは様になる。体が震え、広い額に冷汗を浮かべているが、客席からは遠いので奴らにはわからないだろう。

奥のボックス席に、頭の悪そうなガキ共が一〇人ほど溜まっていた。その場に立ち尽《つ》くす店員を押しのけ、店の奥へと進む。広瀬は完全にその気になり、葬式用の背広のポケットに手を突っ込んでガキ共に睨《にら》みを利《き》かせている。使える男だ。

手前のスツールに座っていた陽斗が振り向き、目が合った。神山の顔を呆然《ぼうぜん》と見つめたまま、何もいわない。半年前に会った時とは、かなり雰囲気が違っていた。髪を金髪に染め、眉《まゆ》には剃りが入っている。子供の頃には男なら誰でも一度はやるような、健全な身《み》嗜《だしな》みだ。

「頭はどいつだ」

神山が、低い声でいった。だが、誰も何もいわない。ただ静かに、全員の視線がボックス席の奥に座っている男に集まった。茶髪に、安物の革ジャンパー。他のガキ共よりは、年齢も少し上らしい。この男が『ホワイト・アッシュ』の頭の深谷達司だろう。

神山が数歩進み出て、男の前に立った。

「お前が頭か」

だが男は、何もいわない。

「そこにいるガキが、不始末をやらかした。預かっていくぜ」

それでも男は、にやにやしているだけだ。食えない野郎だ。

合図を送ると、広瀬が陽斗の首根っこを摑んで引き立てた。

「何すんだよ」

陽斗が抵抗し、暴れた。だが神山がひと睨みすると、親にしかられた仔猫《こねこ》のように首をすくめて大人しくなった。

「よし、引き揚げるぞ」

三人で陽斗を店から引きずり出し、ポルシェの後部座席に押し込んだ。ガキ共は、体が固まったように誰も動かなかった。男としての格の違いさえわかれば、誰でもそうなる。

「お前のバイクはどれだ」

神山が、陽斗に訊いた。

「あれ……」

そういって、陽斗がメタリック・グリーンのバイクを指さした。九八年か九九年式のホンダCB400FOURだ。ビンテージタイプの扱いやすいスポーツ車だが、いまは原形もわからないほどに品のないモディファイが施《ほどこ》されている。

「鍵をよこせ」

神山がいった。

「はい……」

陽斗が、素直にポケットから鍵を出した。やはり、薫の息子はいい子だ。他のガキ共とは違う。一度、金髪の頭を丸刈りにでもしてやれば更生するだろう。

神山は、バイクの鍵を広瀬に投げた。

「お前、バイク乗れたっけか」

「当たり前だべ。高校ん時、よく一緒に悪さしたでねえか」

そうだった。あの頃の神山や広瀬は、いまこの店に集まっているガキ共と同じだった。

「それじゃあ、うちまで乗ってってってくれ」

ポルシェに乗り込み、イグニッションを回す。水平対向六気筒三・四リットルのエンジンをひと吹かしし、神山は国道四号線を走り去った。

真芝の家に戻ると、佳子が驚いた顔で四人を出迎えた。

「どうしたんですか？　ヤクザさん？」

広瀬と新井を見て、佳子がいった。

「いや、地元の仲間だ」

誤解を招くといけないので、それ以上の説明は省《はぶ》くことにした。

テーブルの上には、豪勢な料理が並んでいた。冷蔵庫の中にはローマイヤのハムと卵、あとは缶詰がいくつかとパスタくらいしかなかったはずなのだが、馬に食わすほどのサラダやローストビーフまで揃《そろ》っている。

「肉や野菜は、どこから仕入れたんだ」

神山が訊いた。

「さっき散歩していたら、近所の牧場の小父《おじ》さんに会ったんです。それで近くにスーパーマーケットはないか訊いたら、それならうちで作った肉と野菜をあげるって……」

「どんな奴だった」

「大きなトラクターに乗った、色の黒い人です……」

死んだ谷津誠一郎《やつせいいちろう》の叔父《おじ》の谷津裕明《ひろあき》だ。変わった男だ。神山がこの西郷《にしごう》の村に戻った時には、昔の因縁《いんねん》の痼《しこり》で険悪な関係だった。だが誠一郎の死の謎が解けてからは、少しずつ態度が軟化《なんか》してきている。相変わらず無愛想だが、たまに神山の家に立ち寄り、自分の農場で採れた野菜や卵を置いていく。

男たちは、ビールを飲みはじめた。ひと仕事を終えた後の一杯は、いつの季節にも格別だ。陽斗は神山に「頭を刈れ」といわれてしょぼくれているが、やはり若い。テーブルの上の料理を無心に頬張っている。

新井は酒が入り、急に態度が大きくなった。椅子《いす》にふんぞり返り、武勇伝を饒舌《じょうぜつ》に話しはじめた。

「いやぁ……面白かったな。あいつら、びびってたね。ぼくが後ろで睨みを利かしてたからかな。暴走族っていっても、まだ子供だよね」

いや、それは違うと思う。だが神山は、笑いながらその話を聞いていた。今夜のことは神山や広瀬にとっては単なる遊びでも、新井にとっては人生で最高の冒険だったのかもしれない。

佳子は男たちの話に耳を傾けながら、機嫌よくキッチンとダイニングの間を行き来している。

「あの女、健ちゃんの〝これ〟け？」

広瀬がビールを飲みながら、太くて短い小指を立てた。

「いや、違う、ただの客だ」

ここも余計な誤解を招かないために、それ以上の説明は省くことにした。

神山はビールを飲みながら、いつの間にか佳子を視線の先に追っていた。さすがに元一流モデルだけあって、どこか普通の女とは違う。白河に来てから、本当の意味で彼女の笑顔を見るのは初めてだった。

「いやに機嫌がいいな。なぜそんなに楽しそうなんだ」

温めたシチューを運んできた佳子に訊いた。

「だって、〝極道の妻〟みたいで、面白いんだもん」

佳子が、意味不明のことをいった。やはりこの女は、どこかずれたところがある。

7

週が明けて、神山は佳子と共に那須の北温泉に向かった。

その前に白河の市街地に下り、佳子のための服装を買い揃えなくてはならなかった。三月初旬の那須の山は、まだ真冬だ。ブランド物の薄手のジャンパーとフェラガモのパンプスでは、歩くことはできない。

メガステージの『UNIQLO』でバーゲンのセーターとパープルのダウンジャケットを買い、靴屋に寄って安物のトレッキング・シューズも手に入れた。これで完璧だ。どんなものを着せても、この女はやはり様になる。

ポルシェに戻ると、佳子がまた神山に謝った。

「御免《ごめん》なさい……」

「なぜだ」

「お金を使わせてしまったから……」

「気にするな。お姉さんが見つかったら、たっぷりと返してもらう」

神山はやはり、お姉さんの〝死体〟とはいえなかった。

国道二八九号線に戻り、山に向かった。北温泉には四号線を下るよりも、甲子高原から那須甲子道路で那須岳に向かった方が早い。白河の市街地からでも、小一時間の距離だ。正面の山の風景を眺める佳子の瞳が、淡いブルーに光っていた。

運転をしながら、神山が訊いた。

「君は、純粋な日本人じゃないな。どこかで、白人の血がまざっている」

「はい……。曾祖母が、白系ロシアだったんです……」

ポルシェの前に、遅い軽トラックが走っていた。だが、ゆっくりと話をするには丁度いい。

「君の家の財産を築いたという、曾祖父の奥さんだね」

「そうです。曾祖父はいわゆる大陸浪人で、明治四〇年頃に満州に渡ったと聞いています。そこでロシア人の娘と知り合ったんです」

明治四〇年頃といえば、日露戦争（一九〇四～五年）の直後だ。日本の勝利によりポーツマス条約を締結《ていけつ》。当時のロシア帝国から東清《とうしん》鉄道の一部（南満州支線・長春《ちようしゆん》――大連《だいれん》間）を譲渡され、明治三八年に満州鉄道（南満州鉄道）が設立された。その時代に日本人の男とロシア人の女が結婚するというのは奇妙な話ではある。

「曾祖父の名前は」

「豊《ゆたか》です。中嶋豊。曾祖母は、確かアーニャといったと思います。曾祖父が満州に渡った二年後に、祖父の豊秀《とよひで》が生まれたんです……」

中嶋豊、か……。

聞いたことはない。少なくとも歴史上の人物ではないようだ。

「豊さんは、確か満鉄にいたといったね」

「はい、そうです。でも満鉄に入ったのはだいぶ後になってからで、大正時代になってからだと思います。満鉄といっても本社ではなくて、何かの子会社だったらしいですけど……」

日本による満州国の建国は昭和七（一九三二）年。満鉄は単なる鉄道会社に止《とど》まらず、建設、土木、鉱山、病院から満映と呼ばれた映画会社に至るまで、その子会社は最盛期には八〇社以上に上ったといわれている。いわば、一大コンツェルンのような企業だった。

「その曾祖父の豊さんが、満鉄時代に財産を築いたわけか」

「そうだと思います。曾祖父は、何かの会社の役員だったらしいんです。でも、曾祖父は先見の明があったのかもしれません。戦前の昭和九年に満州の財産をすべて処分して日本に戻ってきたんです……」

昭和九年といえば、軍事的にはいろいろと問題の起きた年だ。一二月には、日本が大正一一年に米、英、仏、伊と締結した『ワシントン海軍軍縮条約』を破棄《はき》。満州では関東軍が政治介入し、在満機構改革問題に発展した。だが一方で、満鉄は技術的にも黄金期を迎えていた。大連――新京《しんきよう》間七〇一キロを八時間半で走る特急あじあ号が運行を開始したのもこの年だった。

どこか、奇妙だ。満鉄の関係者が、普通ならばあの時期に満州を離れるわけがない。

「豊さんは、奥さんと君の祖父の三人で日本に戻ってきたのか？」

佳子が、不思議そうに神山を見た。

「なぜですか？　実は曾祖母のアーニャは、曾祖父が日本に戻る一年前に満州のハルビン（哈爾賓）という町で死んでるんです。日本に戻った時は、曾祖父は、祖父の豊秀と二人だったと聞いていますけど……」

やはり、そうか。何か事情があったのだ。

「それで、満州時代の財産を元手に日本で資産を築いたわけか」

「そうだと思います。曾祖父は、日本に帰ってから何か会社をやっていたらしいんです。でも、本当に資産を大きくしたのは、祖父の豊秀だったのかもしれません。曾祖父は戦時中に卒中で亡くなったのですが、祖父が戦後に会社を売り、そのお金で赤坂周辺に土地をいくつも買って貸しビル業を始めたらしいんです……」

いろいろと因縁《いわく》のある家系のようだ。今回の事件とは、まったく関係はないのかもしれないが。

いつの間にか、前を走る軽トラックもいなくなっていた。ステアリングのティプトロニックを操作し、シフトダウンしてアクセルを踏み込む。ポルシェは軽快にワインディングロードを登っていく。新甲子温泉の手前で左折し、那須甲子道路へと入った。路肩にはまだ、雪が残っていた。

「しかし、なぜこんなになるまで放っておいたんだ」

神山が訊いた。

「お金のことですか?」

「そうだ。お父さんの遺した財産は仕方がないとしても、君がちゃんと働いていればここまで最悪の事態にはならなかったはずだ」

「そうですね……」佳子が俯き、溜息をついた。「私たち姉妹は、子供の頃から周囲に甘やかされて育ったんです。お金に困ったこともなかったし、モデルの仕事も遊び半分でやってましたから……」

「東京に戻ったら、もう一度やってみればいいじゃないか。とにかく、生活を立て直すべきだ」

「わかってるんです。でも、モデルの仕事ってそんなに簡単にはいかないんです。二〇歳《はたち》くらいまでは、周りもちやほやしてくれます。でも、二五を過ぎると急に仕事が少なくなる。そして三〇になれば、もうお払い箱。仕事もないし、誰も相手にしてくれなくなる。ひとつ、方法はあるんですけどね……」

「どんな方法だ」

佳子は、しばらく周囲の山の風景を見つめたまま黙っていた。そしてやがて、意を決するようにいった。

「私、ＡＶをやろうかと思ってるんです。所属してるプロダクションに相談したら、最初に三本契約すればまとまったお金になるって。そうしたら、神山さんにちゃんと調査費が払えるし……」

胸がつまるような話だった。ケイ・中嶋の名前にも、まだそのくらいの商品価値はあるということか。

「アダルトＤＶＤが何をやるのか、わかってるのか？」

「知ってますよ、そのくらい。子供じゃないんですから。カメラの前で、男の人とセックスするだけ。でも二本目からは、もっと凄いことやらされるみたいだけど……」

「本気なのか」

「本気です。いまハンドバッグの中に、契約書も持ってるし。東京の長田さんとは売春みたいなこともしちゃったし、私もうどうでもいいんです。それに私、そういうこと、嫌いじゃないのかもしれないし……」

神山は、助手席を見た。佳子は泣きそうな顔で、笑っていた。

だが、助けてはいけない。人にはそれぞれの、生き方がある。

道はやがて県境を越え、福島県から栃木県に入った。マウントジーンズのスキー場を過ぎ、しばらくして右にボルケーノハイウェイを上がっていく。路面は所々凍っているが、スタッドレスを履いた4WDのポルシェは何の不安もなく走り続ける。

しばらくして、細い山道を右折。突き当たりの狭い駐車場に、車を駐めた。

「ここからは、歩きだ」

「はい」

二人は車を降り、渓《たに》に下る小径《こみち》を残雪を踏みながら歩きだした。

8

『北温泉旅館』は、那須温泉郷に江戸時代に開湯《かいとう》した山間《やまあい》の一軒宿である。通称、北湯。那須周辺随一《ずいいち》の湯量を誇り、混浴の内湯のひとつに巨大な天狗面《てんぐ》が飾られていることから、「天狗の宿」と呼ばれて親しまれている。

佳子は、山歩きが苦手なようだった。神山の腕に摑まり、雪に足を取られながら、用心深く急な坂道を下っていく。時折、小さな悲鳴を上げた。だが、眼下に古い旅館の建物が見えてくると、思わず見とれるように感嘆《かんたん》の息を洩らした。

「何だか、神秘的な景色……」

足を滑らせて転びそうになる佳子の体を、神山が支えた。

「今日は、ここに泊まって何か美味《うま》い物でも食べよう」

「でも……」

「いいんだ。気にするな。お姉さんは、きっと見つかる」

神山は、自分で思ってもいない言葉を口にしていた。

『北温泉旅館』は、深い渓底にしがみつくように佇んでいた。手前にプールのように広大な露天風呂があり、建物の檜《ひのき》の外壁は長年の風雪と湯煙にさらされて黒く沈んでいた。周囲の山々にまだ春の気配は浅く、どんよりとした寒々しい雲の下で、残雪に凍《こご》えるように白く染まっていた。硫黄《いおう》の臭《にお》いが、つんと鼻を突いた。

宿の建物に入ると、中は目が馴《な》れるのに時間が掛かるほど暗かった。階段や廊下が奇妙な角度で交錯《こうさく》する、建て増しに建て増しを重ねた古い造りだ。帳場の前の火鉢《ひばち》を囲む一角に、江戸時代から明治初期の古道具が並んでいる。この空間に足を踏み入れると、いつの間にか時間の概念を忘れてしまいそうになる。

夜の宿と食事を予約し、神山はまた外に出た。日の高いうちに、やらなければならないことがある。

神山は佳子と共に、山を歩いた。宿の周囲には、トレッキング用の歩道が広がっている。地面と道標に頼って道を辿れば、那須岳、茶臼《ちやうす》岳の山頂、そしてその裏にある三斗小《さんどご》屋《や》温泉から那須湯本《ゆもと》にまで下ることができる。

もあるだろう。

この辺りは、温泉秘湯の宝庫だ。深い山には、人間の死体を埋める場所などはいくらで
だが……と、神山は思う。もし一人の男が女を殺したとして、その死体を埋めようと考えた時、この辺りの山をその場所に選ぶだろうか。山が、深すぎる。いくら夜半だとしても、まさか女の死体を担いでこの山道を歩くわけにはいかない。普通ならばもっと道路付けのいい場所——車で簡単に死体を運べる里山など——を選ぶはずだ。

神山は、佳子を観察した。山に入ってしばらくすると、雪道を歩くのにも馴れてきたようだ。佳子は何もいわず、神山の前を黙々と歩き続ける。

何かに集中するように時折、立ち止まる。こめかみに両手の指を当ててしばらく考え、そしてまた歩きはじめる。姉の洋子の声を探しているのか。それとも、死者の声が聞こえることを信じようとしているというべきか。

神山が訊いた。そしてまた、佳子が立ち止まる。そして、何かを考えている。

「何かわかったか」

歩く。

だが、佳子は力なく首を横に振った。

「何も……」

「お姉さんの声は、聞こえないのか」

「さっき、少しだけ聞こえた。でも、変なの……」

「変？」

「そう……。声が、白河にいた時よりも小さくなったような気がするの。もしかしたら私たち、姉の埋まっている場所から遠ざかっているのかもしれない……」

「もう少し、歩いてみよう」

「ええ……」

佳子は、また歩きだした。神山が、その後に続く。

渓に下ると、浅い雪が割れてフキノトウが顔を出していた。周囲には、テンやキツネの足跡が点々と続いている。深い落葉に埋もれた山には、人の痕跡は何もない。

彼女はそれでも諦めずに、ひたむきに意識を集中しようとしている。姉の気配を探し続ける。だが、無理だ。この山かどうかは別として、二年前に埋められた死体を勘だけで探し当てられる者など誰もいない。

日が西に傾きはじめ、山の稜線《りょうせん》に隠れた。

「ここではないような気がする……」

佳子が、小さな声でいった。

「帰ろう。明日、もう一度、山の反対側を歩いてみよう」

春はまだ浅く、日は短い。周囲の山々が闇に閉ざされる前に、宿に戻る道を急いだ。

結局、何も手懸りはなかった。深山《みやま》は、頑《かたくな》に沈黙を守り通した。

宿に帰ると、平日だというのに何組かの客があった。天狗の湯でゆっくりと汗を流し、食事の用意された大広間に行くと、すでに浴衣《ゆかた》と丹前《たんぜん》に着換えた佳子が待っていた。

食膳《しょくぜん》にはイワナの塩焼やフキノトウなどの山菜の天ぷらの他に、鹿刺や鹿鍋が並んでいた。素朴《そぼく》な山の料理だが、一日の疲れを癒《いや》すには十分な糧だった。

料理に箸をつけながら、ビールの栓を抜いた。湯で温まった体に、染み渡るような感覚が広がった。佳子も、ビールのグラスを傾ける。浴衣の崩れた胸元に、ひと筋の汗が伝って光った。

「どう思いますか……」

佳子が、訊いた。

「どう思う、とは？」

「姉のことです。姉は、見つかるのか……」

神山は、しばらく考えた。だが、ここは正直にいうべきだ。

「難しいと思う。何しろ、まったくといっていいほど手懸りがないんだ。もし仮にお姉さんが白河周辺の山の中に埋められているとしても、砂浜からひと粒の米を探すようなものだ」

「そうですよね……」

佳子が、グラスを空ける。そして俯き、溜息をついた。空いたグラスを手にしたまま、焦点の定まらない視線を宙に漂《ただよ》わせた。

「明日は、どうするんだ」

神山が訊いた。

「私、東京に帰ります……」

「そうだな。その方がいい」

「私、今日も酔いたくなっちゃった……」

佳子が、ぽつりといった。

食事を終えて部屋に戻ると、蒲団《ふとん》が敷《し》かれていた。二間続きの広い部屋の片側に、二人分の蒲団が並んでいた。酔った佳子がそれを見て、くすくすと笑った。

「何だか新婚旅行みたい……」

「おれは隣の部屋で寝るよ」

神山が蒲団を動かそうとすると、それを佳子が止めた。

「いいんです。今夜は、一人だと眠れそうもないし……」

「もう少し、飲むか」

「いえ、もういいです。それよりも、お風呂に行きませんか。混浴のお風呂に……」

「今日は、客が多いぞ」

「わかってます。でも、他の男の人の前で裸になる練習もしておかなくちゃ……」

佳子がそういって、はにかむように笑った。

二人で、天狗の湯に行った。狭く、薄暗い湯の中に、他に四人の男の先客がいた。神山が先に湯に入る。佳子はしばらく躊躇《ためら》っていたが、やがて意を決したように浴衣を落とした。下着は着けていない。他の客の視線が、佳子に集中する。だが佳子は何も隠すことなく、湯船に歩み寄る。そして神山の隣に、体をゆっくりと沈めた。

まるで白亜の彫像《ちょうぞう》のような、美しい体だった。一点の曇《くも》りもない、磁気のように滑《なめ》らかな肌。だが神山の視界に、意外なものが飛び込んできた。

背中の左肩の下あたりに、赤ん坊の手の平ほどの、赤黒い奇妙な形をした痣《あざ》があった。暗い裸電球の光の中で、血の色をした一匹の蝶が羽ばたいているようにも見えた。

ふと、佳子と目が合った。

「気がつきました？」

佳子が振り返るように、自分の肩を見た。

「ああ……」

「子供の頃からあるんです……」

神山は、小さな事実を思い出した。佳子と姉の洋子とは、一卵性双生児だった——。

「もしかして、お姉さんにも？」

「そうです。姉にも同じ場所に、同じ形の痣がありました。それだけじゃないんです。父にも、祖父にも同じような痣があったと聞いています。中嶋の血筋の人間には、みんなあるんです……」

他の男たちが、二人を奇異の目で見つめている。

「しかし、綺麗《きれい》な痣だ。まるで、蝶が飛んでいるようだ」

「ありがとう……。でも私、あまり気にしていないんです。母は気にしてましたけど……」

「お母さんが？」

「ええ。自殺する直前に、変なことをいっていたんです。中嶋家の祟《たた》りだって。曾祖父が大陸にいた時に人を殺したから、だからみんな子孫にはこの痣が出るんだって。姉が殺されたのも、そのせいだって」

「お父さんは？」

「父は、何もいっていませんでした……」

不思議な話だ。

風呂から上がり、部屋に戻った。神山は明かりを小さくし、佳子に背を向けて自分の蒲団に潜り込んだ。背後から、かすかに衣摺《きぬず》れの音が聞こえてくる。しばらくして、佳子が神山を呼んだ。

「神山さん……」

「どうしたんだ」

神山が振り返った。豆電球の小さな光の中に、裸の佳子が座っていた。

「そっちに行ってもいいですか」

「ああ……」

佳子が、神山の腕の中に、体を滑り込ませてきた。柔らかな感触。どちらからともなく、唇を求め合った。

佳子が、いった。

「ひとつ、お願いがあるんです……」

「何だ」

「あまり優しくしないで。乱暴にしてほしいんです。私、いま優しくされると、本当に壊れてしまいそうだから……」

「わかった」

神山は、佳子の細く美しい体を俯《うつぶ》せに押さえつけた。得体《えたい》の知れない、怒りをぶつけた。白い肌の上で、赤い蝶が狂ったように舞った。

9

翌日は晴天だった。

朝食の後で、神山は佳子と共に周囲の山を歩いた。

風はまだ肌を刺すように冷たい。だが日射しには確かに春の眩さがあった。間もなくこの山からも雪が消え、新緑が芽吹き、里と同じように花が咲きはじめる。

それでも山は黙して語らない。ただひたすらに、厳しさと優しさをもって見守るだけだ。だが、結局、大塚義夫と名乗る男と佳子の姉の痕跡は、何も見つけることはできなかった。

立ち止まって休む佳子の肩に、神山は手を置いた。

「今回は、諦めよう」

「はい。これで、納得できました……」

佳子はもう、姉のことは口には出さなかった。眩い光の中で、これから自分が歩く道を探すように、一歩ずつ歩きはじめた。

駐車場に戻り、車に乗った。帰りは、栃木県の側に道を下った。那須湯本の温泉街を抜け、途中の蕎麦《そば》屋で昼食を取り、ただ意味もなく何軒かの土産物屋に立ち寄った。

佳子は、まるで少女のように振舞った。神山の手を取り、時折、目を合わせて笑う。自分に残された最後の時間を、精いっぱい楽しもうとするかのように。

二人はそのまま、那須塩原《しおばら》の駅まで足を延ばした。駅前の、小さなバスターミナルに車を駐めた。だが佳子は、なかなか車を降りようとはしなかった。

「着いたぞ」

神山がいった。

「着いちゃいましたね。でも、楽しかった……」

佳子の声が、かすかに震えている。

「金は、だいじょうぶなのか」

「ええ。まだ、二万円くらいは持ってますから。それに明日、プロダクションに行って〝仕事〟の契約をしてきます。そうしたら、少し前借りもできるし……」

「そうだな。一度、生活を立て直した方がいい」

「ええ。お金が入ったら、また白河に来ます。その時は、協力してもらえますか?」

「勿論《もちろん》だ。待ってるよ」

二人で、車から出た。神山はリアシートから佳子のサムソナイトのスーツケースを下ろした。佳子がそれを受け取り、右手を差し出す。神山がその手を握った。細く、華奢《きゃしゃ》な手だった。

「それじゃあ」

「またな。頑張れよ」

「はい……」

佳子が少し背伸びをし、神山の唇に触れた。

温《ぬく》もりが、離れていく。佳子は踵《きびす》を返し、重いスーツケースを引き摺りながら歩き去る。二度と振り返ることなく。まるで刑場に引き立てられる囚人のように。うなだれて、駅の階段を登っていく。

だが、これでいい。人にはそれぞれの道がある。誰もが、自分の足で歩かなくてはならないのだ。神山には、彼女を助けることはできない。彼女の人生に対して、責任を取ることもできない。

やがて、佳子の姿が視界から消えた。神山は、車に戻った。大きく息を吐《は》き、エンジンを掛ける。だがその時、ダッシュボードに置いた携帯の発光ダイオードが点滅しているのに気がついた。

誰だろう。携帯を開いた。薫からの着信履歴《りれき》が入っていた。折り返し、電話を掛けた。

「ああ、おれだ。何か用でも」

——うん、この前、陽斗のことありがとうね。少し落ち着いたみたい——。

「そうか。それは良かった。それで?」

――そうそう、もうひとつ用があったのよ。この前の手配書の人――。

「大塚義夫か」

――うん、それ。その人のこと、知ってるっていう女の子がいたのよ。近所のスナックの子で……――。

「ちょっと待ってくれ。後で電話を掛けなおす」

神山は携帯を切り、車を飛び出した。走る。駅の階段を、駆《か》け上がった。

「佳子！」

走りながら、名前を呼んだ。改札の前のベンチに座っていた佳子が、驚いたように立ち上がった。

「神山さん……」

「戻ろう。おれと来てくれ」

神山はスーツケースを摑み、佳子の手を引いた。

「いったい、何があったんですか」

「大塚義夫が、見つかったんだ」

佳子の手から、新幹線の切符が落ちた。

10

国道四号線を、白河に戻った。

スナック『花かんざし』は、まだ店を開けていなかった。雑居ビルの一階にあるドアを開けると、私服を着た薫が出迎えた。神山の顔を見て微笑み、後ろから入ってきた佳子を一瞥《いちべつ》する。

「それで……大塚義夫を知っているという女は」

神山が訊いた。

「あの子よ」

薫の視線を追うと、薄暗い店の奥のボックス席に若い女が一人、座っていた。年齢は二十代の半《なか》ばだろうか。ジーンズにセーター、そしてスニーカー。地味な顔立ちで、化粧はしていない。髪を赤く染めていなければ、水商売の女には見えなかった。

神山は、佳子にいった。

「彼女に質問する役目は私だ。君は横で黙って聞いている。後で思い当たることがあったら教えてくれ。ＯＫ？」

「はい、わかりました」

佳子が素直に頷いた。

二人で、女の前に座った。薫が三人分のコーヒーをテーブルに置き、立ち去る。神山が〝私立探偵〟と書かれた名刺を渡すと、女はしばらく不安そうな表情でそれに見入っていた。

「茜《あかね》……です……」

「心配しなくていい。少し、訊きたいことがあるだけだ。まず、君の名前は?」

女が、かすかに笑った。素朴で、心が温まるような笑顔だった。

「この男を知っているんだってね」

神山が大塚義夫の手配書をジャンパーのポケットから出し、テーブルに広げた。茜はそれを見て一度頷き、そして首を傾《かし》げた。

「同じ人だと思うんですけど……」

茜が小さな声でいった。

「どういうことなのかな」

「確かに、顔は似てるんです。でも、大塚という名前ではなかったから……」

神山は、横にいる佳子と顔を見合わせた。

「何という名前だったんだ」

「確か吉岡《よしおか》さんといったと思います。下の名前は忘れてしまいましたけど……」

茜が吉岡という男に会ったのは、四年前の冬だった。大塚某という男が自殺したのが二年前。さらにその一年半前には静岡県の伊東に住んでいたことまではわかっている。もしそれ以前に白河にいたとしても、大塚と吉岡が同一人物である可能性に少なくとも時間的な矛盾《むじゅん》は生《しょう》じない。

当時、茜は白河市内の『シオン』というスナックに勤めていた。吉岡は、たまたまその店に飲みにきた客だった。

「私、その頃は二〇歳になったばかりで、初めてスナックでアルバイトを始めたんです。まだ仕事に馴れなくてどうしようかと思っていたのに、吉岡さんは私のことを気に入ってくれて……」

「どんな人だった」

「いい人でしたよ。少なくとも私には優しかったし。とても人を殺すような人には見えなかったけど……」

吉岡某という男は、以来『シオン』に通うようになった。多い時には週に二度か三度は店に飲みにきて、必ず茜を指名した。そのうちに店が引けた後に近くで食事をしたり、休日にはドライブに行くような仲になった。

「その吉岡という人、なぜ君のことを気に入ったんだろうな」

茜はしばらく考え、そしていった。

「妹に似てるんだとかいってました。私といると、田舎の妹を思い出すんだって……」

妹——か。これは手懸りになるかもしれない。神山は茜の言葉のひとつひとつを、メモに取った。

「その吉岡という人の出身は」

「聞きませんでした。ただ、淋《さび》しい山の中の小さな村で育ったとはいってましたけども……」

過去を捨てた人間の、共通する特徴だ。自分の生まれ故郷に関しては、あまり語りたがらない。

「彼の職業は覚えていないかな」

「確か白河市内で、板前さんのようなことをやっていたんだと思います。店の名前は聞きませんでしたけれど……」

神山は、また佳子と顔を見合わせた。大塚某と吉岡某という男の人物像が、〝板前〟というキーワードでまたひとつ一致した。

吉岡と茜の仲は、半年ほど続いた。歳は離れていたが、いつの間にか二人は恋人同士のような関係になっていた。だがその年の夏になる前に、吉岡はぱたりと店に来なくなった。

「それっきり？」

神山が訊いた。

「はい、それっきりです。携帯電話にも、連絡が取れなくなっちゃったし……」

神山は、息をついた。何かがおかしい。過去を捨てた男が、気紛れで違う土地に流れ歩くというのはけっして珍しいことではない。だが、たとえそうだとしても、普通は女にだけは連絡先くらいは教えるものだ。つまり吉岡某という男には、完全に白河から痕跡を消し去らなければならない理由があったことになる。そして、次は伊東に姿を現した——。

だが、その吉岡という男は本当に大塚義夫と同一人物なのだろうか。

「吉岡という人が大塚と同じ人間だと思ったのは、なぜなんだ。ただ顔が似ていたというだけではないだろう」

茜は、しばらく黙っていた。そして冷《さ》めたコーヒーを口に含み、いった。

「この尋《たず》ね人の紙に書いてあるように、身長は一六八センチくらいでした。それに、体重も五八キロくらいだったし……」

神山にはわかった。茜は、何かを隠している。

「それだけ?」

「もうひとつ、あります……」

「話してもらえないか」

「はい……」茜は、しばらく迷っていた。そして、諦めたようにいった。「その尋ね人の紙に、書いてありますよね。大塚という人は、左肩から背中にかけて大きな火傷の跡があったって。私、混浴の温泉に行った時に見ちゃったんです。吉岡さんにも、同じ所に火傷があったんです……」

神山は、口の中の唾液《だえき》を飲み下した。やはり、そうか。

「その温泉とは？」

「那須の、天狗の大きなお面がある温泉です。確か、北温泉とかいったと思いますけど……」

神山は、佳子を見た。佳子は背筋を伸ばした体を強張《こわば》らせ、神山の手を握った。だがこれで、吉岡某と大塚義夫は、完全に一本の線で繋がったことになる。ラッキーストライクに火を付け、神山はその煙を深く吸い込んだ。頭の芯《しん》に、痺《しび》れるような感覚が広がった。

店を出る時に、神山は薫に呼び止められた。

「ちょっと話があるんだけど……いい？」

薫がそういって、佳子を見た。

「外で待っていてくれないか。すぐに行く」神山が、佳子にいった。「何だ」

佳子が外に出るのを待って、薫が神山にいった。

「陽斗のこと。健ちゃんの家にバイクを取りに行きたいっていってるんだけど……」

「だいじょうぶだよ。男の子っていうのは、みんなそんなものだ。母親に心配かけるようにできてるんだ」

「バイクの乗り方、教えてやってくれる？　あの子、健ちゃんのいうことだけは聞くみたいだから……」

「わかってる。心配するな。それじゃあ、またな」

神山が行こうとすると、また薫が呼び止めた。

「待って」

「何だよ」

「あの女の人、誰なのよ。この前の夜、陽斗や広瀬君たちを迎えに行った時も健ちゃんの家にいたけど……」

「ただのクライアントだ。それだけだ」

薫が、大きく息を吐いた。

「本当にそうかな。さっきあの人、健ちゃんの手を握っていたじゃない」

女の観察力は、鋭《するど》い。

「男と女には、いろいろあるんだ」

「やっぱりね。また、鳶《とんび》に油揚《あぶらあ》げをさらわれちゃったか。ボウモアのボトル仕入れといたから、また遊びに来て」

「わかった」

店を出た。暗がりのポルシェの横に佳子が立ち、神山を見つめていた。

11

二日振りに家に戻ると、部屋の中は真冬のように冷えきっていた。

神山はストーブに火を入れ、薪を焼べた。今夜は、少し火を強くした方がよさそうだ。火が落ち着くのを待って、ボウモアのソーダ割を二つ作った。グラスをひとつ、佳子に渡す。佳子は凍えながらそれを飲み、ストーブの炎を眺めていた。ラピスブルーの瞳に、炎が赤く映っていた。

「何か、料理を作るわ」

佳子がいった。

「いや、いい。今夜は、おれが作る」

「どうして」

「男にも時々、料理を作りたくなることがある」

ローマイヤのハムを厚く切り――最近はこればかりだ――谷津裕明からもらったジャガイモやニンジンなどの野菜と共にダッチオーブンの中に並べた。オリーブオイルを少したらし、ローリエの葉を入れ、蓋《ふた》を閉めて薪ストーブの上に載せる。あとは一時間ほど、何もせずに待つだけだ。たったそれだけでダッチオーブンは天才的な能力を発揮《はっき》し、ハムや野菜を極上の料理に仕上げてくれる。

料理ができるのを待つ間にブルーチーズを切り、アンチョビーをひと缶開け、それをつまみながらウイスキーを飲んだ。

「何もできなくて、ごめんなさい……」

佳子がいった。

「いいんだ。気にするな」

ここ数日は佳子が何かを理由に謝り、神山がそれをなだめている。どうも、落ち着かない。神山は、女に謝られることに馴れていない。

「今日の茜さんという人の話、〝本物〟だと思いますか」

佳子が訊いた。

「吉岡という男のことか。君は、どう思う」

グラスからウイスキーを口に含み、佳子が頷いた。

「私は、本物だと思う……」

「そうだな。おれもそう思う。吉岡某という男と大塚義夫という男は、間違いなく同一人物だ」

手配書には写真とは別に、自殺した大塚の身長、体重、背中の火傷の跡などの身体的特徴が書いてあった。それを見れば、ある程度は話をでっち上げることはできるかもしれない。だが、北温泉のことはひと言も書いていない。大塚が北温泉に行ったことを知っているのは、白河では神山と佳子だけだ。

「吉岡という男の正体、わかるかしら……」

「可能性はあるかもしれない」

薫の店の帰りに、神山は『日ノ本』に寄った。主人の久田一治に、大塚の本名が吉岡という可能性があることは伝えてある。明日には調理師会の白河支部を通じ、市内の全店舗に情報が通達されるだろう。

四年前に、白河のどこかの料理屋に板前として勤めていた男。もし当時、その男が本当に吉岡という名を名乗っていたとすれば、意外に早く素性が判明するかもしれない。だが、糸は細い。その男の本名が吉岡であったかどうかは、何の保証もないのだ。

ダッチオーブンの蓋が鳴り、肉と野菜の焼ける食欲をそそる香りが室内に漂いはじめた。だが、まだだ。神山はもう一杯ボウモアのソーダ割を作り、それをゆっくりと味わった。

佳子がサラダを作り、ナイフとフォーク、皿をテーブルの上に並べた。二杯目のウイスキーを飲み終えたところで、神山はブルゴーニュの赤を一本抜いた。頃合《ころあい》を見計らい、ダッチオーブンの蓋を開ける。完璧な出来だ。神山が自分の手で、二枚の皿にハムと野菜の料理を取り分けた。思いがけず、豪華な食卓になった。

「ハムの塩分以外に、味付けは何もしていない。好みで野菜には塩胡椒《しおこしょう》で味を調整してくれ。ハムには蜂蜜《はちみつ》をかけるといいかもしれない」

「はい……」

佳子が、いわれたとおりにハムに蜂蜜をかけた。この女は、人を疑うということを知らないらしい。ナイフとフォークで切り分け、頬張る。その瞬間に、顔に笑みがこぼれた。

「どうだ」

「美味しい……」

だが、次の瞬間にその笑いが消えた。佳子は手を止め、皿の上の料理を黙って見つめている。

「どうかしたのか」

神山が訊いた。

「いえ、別に……。ちょっと、洋子姉さんのことを思い出したんです……」

「なぜ」

「私と同じで、姉はハムが好きだったから……。こんなお料理、食べさせてあげたかった……」

神山は、ワインを口に含んだ。悪くない。値段と料理の味に、釣り合っている。

「いいから食べよう」

「ええ、そうですね。でも……」

「でも？」

佳子が頷き、いった。

「姉が死んだのは、私のせいなんです……」

「なぜ、そう思うんだ」

「だって、あの男が狙っていたのは、私の方なんです。姉は私と間違われて、身換《みがわ》りになったんですよ。それなのに私は、いまこうして美味しいものを食べている……」

「どうしてそう決めつけるんだ。ケイ・中嶋は、二人いた。あの男が君と姉さんのどちらの写真を見て好きになったのか。もしかしたら、最初からお姉さんの方を狙っていたのかもしれない」

「そうでしょうか……」

「あの男は、単なるストーカーだった。何を考え、どのように行動したのか。そんなことは誰にもわからないんだ」

だが神山はその時、自分で〝ストーカー〟という言葉を使っておいて、奇妙な違和感を覚えた。あの大塚——もしくは吉岡——という男がストーカーであったのかどうかについても、佳子が勝手にそう思い込んでいるだけだ。本当のことは、やはり誰にもわからない。

一方であの男は、白河で知り合った茜という女にはまったく執着心《しゆうちやくしん》を見せずに姿を消している。その吉岡と、女を殺して自殺までする大塚という男は、どうしてもイメージの中で重ならない——。

食事を終え、リビングに戻った。ストーブに薪を焼べ、炎を眺めながらボウモアをオン・ザ・ロックスで味わう。

炎は常に一期一会《いちごいちえ》だ。同じ形の炎は、この世で二度と出会うことはない。それは人の心も同じだ。いま、同じ炎を眺めながら、佳子が何を考えているのかを読み取ることはできない。

「私、これからどうすればいいのかしら……」

ソファーの横に座る佳子がいった。

「どういう意味だ」

「東京に戻るべきなのか。それとも、ここに残った方がいいのか……」

神山はグラスのウイスキーを口に含み、いった。

「しばらく、白河にいた方がいい。何か動きがあるかもしれない」

別に、佳子を助けるわけではない。この女が東京に戻って何をしようが、そんなことは知ったことではない。ただ、何か情報が入った時に、佳子がいた方が都合がいい。理由はそれだけだ。

「でも、迷惑じゃありませんか」

佳子が、神山を見ずにいった。

「別に。どうせおれは、独り者だ」

静かな時間が流れた。時折、ストーブの中で栗《くり》の薪が爆《は》ぜる音が聞こえる。それ以外に、周囲には何も音がない。

だが、何かが聞こえてくる。壁を掻く、かすかな音。そして喉《のど》から絞り出すような、か細い鳴き声……。

「猫……」

佳子が小さな声でいった。

神山は、ポーチを見た。掃《は》き出し窓のガラスの向こうに、小柄な三毛猫が座っていた。また、あいつだ。しばらく姿を見かけなかった。この冬に、どこかで死んだのかと思っていたのだが。

ソファーを立ち、神山はドライフードを持って外に出た。トレイに餌を入れ、床に置く。体を撫でてやると、猫は無心に餌を食べはじめた。佳子は窓の前にしゃがみ、その様子を見守っている。

部屋に戻った神山に、佳子が訊いた。

「飼ってるんですか」

「いや、そうじゃない。ただ時々、ここに来るだけだ」

「どうして餌をやるの？」

「わからない。ただ、何となくだ」

佳子が、神山を見上げた。

「私のことも？」

「どうだろうな」

神山が、ストーブの前のソファーに座った。佳子は、窓の外の猫を見ている。何かを、思うように。やがて猫は餌を食べ終え、また暗い森の中に去っていった。

佳子が、神山の前に立った。

「私も、猫と同じなのね。ただ気紛れで、餌をやりたくなった……」

神山がウイスキーを口に含み、いった。

「猫と人間とは違う」

佳子が、かすかに笑った。

「いいの……。私、猫になりたい。でも人間には、猫にはできないこともできるから……」

「どんなことを？」

神山がいうと、佳子は小さく頷き、服を脱ぎはじめた。セーター……ジーンズ……そして下着……。ゆっくりと、濡れるような目で神山を見つめながら。そしてすべてを脱ぎ捨てると、厚い絨毯《じゅうたん》の上に猫のように手足をついた。

「ニャオ……」

佳子が、鳴いた。神山を見上げながら。

「猫になったのか」

神山が、またウイスキーを口に含む。

「そう、猫になったの。牝猫に……」

佳子の目が、妖艶《ようえん》な光を帯《お》びた。

「長田にも、そうしたのか」

「そうよ。私が誘ったの。好きな時に、して。私それまで、ずっとこのままでいるから……」

神山はグラスを置き、ソファーを立った。佳子の前に跪《ひざまず》き、首から背中にかけてを指先で撫でた。佳子が猫のように背を反《そ》らし、喉を鳴らした。

佳子を、抱いた。もうどうなってもいい。そう思った。赤い血の色をした蝶が昨夜と同じように、白い肌の上で狂ったように舞った。

自分が、この美しい体に溺《おぼ》れていくのがわかった。このままでは、抜けられなくなる。

だがその時、神山はどこか冷めた別の心で、まったく違うことを思っていた。

左肩の下にある、蝶の形をした痣。死んだ大塚――吉岡――という男は、左肩から背中にかけて大きな火傷の跡があった。

まったく、同じ場所に。

偶然なのか――。

12

三日間が、何事もなく過ぎた。

周囲の山々に、春の気配は日々を重ねるごとに増していく。森の中に野鳥が囀《さえず》り、樹木の梢《こずえ》にはまだ堅い芽がふくらみはじめている。

佳子は朝からフキノトウを採りに出掛けていた。神山は薪割りで汗を流し、ひと休みした後でガレージに向かった。陽斗の古いＣＢ４００ＦＯＵＲが、部品をばらしてスタンドに立てかけてあった。

このバイクは、やはりひどい有様だった。何もわからずに、陽斗は仲間から中古を安く買わされたのだろう。山のないタイヤのゴムは硬化し、ブレーキパッドはすり減り、エンジンヘッドやギアボックスのガスケットからはオイルが滲《にじ》んでいた。本来は四本あるはずのマフラーは、安物の集合マフラーに換えられている。時代遅れの、絞りハンドル。過去に事故を起こしているのか、フレームも少し狂っていた。

前日の夕方に、町のバイク屋に注文しておいた部品が届いていた。神山はツナギに着換え、バイクを組み立てはじめた。まずエンジンヘッドとギアボックスのガスケットを交換し、同時に両方のオイルも換えた。思ったとおり、オイルはかなり汚れていた。ついでに、プラグ四本も新しい物に交換する。ギアは一速と二速がすり減り、プラグコードも傷んでいたが、これはこの次だ。フレームの歪《ゆが》みは、チェーンブロックとワイヤーを使って矯正《きょうせい》した。応急処置だが、少しはまともに走るようになるだろう。

ハンドルとマフラーをノーマルの部品に戻すと、だいぶ本来のバイクらしい形になってきた。あとは、ブレーキとタイヤを組み付けるだけだ。

昼近くになって、佳子が帰ってきた。

「遅かったな」

神山が、オイルで汚れた腕で額の汗を拭いながらいった。

「ええ、ちょっと谷津さんのところに寄ってきたの。ほら、フキノトウがこんなに。それから、また野菜と卵をもらってきちゃった」

佳子がそういって、手に提げた袋を掲《かか》げた。

「昼飯はどうする」

「いま、何か作るわ。パスタでいいかしら」

「そうしてくれ」

佳子が春の日射しのように明るい笑顔を残し、家に入っていった。不思議な女だ。いつもはごく普通の育ちのいい女なのに、時折、何かの拍子《ひようし》に得体の知れない一面が闇の中から顔を覗かせる。あの白い肌に浮かぶ、血の色をした蝶のように。けっして、姉と両親の死だけがその原因ではないようだった。一人の人間の中に二人の人格が存在するような、そんな錯覚《さつかく》を覚えることがある。

パスタは新鮮な卵とアンチョビー、ブラックオリーブを使ったプッタネスカだった。サイドに、新鮮な野菜のサラダが付いた。佳子が、本当の自分の——おそらくそうなのだろう——顔で作った料理だ。デッキのテーブルで冷たいペリエと共に食べると、何事もなかったかのような平穏《へいおん》な味がした。

食後のコーヒーを飲んでいると、牧草地の中の道を一台の車が上がってくるのが見えた。薫のホンダのセダンだった。

車が庭に入ってくるのを待って、神山は椅子を立った。だが助手席が開き、陽斗が一人で降りてくると、車はまたバックで道に出てクラクションを鳴らして走り去った。

「お母さんはどうしたんだ」

庭に一人で残された陽斗に、神山が訊いた。

「わからない。ここまで来たら、急に自分は帰るからって……」

神山は、デッキを振り返った。佳子が皿を片付け、家の中に入っていく。

「コーヒーを飲むか」

「いらない。それより、バイクを取りに来たんだ。ぼくのバイクはどこ?」

「こっちだ」

ガレージに連れていくと、陽斗はしばらくスタンドに立て掛けてある自分のバイクを見つめ、その場に立ちつくしていた。

「どうしちゃったの……」

陽斗が訊いた。

「直してるんだ」

「どうして?」

「あんなのはバイクじゃない。エンジンやミッションのオイルは真黒だったし、ガスケットは抜けていた。フレームも曲がっていたし、タイヤはボロボロだった。あれではまともに走らない。それ以前に、危険だ」

「……」

「どうした。気に入らないのか」

「わからないよ……」

「乗ってみればわかる。タイヤとブレーキを組み付けよう」

「うん……」

陽斗に手伝わせ、バイクを組み上げた。安物のラッカーで塗られたタンクの色はともかくとして、それ以外はまともなバイクになった。それでも陽斗は納得がいかないのか、複雑な表情をしていた。

エンジンを掛ける。4ストローク特有の、くぐもるような重い音だ。悪くない。

「乗ってみろよ」

神山がそういって、陽斗にヘルメットを投げた。

「うん」

「ブレーキを交換してある。馴れるまで、気を付けろよ」

「わかった」

「それからもうひとつ」

「何？」

「コーナーを曲がる時、アクセルを開《あ》けようと思った時、必ず母さんの顔を思い浮かべるんだ」

「どうして？」

「おまじないだよ。そうすれば、バイクに乗るのがうまくなる」

陽斗は、しばらく不思議そうな顔をしていた。そして、いった。

「了解。何となく、わかるような気がするよ……」

陽斗がヘルメットを被り、スタンドを外す。バイクを道に出し、跨《また》がる。一度、親指を立て、ヘルメットの中の目が笑った。アクセルを、開ける。4ストロークエンジンの心地良い音色を残し、春風の中を走り去った。

いつの間にか、佳子が神山の横に立っていた。寄り添う肩を抱くと、ブルネットの長い髪から花の香りが漂った。

「どうしたんだ」

神山が訊いた。

「電話が鳴ってたわ」

佳子が、携帯を神山に渡した。開く。『日ノ本』の女将の久田久恵からの留守《るす》番メッセージが残っていた。神山が、メッセージを再生する。

佳子が、神山の顔を覗き込む。

「何かあったの?」

神山が頷く。

「大塚……いや、吉岡という男のことがわかったらしい」

神山がそういって、携帯を閉じた。

13

大塚義夫は、少なくとも白河周辺では〝吉岡敬司〟という名前を使っていたらしい。五年前の夏ごろに石川《いしかわ》郡石川町にふらりと姿を現して、それからしばらくは町内の母畑《ぼばた》温泉の『源氏館《げんじかん》』という旅館に住み込みで働いていた。

どうりで白河市内の飲食店の情報網には、なかなか引っ掛かってこなかったはずだ。たまたま石川町から白河に移ってきた別の流れ板が手配書に目を留め、「吉岡敬司ではないか……」ということになった。だがその流れ板——工藤《くどう》という五十代の男だった——も、吉岡敬司についてよく知っていたわけではない。ただ〝吉岡〟という名字と、顔がどことなく手配書の写真に似ていたことから同一人物かもしれないと知らせてきただけだ。

神山は、その日のうちに佳子と共に石川町に向かった。母畑温泉は、平安時代に奥州《おうしゅう》を訪れた源 義家《みなもとのよしいえ》が開湯したと伝えられる古い温泉地である。北須川《きたすがわ》沿いの山肌にしがみつくように、計六軒の温泉宿が点在する。『源氏館』は、その中の老舗《しにせ》の一軒だった。

春先の日曜の午後ということもあって、館内に客の姿は少なかった。訪ねると、和服姿の若女将が快く迎えてくれた。若女将とはいっても歳は四〇を過ぎていそうだが。温泉地で生まれ育った女の常として、色白の肌にどことなく艶《つや》がある。

「電話で聞きましたが、吉岡のことですって？」

仲居の休憩《きゅうけい》室に通された。茶を淹れながら訊く女将の表情に、かすかに不安の色がかすめたような気がした。

「そうです。確か、吉岡敬司といいましたか。その吉岡は、この男に間違いありませんか」

神山が、大塚義夫の写真を女将の前に置いた。佳子が隣で、二人のやりとりを見守っている。女将は茶をすすり、しばらく写真に見入っていたが、やがて小さく頷いた。

「そうです……。確かに、うちにいた吉岡です……。この男が、何かをやったんですか」

「ええ。ここにいる中嶋佳子さんの依頼で調査しているんですが、いろいろと複雑な経緯がありましてね……」

神山は簡単に事情を説明した。吉岡は、白河周辺から姿を消した後は静岡県の伊東市や東京で大塚義夫という名前を使い、寿司職人として働いていたこと。そして二年前の春、佳子の姉の洋子を拉致して姿を消し、本人は伊東の海で自殺したこと——。

「そうですか……。吉岡が、死んだんですか……」女将がそういって、溜息をついた。

「でも、そういうこともありそうな男でしたから……」

「と、いいますと」

「仕事は真面目でしたし、性格も悪くはなかったのですが、いろいろと問題のある男ではあったんです……」

女将が、ひとつひとつを思い起こすように話しはじめた。

吉岡敬司が『源氏館』に住み込みで雇われたのは、五年前の夏だった。急にお盆の前に人が辞めて、慌てて新聞に求人広告を出した時に入ってきた。いわゆる流れ板で、身元も確かではなかったのだが、書き入れ時を前にして雇うしか方法はなかった。

仕事はそこそこ真面目にはやっていた。無口で自分のことは何も話さなかったが、他の板前や仲居との折り合いも悪くはなかった。そのまま長く居つくかと思っていたのだが、三年前の六月に突然、姿を消した。この辺りの時系列はスナック『シオン』の茜という女の話とも一致する。

「その日の昼までは、普通に働いていたんですよ。ところが午後になって、車でふらりと出掛けていってそれっきり。何かあったんじゃないかって、心配して警察に捜索願を出そうかと思ったくらいなんです……」

「先程、身元が確かではなかったといいましたね。身分証や、他に履歴書は取らなかったんですか」

「免許証は持っていたんだと思いますよ。車を運転していたんですから。でもうちに入った時にはちょうど紛失していたとかで、確認はしていませんけれども。履歴書だけは一応取っていたんですよ。確か、本籍地は新潟県新発田《しばた》市のどこかの町になっていました。でも吉岡がいなくなってから調べてみたんですが、新発田市にそんな住所は存在していなかったんです……」

新発田市は、新潟県北部の日本海側に面した城下町だ。市内を流れる加治《かじ》川沿いに美しい水田地帯が広がり、県下有数の米所としても知られている。だが、大塚もしくは吉岡と名乗る男のイメージは、どうしても新発田の風景に結びつかなかった。失踪し、自分の過去を消そうとしている男は、たとえ架空《かくう》の住所であれ自分の出生地の地名を履歴書に書いたりはしない。おそらく新発田の住所は、まったく思いつきのでたらめだったのだろう。

女将は、吉岡敬司について他に何も知らなかった。大きな旅館では、年に何人もの板前が出たり入ったりを繰り返している。吉岡も、そうした流れ板の一人にすぎなかった。

「吉岡は、車を持っていたといいましたね。どこのナンバーだか覚えていませんか」

「この辺りと同じ、いわきナンバーだったと思いますよ。古い軽自動車で……。そうだ、あの車は確か、清《きよ》さんから買ったんじゃなかったかしら……」

「清さん、ですか」

「そう、うちの板長ですよ。松宮清《まつみやきよし》というんですが、あの人なら吉岡のことをもう少し知っているかもしれないわね」

女将に連れられて、厨房に向かった。松宮清はタバコを銜《くわ》えながら、競馬新聞を広げてテレビに見入っていた。年齢は六〇に近い。だが、気のいい男らしい。女将にいわれると、気軽に神山の話に応じてくれた。

「吉岡か。懐かしいな。悪い奴じゃなかったんだけんども……」

誰もが〝悪い奴ではなかった〟という。だが、悪い奴でなければ犯罪は犯さない。

「松宮さんは、吉岡と親しかったそうですね」

女将が、頭を下げて厨房を出ていった。それを見届けて、松宮がいった。

「親しくはねえよ。板場の人間はそれなりに付き合いはあったから、時々飲みに行ったりはしたけんども。その程度かな……」

「吉岡は、自分の生い立ちについて何か話していませんでしたか」

「さてなあ。何も聞かなかったなあ。あの手の人間は、何も話さねえからなあ……」

「履歴書には、新潟の新発田の出身だと書いてあったそうですね」

「そんなことは、聞いたよ。だけんど、それは嘘だべ。新発田のことなんか何も知らんかったし、訛《なまり》があったかんね」

「訛、ですか?」

「ああ、そうだよ。この辺りの訛さ。おそらく福島の南の方か、茨城《いばらき》の北の方じゃねえかと思うんだけどね。隠そうと思っても、つい出ちまうからね」

やはり、そうか。大塚――吉岡――という男は、以前に白河に勤めていただけでなく、それ以上の土地鑑《かん》がこの辺りにあったのだ。

その時、それまで黙って聞いていた佳子が口を出した。

「吉岡には、妹さんがいたそうですね」

松宮が、佳子を見た。

「ああ……。そんな話は聞いたね」

「どんな話ですか」

松宮が困惑したように神山に視線を送る。

「いっちまっても、いいのかな……」

「いいんじゃないですか」

神山がいうと、松宮が言葉を選ぶように話しだした。

「酒に酔うと、吉岡がよくいってたんだよ。自分には、妹がいるんだと。その妹を、自分が助けてやらねばなんねえんだと……」

「助ける?」

「そうだよ。どうも、話によると、どこかのソープにいたらしいんだよ。そこから、抜けさしてやりてえんだと……」

神山は、横にいる佳子と顔を見合わせた。

「その妹の名前、わかりませんか」

「確か、松子《まつこ》とかいったかな。よく酔っぱらって、松子……松子……っていってたかんな」

吉岡松子か。だが、吉岡という名前そのものが〝本物〟なのかどうかもわからない。

「吉岡の妹は、どこにいたんでしょう。場所は、聞きませんでしたか」

「聞かなかったな……。だけんど、そう遠くはねんでねえか。吉岡はよく休みの日に、車に乗って日帰りで妹に会いに行ってたみてえだしよ。よく土産に干物なんかを買ってきてたから、海辺の町だとは思うけんど……」

石川町から、日帰りで行ける距離。ソープのある海辺の町。だが高速を使えば、その範囲はかなりの広さになる。

テレビで、競馬のレースが始まった。GⅡの中山《なかやま》記念だった。松宮は話を中断し、競馬新聞を握り締めて画面を食い入るように見つめている。一番人気のカンパニーが前半から二番手の好位置につけ、最後の直線でクビ差抜け出して差し切った。

だが、松宮は外したらしい。手を額に当て、顔をしかめた。

神山がいった。

「だめだったようだね」

「ああ、外しちまった。せっかく白河のウインズまで、午前中に馬券を買いに行ったのによ。それで、話は何だったっけ」

「吉岡の妹の話ですよ。吉岡は、そんなに頻繁《ひんぱん》に妹に会いに行ってたんですか」

「そんなに頻繁、てほどでもなかったんでねえかな。よく覚えてねえけど、月に一度くれえでねえか。確か吉岡がいなくなる前の日にも、妹に会いに行ったみてえだ……」

「その時に、何か変わった様子は」

「別に、なかったな。その日の夜には帰ってきて、翌日も昼ごろまではいたんだ。そんで、午後になって急にいなくなった……」

「吉岡は、荷物は残していかなかったんですか」

「荷物ったって、大したものはねえよ。身の回りのものと、着換えが少しばかりあったくれえでねえか。汚れた下着と古い雑誌なんかがいくらか残ってたけんど、そんなもんは処分しちまったしなあ……」

「吉岡のいた部屋は、いまはどうなってますか」

「最近は住み込みで働く奴も少なくなったし、そのままになってるんでねえかな。見てみるかい」

「できれば」

松宮に案内されて、旅館の裏手に回った。建物と山の陰に隠れた狭い敷地《しきち》に、古い木造の平屋の長屋が建っていた。生活の気配があるのは、五部屋並ぶ内の二部屋だけだ。あとの三部屋は、雨戸が閉まっている。

「ここだよ」

松宮がそういって、一番北側の部屋の鍵を開けた。三年ぶりの湿気を帯びた大気が解き放たれて、黴《かび》の臭いがつんと鼻を突いた。

狭い三和土《たたき》に靴を脱ぎ、部屋に上がる。畳が不快に沈んだ。部屋の奥に向かい雨戸を開けると、かすかな陽光の中に狭い空間の風景が浮かび上がった。

六畳の和室に、襖で仕切られた四畳半、部屋はそれだけだ。家具と呼べるものは古い卓《ちゃ》袱台《ぶだい》とテレビ、小さなガス台と石油ストーブ以外には何もない。押入れの中も、空だった。

すべてが色褪《あ》せ、くすんでいた。この狭く寒々しい部屋で暮らしていた吉岡という男の姿が、一瞬、視界の中をかすめたような気がした。

「何もないべ」

松宮がいった。

「そうですね。本当に、何もない……」

だがその時、佳子がいった。

「あれは、何……」

佳子が、壁を見つめている。神山は、その視線を追った。天井の下の蜘蛛《くも》の巣が張った土壁に、一枚の紙が貼られていた。何か、神社の札のようなものだ。

「あれは、吉岡が貼ったんですか?」

神山が松宮に訊いた。

「んだべな。その前には、なかったからな……」

札には、筆で二行の文字が書かれていた。

〈大山祇大神
大山阿夫利大神〉

神道《しんとう》の、神を意味する言葉らしい。そしてその二行の上に、朱印で〈八道〉という文字が入っていた。

いったい、どのような意味なのか。神山はしばらくその文字を見つめていた。

14

母畑温泉の帰りに、神山は白河市北中川原《きたなかがわら》の『みどり書房』に寄った。

市内では、最大級の書店だ。ここで神道、神社関連の書籍を探し、何冊か買って真芝の家に戻った。

ストーブの前のソファーに座り、佳子が食事を作る間に本を開いた。二行の文字の由緒《ゆいしょ》は、すぐにわかった。〈大山祇大神〉は「オオヤマツミノカミ」、〈大山阿夫利大神〉は「オオヤマアフリノカミ」と読むらしい。いずれも神奈川県伊勢原《いせはら》市の大山にある『大山阿夫利神社』に由来する。社伝によると三世紀ごろに崇神《すじん》天皇の時代に創建。天平勝宝《てんぴょうしょうほう》四年（西暦七五二年）に華厳《けごん》宗の僧である良弁《ろうべん》によって雨降山《あぶりさん》大山寺が建立《こんりゅう》されて今日に至っている。中世から後は、源　頼朝《みなもとのよりとも》をはじめ北条《ほうじょう》氏、徳川《とくがわ》家などからも崇敬《すうけい》を受けたという。

だが神山は、大山寺に関する説明を読んでいて奇妙なことに気が付いた。元来《がんらい》『大山阿夫利神社』は大山の山嶺《さんれい》に本社、摂社奥社、摂社前社の三社がある。それぞれが大山祇大神、大雷神（オオイカツチノカミ）、高オカミの神（タカオカミノカミ）を祀《まつ》っている。だが札に書かれている〈大山阿夫利大神〉という神は、正式にはどこにも出てこない。

「何かわかりました？」

佳子が食事の仕度《したく》の途中で覗き込んだ。

「どうやら神奈川県伊勢原市の大山阿夫利神社に由来する札のようだな。何か思い当たることはあるか？」

だが、佳子は首を傾げた。

「伊勢原ですか。大塚が自殺したのが、伊東でしたよね。東京から車で伊東に向かえば、途中で伊勢原のあたりを通ったと思いますけど……」

確かに、そうだ。東名高速から小田原厚木道路《おだわらあつぎ》を経由すれば、伊勢原の近くを通る。だが、大塚――吉岡――が、通りすがりにたまたま神社に立ち寄って札を取ったとは思えない。だいたい吉岡が伊東に住むようになったのは、母畑温泉から姿を消した後のことだ。時系列が合わない。吉岡と大山阿夫利神社の接点が、何も存在しないのだ。

もうひとつ、謎がある。札の上に朱で書かれた〈八道〉の文字だ。『大山阿夫利神社』の関連事項には、〈八道〉の付く地名や人名、言葉がまったく出てこない。

神山は、考えた。この札は、『大山阿夫利神社』には直接関係ないのかもしれない。

現在〝大山〟と名の付く神社は、『大山阿夫利神社』を起源とするものと、そうでないものも含め、日本全国に広く分布している。岐阜県加茂郡《ぎふかも》にある大山神社や愛媛県越智郡《えひめおち》の大山祇神社、広島県因島《いんのしま》の大山神社などはよく知られているが、福島県内にも西会津《にしあいづ》町などに大山祇神社が存在する。各地で名を変え、もしくは姿や様式を変えて、山で暮らす多くの人々に地付きの神として信仰されている。

吉岡の部屋に残っていた札も、そうした地元信仰の神社のものであったのかもしれない。他には見られない〈八道〉の文字が、それを物語っている。特殊《とくしゅ》な人々が、特殊な目的のために用いた札であったように思えてならない。

自分で〝特殊〟という言葉を思い浮かべておいて、神山はそのひと言が持つ意味に気付き、ある種の胸騒ぎのようなものを覚えた。いったい、大塚——吉岡——と名乗る男は何者だったのか。これは佳子が考えているような、単純なストーカー事件ではないのかもしれない。ただ漠然《ばくぜん》とした、予感があった。

テーブルの上に、料理が並びはじめた。神山は冷蔵庫からビールを出し、ダイニングに移った。朝、採ってきたばかりのフキノトウの天ぷらに、サラダ。そして白河牛を使った肉ジャガ。その他にも、何種類かの皿が並んだ。一日の疲れを癒す食事としては悪くない。

佳子も椅子に座り、ビールを飲みはじめた。だが、彼女は無口だった。何かを考えるように、手の中のグラスを見つめている。

「どうした」

神山が訊いた。

「別に……。ただ何となく、自分がいまここに存在していることに違和感があるんです。昼間、あの部屋を見たからかもしれない……」

佳子が何をいいたいのか、神山にはわからなかった。だが、〝違和感〟という言葉だけは少し理解できるような気がした。おそらく佳子は、自分の人生の中であのような部屋を一度も見たことがなかったのだろう。

神山は、ビールを飲みながら料理を口に運んだ。フキノトウのほろ苦い味が、口の中に広がった。

「ソープって……どんな所なんですか？」

「吉岡の妹のことか。女が、男に体を売る所だ。一緒に風呂に入り、裸になってサービスをする。それだけだ」

「お金のために？」

「そうだ。金のためだ。しかし同じ金でも、いろんな金がある。借金のために働いていたり、男に働かされている場合もある」

「いろいろあるんですね。私には、わからないことばかり……」

「わかる必要はないさ」

神山は、ビールを口に含んだ。その時、何かが頭の中で閃《ひらめ》いた。

そうだ、ソープだ……。

大塚――吉岡――という男には、松子という妹がいた。松子は、少なくとも三年前にはソープで働いていた。その町は、母畑温泉から車で日帰りできる距離にある。そして吉岡には、福島県南部もしくは茨城県北部の訛があった。

もうひとつ、手懸りがある。大塚――吉岡――という男の性格だ。奴は、慎重だ。母畑温泉に板前として勤めていながら、その頃のことは誰にも話した形跡《けいせき》がない。だが栃木県の北温泉に関しては、伊東にいた時に気軽に仲間に話している。これはおそらく、意識的な偽装《ぎそう》だ。北温泉は白河をはさみ、母畑温泉のちょうど反対側にある。

吉岡は、母畑温泉に住み込みで就職する際の履歴書に新潟県新発田市の住所を書いていた。もちろんこれは、架空の住所だ。奴の性格を考えれば、自分の過去の足跡を消すための何らかの計算があると見るべきだ。そしてもうひとつ、探偵稼業の調査基準には絶対的なセオリーがある。

調査対象が偽の住所を使った場合には、その逆を探せ――。

神山が席を立った。

「どうしたの?」

「地図を取ってくる。吉岡の妹のいる場所が、わかるかもしれない」

庭に出て、パジェロミニのグローブボックスから地図帳を出した。部屋に戻り、開く。

まず最初に、新潟と白河の位置関係を確認する。その、反対側だ。松宮は、吉岡がよく「土産に干物なんかを買ってきた……」といっていた。神山は太平洋側の海岸線に沿って、海辺の町を探した。

考えるまでもなかった。いわき市の小名浜《おなはま》だ。小名浜の竹町《たけちょう》の一角には、福島県下最大の歓楽街がある――。

「おれの気紛れに付き合ってみるか?」

神山がいった。

「はい……」

テーブルの上に地図帳を広げ、小名浜を指さした。

「ここだ。この町に、吉岡の妹の松子がいるかもしれない」

佳子が、怪訝そうな顔で神山を見た。

「何か、根拠があるんですか」

「理屈《りくつ》じゃない。この港町に、大きなソープ街がある。探偵としての、長年の勘のようなものだ。とにかく、行ってみよう」

神山がいうと、佳子が無言で頷いた。

そうだ。単なる勘だ。

だが今回の事件の調査は、最初から勘の積み重ねのようなものだった。自殺した男の車から発見された東京・白河間の高速の領収書。北温泉という不確実な証言。板前という職業。佳子が聞こえるという姉洋子の声。細い糸を繋げ、それを辿りながらここまで追ってきた。たとえ僅《わず》かな可能性でも、いまはそれに頼るしか方法はない。

「私、何でもします……」

佳子が、小さな声でいった。

第二章　魔窟

1

夜明け前に、白河を発《た》った。

出がけに庭の梅の木を見ると、闇の中で花弁がひとつ、ふたつ、ほころびはじめていた。

ポルシェ・CARRERA4の狭いフロントトランクとリアシートに二人分の荷物を積み込み、山を下りる。東の山の稜線《りようせん》が、かすかに白く染まっていた。

国道二八九号線に出てすぐに、背後に車がいることに気が付いた。ヘッドライトの距離が近い。暗くて車種まではわからないが、国産の中型セダンらしい。

気にさわる車だ。神山はポルシェのギアをマニュアルモードにシフトして五速から三速に落とし、アクセルを踏み込んだ。背後のヘッドライトの光が、バックミラーの中で見る間に遠ざかっていった。どうやら、思い過《す》ごしだったようだ。

「眠いわ……」助手席で、佳子がいった。「私、昨夜はほとんど眠れなかったんです……」

神山は知っていた。昨夜は早くベッドに入ったが、佳子はひと晩中、寝返りを打っていた。時折、声を押し殺すような嗚咽《おえつ》と、荒い息が聞こえていた。

「少し寝た方がいい。向こうに着いたら、起こす」

「すみません……」

佳子がまた、謝った。助手席の背もたれを、後ろに倒す。しばらくすると、かすかな寝息が聞こえてきた。

国道四号線を横切り、白河の市街地を抜ける。まだ暗い御斎所《ごさいしょ》街道を走った。石川町の手前で、夜が明けはじめた。間もなく、吉岡敬司という男が住み込みで働いていた母畑温泉の近くを通る。

神山は、ステアリングを握りながら考えた。吉岡――もしくは伊豆《いず》の海で自殺した大塚某――という男は何者だったのか。いまのところ、手懸りは二つだけだ。ひとつは松子という妹がいたこと。もうひとつは、その男が住んでいた部屋に残された奇妙な神道の札だけだ。

〈大山祇大神
　大山阿夫利大神〉

この二行の言葉が、神奈川県伊勢原市の『大山阿夫利《おおやまあふり》神社』に由来することまではわかった。神山は、幾度となくその奇妙な言葉を頭の中で反芻《はんすう》した。だが、何も思い浮かばない。むしろ気に掛かるのは、二行の言葉の上にある〈八道〉という朱印の文字だった。

〝八道〟とは、何を意味するのか――。

神山は前夜、この二文字についてインターネットなどでいろいろと調べてみた。その中で、いくつかわかったことがある。まず一般に〝八道〟といえば、日本の八つの旧行政区画――すなわち東海道、東山道、北陸道、山陰道、山陽道、南海道、西海道、北海道――の総称を意味する。

同様に、朝鮮半島にも京畿《けいき》道、江原《こうげん》道、咸鏡《かんきょう》道、平安《へいあん》道、黄海《こうかい》道、忠清《ちゅうせい》道、慶尚《けいしょう》道、全羅《ぜんら》道の〝朝鮮八道〟が存在した。これは別名「鶏林《けいりん》八道」とも呼ばれ、昔は朝鮮全土を意味し、現在も韓国と北朝鮮の行政区画の基礎となっている。

だが〝八道〟は、元来は神道の世界では使われない言葉だ。単純に、「日本全土をその支配下に置く」という意味に取ればいいのか。もしくは、まったく別の意味が存在するのか。いずれにしても、大塚――吉岡某――という男との関連はまったくわからない。

神山は、助手席の佳子の寝顔を見た。白く、透《す》き徹《とお》るような肌。鼻梁《びりょう》が高く、つんと上を向いた鼻。唇は梅の花弁のように淡く、小さい。もし目を開ければ、ラピスブルーの瞳が朝日に輝くだろう。彼女の体の中には、確かに白系ロシアの血が流れている。

神山はふと、小さな事実を思い出した。彼女の曾祖父《そうそふ》の中嶋豊は、大陸浪人だった。明治四〇年頃に大陸に渡り、満鉄の何らかの子会社の役員を務めていた。そこで曾祖母のアーニャと知り合い、結婚した。その頃の曾祖父と〝朝鮮八道〟という言葉が、何かの意味で関連していたのではないのか——。

だが神山は、自分で考えておいて苦笑した。旧満州は同じ〝大陸〟でも、現在の中国だ。朝鮮とは鉄道が繋《つな》がっていたくらいで、関係はない。それに中嶋豊の人生と朝鮮八道は、時代的にも重ならない。だいたい、戦時中に亡くなった佳子の曾祖父と今回の事件を関連付ける方がどうかしている。明らかに、考えすぎだ。

やがて母畑温泉を過ぎ、山越えの道に入った。しばらくは、九十九折《つづらおり》のコーナーが続く。神山はティプトロニックでシフトチェンジを繰り返し、ゆったりと、だが軽快に早朝の山道を走り抜けていく。

右手に千五沢《せんござわ》ダムが見えてきたところで、神山はまだ背後に車がいることに気が付いた。早朝の道はまだ車がほとんど走っていない。神山のポルシェは、かなりの速度が出ているはずだった。だがその車は、一定の距離を保《たも》ちながら、離れることなく尾《つ》いてくる。

その車の走り方に、何らかの意志のようなものを感じた。車種は、レクサスの黒いセダンだった。インチアップした幅の広いタイヤを履き、車高も少し落としている。朝、国道二八九号線で、後ろに尾いてきた車と同じかどうかはわからない。

県道四〇号線から四二号線を右折し、しばらくはなだらかな道が続いた。神山は前を走る車を追い越し、少し速度を上げた。だがやはり、後ろの黒いレクサスは離れずに尾いてくる。

どうやら、何者かに尾行されているらしい。だが、まったく心当たりがなかった。神山が佳子と共に小名浜に向かうことは、誰にも話していない。それにしても、下手な尾行だ。

四キロほどは、そのまま進んだ。神山は、ナビゲーションの液晶画面を眺めながら機を窺《うかが》った。しばらく先に、小平《おだいら》から国道三四九号線へと抜ける山道がある。相手を撒《ま》けるとしたら、そこだ。

神山は速度を落とし、後ろの車を引きつけた。相手も速度を落とす。やはり、一定の距離を保とうとしている。

一瞬、バックミラーの中に朝日を浴びた男の顔が見えた。サングラスを掛けた、若い男だ。助手席には、誰もいない。

分かれ道まで、およそ三〇〇メートル。神山はここで、ギアを三速に落としてアクセルを開けた。三・四リットル水平対向六気筒のエンジンが、唸《うな》る。

距離が、離れる。だが次の瞬間、後続の車はライトをハイビームにし、猛然と神山のポルシェを追ってきた。

宣戦布告というわけか。困った坊やだ。どうやら本気で、ポルシェ・CARRERA4と勝負する気らしい。

分岐点の直前でブレーキを踏み込み、ギアを二速にまで落としてステアリングを右に切る。フルカウンターで、コーナーを曲がる。

アクセルを踏み込み、三速にシフトアップした。黒いレクサスも、危なっかしく蛇行《だこう》しながら何とか尾いてくる。最近は国産車も、少しは性能が上がってきているらしい。

だが、そこまでだった。三速で五〇〇〇回転までエンジンを回すと、さすがに距離が離れはじめた。バックミラーの中で、黒いレクサスの影が次第に遠ざかっていく。そして完全に見えなくなったところで、神山はまた別の、小名浜とは逆に向かう細い山道に入った。

車の速度を落とす。助手席を見ると、佳子が目を覚ましていた。驚いたような顔で、体を強張《こわば》らせていた。

「何があったんですか……」

佳子の声が、少し上ずっていた。

「別に、たいしたことじゃない。やんちゃな坊やがちょっかいを出してきたんで、ちょっと遊んでやっただけだ。驚いたか」

「いえ、別に。だいじょうぶです。でも私、本当に眠っていたみたい。ここは、どこですか」

「白河と、いわき市の中間の山の中だ。事情が変わって、少し遠回りすることになった。しかし、九時までには小名浜に着けるだろう。着いたら、朝飯でも食おう」

「はい……」

佳子が返事をして、大きなあくびを呑み込んだ。

2

いわき市小名浜は、福島県浜《はま》通り南部に位置する港湾都市である。

周囲を小高い山に囲まれた一角に巨大な魚市場を持つ漁港があり、その南側には県下最大の臨海工業地帯が広がっている。漁港の周辺には海水浴場や水族館、海産物を売る物産センターなどが点在し、観光都市としても発展してきた。

神山は、魚市場の前の広大な駐車場にポルシェを駐《と》めた。周囲には、先程の黒いレクサスの影はない。駐車場には何台もの観光バスが並び、市場の中は旅行客で溢《あふ》れていた。

神山はリーバイスのジーンズにニット、ツイードのジャケットという軽装だった。佳子はいつものイタリア製のブルーの革ジャンパーを着ていた。これなら誰が見ても、二人をごく普通の観光客だと思うだろう。

『いわき・ら・ら・ミュウ』という海沿いの観光物産センターに入り、食堂街の手頃な店で遅い朝食にした。神山は焼魚定食、佳子は煮魚定食を注文した。どちらも質量共に満点だった。これをすべて平らげれば、夜までは食事の心配をしなくてすむ。

箸《はし》を運びながら、神山がいった。

「さて、これからどうするか……」

小名浜は、あまりにも漠然としすぎている。

「私、水族館に行ってみたい」

佳子が子供のようなことをいった。神山が睨《にら》むと、佳子が首をすくめた。

食事を終え、市場の前のタクシー乗り場に向かった。ラピスブルーのポルシェは、この辺りでは目立ちすぎる。二人でタクシーに乗り込み、神山が運転手にいった。

「少し、その辺を回ってくれないかな」

「その辺といいますと？」

初老の、人の良さそうな運転手だった。

「竹町の辺りを見てみたいんだ。大きなソープ街があるんだろう」

「ああ、あそこですか。そういうお客さん、けっこう多いんだよね」

バックミラーの中で、運転手が意味深な笑いを浮かべた。

魚市場の前の広い通りを渡り、繁華街に入っていく。日中だからそう見えるのか、寂《さび》れた居酒屋やスナックの看板が点々と並んでいた。路地をひとつ左に曲がると、そこがもう竹町のソープ街だった。

観光客で賑《にぎ》わう魚市場からは、歩いても行ける距離だ。だが、ここは別世界だった。東西に五〇〇メートルほどのメインストリートが二本。それ以外にも南北に、何本かの路地がある。その一角のほとんどが、ソープランドの毳々《けばけば》しい看板で埋まっていた。春の穏《おだ》やかな陽光には、不釣合な風景だった。

竹町は臨海工業地帯の港湾労働者や地元の漁師を相手に発展してきた歓楽街だった。だが、まだ午前中ということもあり、町は閑散としていた。客らしき人影は、人っ子一人歩いていない。

それでもタクシーがゆっくりと走っていると、どこからともなく人影が現れて車内を覗《のぞ》き込む。そして後部座席に女が乗っていることを確かめると、またどこかへ消えていく。よく見ると路地の物陰や店の入口の奥に、何人もの得体の知れぬ男たちが、獲物《えもの》を狙うような鋭い目つきで息を潜《ひそ》めていた。

「客引きですよ。あとは、女が逃げないように見張ってるんです」

運転手がいった。確かに、そんな雰囲気だった。同じ歓楽街でも、札幌《さっぽろ》の薄野《すすきの》や東京の吉原《よしわら》とは違う。この町はもっと陰湿で、閉鎖的だ。どことなく、魔窟《まくつ》の臭《にお》いがする。

「この通りの店は、幾らくらいで遊べるんだい？」

神山が訊《き》いた。

「そうだなあ……。一万五〇〇〇円から二万てとこじゃないですかね。高級店で、三万くらい」

「どの店がお勧めかな」

「安心して遊ぶなら、そこに見える〝乙姫《おとひめ》〟ですかね。古くて、大きな店だし。もし若い子がお好みなら、この裏の〝ドルフィン〟かな。ちょいと高いけど、いい子が揃《そろ》ってますよ」

タクシーの運転手は、地方都市の最良の情報源だ。

「ベテランの女がいる店がいいんだけどね」

「それならやはり、乙姫かな。あとは、そこの〝玉湯殿《たまゆでん》〟にも古い子がいますよ。でもお客さん、遊ぶんですか。奥さんが一緒じゃないですか……」

〝奥さん〟といわれて、佳子がくすりと笑った。

「後で夜になったら、女房の目を盗んで遊んでみようと思ってね」

タクシーは、歩くような速度で竹町の中を回った。二周目になると、もうタクシーの車種と顔を覚えられてしまったのか、客引きもほとんど出てこなくなった。その間に神山は何軒かの店の名前と町の地理、客引きの男たちの顔を記憶した。

「面白い所……。何だか、遊園地みたい……」

佳子が、奇妙なことをいった。

「もういい。市場の方に戻ってくれ」

神山がいうと、タクシーは竹町の路地を外れ、速度を上げた。

小名浜本町《ほん》の交差点に近いホテルに、部屋を取った。ビジネスホテルとも観光ホテルともつかない古いホテルだった。

部屋は、八階の小さな洋室だった。セミダブルのベッドが二つに、カウンター式のデスクと小さなテーブルセットがひとつ。あるものはそれだけだ。小さな冷蔵庫の中には、何も入っていなかった。

カーテンを開けると眼下に竹町の町並が広がり、その先に広大な魚市場と小名浜港が見えた。早春の昼下がりの陽光の中で、すべてが暗く輝いていた。この風景の中のどこかに、大塚――吉岡某――という男の妹がいるのだろうか。

「夕方まで、少し眠ろう」

神山が、そういってベッドに体を投げ出した。だが佳子は、窓辺に立ったまま風景を眺めている。

「不思議なの……」

佳子がいった。

「どうしたんだ」

佳子が両手の指を、こめかみに当てた。そして、目を閉じる。

「声が聞こえる……」

「姉さんの声か」

「そう……。ここに来てから、声が少し大きくなったの……。洋子姉さんは、この近くにいるような気がする……」

神山は、頭の後ろで腕を組んだ。窓辺に立つ、佳子の背中を見つめた。人間とは、そんなものだ。自分が行動を起こせば、何かの形で報《むく》われることを期待する。

「いいから、少し眠ろう」

「はい……」

佳子が服を脱ぎ、神山の横に体を滑り込ませてきた。だが、どこか変だ。焦点の定まらない目で、神山を見つめている。何かに縋《すが》るように。

「どうしたんだ」

神山が、佳子の頰を撫《な》でた。

「私……恐いんです……」

「何がだ」

「自分自身が……」

「どうして」

佳子の胸が、大きく喘《あえ》いでいた。

「わからない……。でも、私、何かとんでもないことをするような気がするの……」

佳子が静かに、潤《うる》んだ瞳を閉じた。

3

夕方に、目を覚ました。

薄暗い部屋の中を探すと、佳子は窓辺に座り外を眺めていた。

「起きたの？」

神山の気配を察し、佳子が訊いた。

「ああ……少し眠ったらしい……」

「ええ、あなたはよく眠っていたわ」

ベッドから出て、神山が佳子の後ろに立った。窓の外の風景は、黄昏《たそがれ》の中に沈んでいた。西の空にはかすかに夕焼けの色彩が残り、広大な臨海工業地帯は白や黄色のカクテル光線と巨大な煙突から立ち昇る煙にかすんでいた。

手前の竹町にも、看板の明かりが灯《とも》りはじめていた。もしこれが夏の夜ならば、遠くから虫の命を呼び寄せるような光だった。佳子がいったように、確かに小さな遊園地のようにも見える。一度でも足を踏み入れたら、出口が見つからない。人の人生も、夢も、すべてを喰い尽くす遊園地だ。

ホテルを出て、近所の居酒屋で早目の夕食をとった。だが、佳子は無口だった。

「何を考えてるんだ」

神山が訊いた。だが、佳子は首を横に振った。

「別に、何でもない……」

「姉さんの声が聞こえるのか」

「いまは聞こえない……」

料理はドンコの肝和《あ》えやメヒカリの空揚げなど、漁港の町らしい新鮮な海産物が豊富だった。だが二人共、あまり箸が進まない。

神山は、生ビールを飲み干した。

「早く食べてしまおう。これからやらなくてはならないことが、いろいろある」

食事を終え、一度部屋に戻った。神山はアルマーニのピンストライプのスーツに着換え、黄色の派手なネクタイを締めた。髪をムースでオールバックに固め、薄い色のサングラスを掛けた。どう見ても、素人《しろうと》には見えない。

「私は何を着ればいいかしら」

佳子が訊いた。

「上はいつもの革ジャンパーでいい。下はジーンズではなくて、アニマル柄のスパッツだ」

「化粧は？」

「濃くしろ。ソープの女かAV女優になったつもりで、派手にするんだ」

「はい……」

佳子の表情が一瞬、なぜか輝いたように見えた。

ホテルを出る時に、二人の姿がロビーの鏡に映った。この恰好《かっこう》で小名浜の町を歩けば、嫌でも目立つ。

だがいまは、目立った方がいい。素性のわからない玄人《くろうと》風の男女が、ソープ街で松子という女を捜している。竹町は、狭い。ひと晩で、そんな噂が町全体を駆けめぐることになる。

松子という女がこの町にいてもいなくても、必ず何らかの反応があるはずだ。リスクはあるが、いまは他に方法はない。

本町の交差点を渡り、竹町に向かう。歓楽街は、昼間とは別の町に生まれ変わっていた。妖艶《ようえん》で安っぽい光の中に、抜け殻のような人の影が漂っている。だが、人通りは少ない。どこか、寂れた臭いがした。

神山は佳子と二人で町を歩いた。

「私は、どうしたらいいの」

佳子が、小さな声で訊いた。

「ソープの女になりきれ。おれにまとわりつくように歩くんだ」

「はい……」

なぜかうれしそうに、佳子が神山と腕を組んだ。

女と歩けば、客引きは声を掛けてはこない。だが物陰や、店の入口の闇の中から、いくつもの視線が息を潜めて二人を見つめていた。昼間、タクシーの車内から見た客引きもいるし、そうでない男もいた。だが、少なくとも神山と佳子の顔は、この町にいるほとんどの男たちから注目されている。

路地を歩き、また他の路地を抜けた。ソープ街の中をほぼ一周し、また元の場所に戻ってきた。

歓楽街の入口に、何軒かのスナックやバーのような店があった。昼間、タクシーの中から目を付けていた店だ。神山はその中の一軒——最も古く見える店だ——のドアを開けた。

カウンターに五人、あとは小さなボックス席が二つあるだけの狭い店だった。薄暗い壁にはタバコの脂《やに》と埃《ほこり》で汚れたペナントが何枚も貼ってあり、古い型のカラオケの機械が一台置いてあった。ボトル棚の隅では、くたびれた招き猫がぼんやりと店の中を見つめていた。

カウンターの中に、女が一人。厚く化粧をしているが、歳は六十代だろう。他には女も客もいない。

座った。

神山は薄いサングラスの中からわざと大袈裟《おおげさ》に店内を見渡し、佳子と共にカウンターに座った。

「お酒、何にします」

カウンターにお絞りを置きながら、女が訊いた。

「スコッチはあるか」

お絞りで手を拭《ぬぐ》いながら、神山がいった。かすかに、饐《す》えた臭いがした。

「そんな高級なのは、うちにはないね。焼酎かビール、ウイスキーならサントリーのオールドだね」

「それなら、オールドをハイボールにしてくれ。お前はどうする」

乱暴な口調で、佳子に訊いた。

「私も、同じものを……」

佳子の表情に、笑みが浮かんだ。

女がカウンターに、ハイボールを二つと乾き物の皿を置いた。さりげなく、佳子の顔を一瞥《いちべつ》する。どうやら女は、神山よりも佳子に興味があるらしい。この辺りでは見かけないような美人だと思っているのか。それとも他に、理由でもあるのか……。

ハイボールを口に含み、神山が訊いた。

「この店は、長いのかい」

愛想のない女の表情が、少し緩《ゆる》んだような気がした。

「長いですよ。もう、二〇年以上になるかね」

「ずっと、あんたがやってるのか」

「ええ、まあ……。昔は、若い子も雇ってたんだけどね……」

いい傾向だ。歓楽街の古い店には、その町で働く女たちが人生相談などに集まるものだ。

今度は、女が訊いた。

「お客さんは、この辺りの人でねえでしょう。どこから来たのけ」

「栃木県の宇都宮《うつのみや》からだ。やぼ用でね」

適当に、嘘をついた。東京といえば、田舎町の人間は警戒する。だからといって、白河の地名を出すわけにはいかない。

「何でこんな田舎まで。この辺りには、何もねえでしょうに」

「実は、人を捜してるんだ。竹町で働いていた女なんだがね」

佳子はハイボールを飲みながら、黙って二人のやり取りに耳を傾けている。

「この町には、いろんな女が出入りするからね……」

女が、いい訳をするようにいった。

「松子という女だ。本名か源氏名かはわからないがね。四年くらい前に、竹町のどこかのソープで働いていたことはわかっている。いまも、いるのかもしれない。心当たりはないか？」

「どうだろうね……。私は、そんな女の名前は聞いたことはないね……」

女が、また神山から視線を逸《そ》らした。それが単なる癖《くせ》なのか。それとも、他に理由があるのかはわからない。

そして女は、また佳子の顔を見る。何を考えているのかは、表情に表さない。

「もし松子という女のことが何かわかったら、ここに連絡をくれないか」

神山が、そういって名刺をカウンターに置いた。前日に、パソコンで印刷したものだ。〝田嶋建次《たじまけんじ》〟という適当な名前と、携帯の番号とメールアドレスだけが書いてある。

「この町で女を捜すのは、無理だと思うよ」

女が名刺を見ながらいった。

「どうしても、松子という女に用があるんだ。もし情報をくれたら、礼をするよ」

神山は気の抜けたハイボールを飲み干し、席を立った。

店を出て路地を横切り、神山は斜《なな》め向かいにあるもう一軒のスナックに入った。似たりよったりの店だった。古く、饐えた臭いがして、薄暗い。壁に汚れたペナントは飾っていなかったが、そのかわりに色褪《あ》せたアサヒビールのポスターが貼ってあった。

カウンターの中に、厚化粧の女が一人。白髪混《しらがま》じりの髪は赤く染めていたが、やはり六十代だろう。カウンターにはもう一人、客らしき中年の男が焼酎のボトルを前に置きセブンスターをふかしていた。顔に見覚えがある。昼間、竹町で見かけた地回りの一人だ。

神山はカウンターに座り、前の店と同じようにオールドのハイボールを注文した。お通しは乾き物ではなく、魚と大根の煮つけだったが、箸を付ける気にはならなかった。

この店でも、奇妙なことが起きた。女と客の二人が、まるで申し合わせたように佳子の顔を見ていた。何か珍しいものでも見るように。

確かに佳子は、この辺りでは目立つ。ロシア人の血が入っているし、身長は一七〇センチ近くある。それとも二人は、佳子がモデルのケイ・中嶋であることに気付いたのか。

お決まりの世間話がはじまる。だが地回りの男は神山を警戒しているのか、話には乗ってこない。頃合を見計らって、神山は松子の話を出した。一瞬、カウンターの中の女が地回りの男の顔を見た。だが男は、黙って焼酎のグラスを傾け、タバコに火を付ける。

そして、女がいった。

「松子なんていう女は、知らないねぇ……」

神山は、名刺を置いて席を立った。店の外に出ると、女と客が声を潜めて話す気配が聞こえてきた。

ホテルに向かって歩きだす。町は、静かだった。本町の交差点まで戻ったところで、佳子がいった。

「だめね。やはり松子という人のことは、誰も知らない……」

信号が赤に変わった。立ち止まり、神山がいった。

「おれは、そうは思わない……」

「どうして」

「彼らが松子という女を知っているのかどうかはわからない。松子という女がこの町にいたのかどうかもわからない。しかし彼らは、何かを隠している……」

「どうして、そう思うの」

「勘だよ。長年、探偵稼業をやっていると、人のちょっとした仕種《しぐさ》や目の動きで相手の心が読めるようになる」

「悲しいわね」

そうだ。確かに、悲しい習性だ。

「君はホテルに帰っていてくれ。おれはもう一度、竹町に戻る」

信号が青に変わった。佳子は交差点を渡り、神山は背を向けて竹町の闇に歩きはじめた。

4

時間が遅くなるにつれて、竹町は本来の歓楽街としての素顔を見せはじめた。

ぼんやりと灯るネオンの光の中に、どこからか迷い込んだ酔客が歩く。彼らは、獲物だ。待ち受けていたように、物陰から客引きが忍び出て、耳元で悪魔の誘いを囁《ささや》く。獲物は、逃れることはできない。女郎蜘蛛《じょろうぐも》の巣に掛かった虫のように、体の自由を奪われる。そしてやがて暗がりに連れ込まれ、ひと時の快楽と引き替えに魂を売り渡す。

だが、神山が一人で町を歩いても、誰も寄ってこなかった。魔窟の番人たちは物陰から神山を一瞥し、視線を逸らす。どうやらいつの間にか、神山はこの狭い町の中で顔を覚えられたようだ。それでいい。

神山はメインストリートから路地を曲がり、『乙姫』という店の門を潜《くぐ》った。昼間、タクシーの運転手から教わった店だ。入口は場末の連れ込み宿のように衝立《ついたて》で仕切られ、店の中が見えないようになっていた。ドアの前にも客引きの男が立っていたが、神山の顔を見ても何もいわなかった。

濃い紫色のガラスの自動ドアが開き、中に入る。店内は、意外と明るかった。右手に、小さな窓があるカウンターがひとつ。左手に待ち客のためのソファーが置かれ、正面の壁に店の女の顔写真が何枚か貼ってあった。

「いらっしゃいませ。お休みですか？」

カウンターの窓の中から、男の声がした。だが、目線から上は壁で見えない。

「そうだ。飲んでいたら、遊びたい気分になってね」

男にいわれたとおり、神山は入浴料の二万円を支払った。

「どんな子がお好みで？　この時間なら、若い子も空いてますよ」

男が金を受け取りながら訊いた。

「あまり若くない方がいい。どちらかというと、ベテランが好みなんだ。わかるだろう」

神山がいうと、男が声を押し殺すように、ひくひくと笑った。

「それなら、ナオミちゃんがいいかな。うちじゃあ二番目に長い子だけど、上手ですよ」

「その子にしてくれ」

間もなく店の奥から、バスローブを着た小柄な女が現れた。派手な髪形と化粧で隠しているが、歳は三十代の半ばくらいだろうか。女が、強張った表情で笑った。顔は十人並だが、厚目の唇と二重《ふたえ》の大きな目に愛嬌《あいきょう》があった。

女が上がり框《かまち》の絨毯《じゅうたん》の上に跪《ひざまず》き、三つ指を突いた。嫌なシステムだ。神山は靴を脱いで上がり、女の案内で奥へと進んだ。通された先は、小さな脱衣所のついた六畳間ほどの狭い浴室だった。

「いいスーツですね。汚したら、大変……」

神山の脱いだアルマーニのジャケットをロッカーに吊《つ》るしながら、女がいった。裸になり、バスローブに着換える。逆に女はバスローブを脱ぎ、ピンクのビキニ姿になった。

女は、見た目よりも細かった。この商売の女に特有の、色白だが張りのない肌をしていた。

「歳は、いくつなんだ」

神山が訊いた。

「二八です」

女が、答える。

「そうか。もっと若く見えるよ」

それが嘘であることは、客にも女にもわかっている。昔からの、言葉の遊びだ。世界共通のルールみたいなものでもある。

「どうします。お風呂に入るだけ？　それとも、遊びます？」

女が、笑顔を作った。どこかに陰があり、その陰を繕《つくろ》うような無理のある明るさだった。

「いくらだい」

神山が訊いた。

「最後までするなら、一万円。一万五〇〇〇円くれたら、何でもしてあげる……」

「わかった」

神山が財布の中から札を出し、女に渡した。女はそれを受け取り、バスローブのポケットに仕舞った。そして自分も水着を脱ぎ、裸になった。

二人で、狭い湯船に漬かった。本名も知らない、初めての女と二人で裸で風呂に入るのは、何とも奇妙な感覚だった。

女が先に湯船から上がり、床のマットの上に湯を流した。後から出た神山が、そこに横になる。神山の体に、女がクリームのように泡立つ石鹸《せっけん》を塗った。

「お客さん、凄い体してますね……」

女が神山の胸に触れながらいった。自分の体にも石鹸を塗り、神山の上に乗った。だが神山は、そこでマットの上に体を起こした。

「もういい。ここで止めてくれ」

女が驚いたように、神山を見た。

「どうして……。私、何か失礼なことしましたか」

「そうじゃない」

「私のこと、気に入りませんか。それなら、他の子と替わります?」

「ごめん。そうじゃないんだ。君は、とても素敵だよ……」

嘘ではなかった。ナオミと名乗る女は、十分に魅力的だった。もしこのような場所でなければ、神山は迷うことなく抱いていただろう。

「実は、ソープに来るのは初めてでね。金を払って、女を買ったこともないんだ」

神山がいうと、女の表情にやっと笑みが戻った。やはり、愛嬌のある素朴な笑顔だった。

「なんだ……そうだったんだ。それならだいじょうぶ。心配しないで。私がちゃんと気持ちよくしてあげるから……」

「いや、そうじゃないんだ。女を買わないのは、主義の問題でね」

「でも、もうお金、もらっちゃったし……」

「あの金は、返さなくていい。それよりも、頼みがあるんだ」

「頼み……ですか？」

女が、怪訝《けげん》そうに神山を見た。

「そうだ。実は、人を捜している。名前は、松子。名字は吉岡といったかもしれないし、そうじゃないかもしれない。少なくとも四年くらい前には、この竹町のどこかのソープで働いていた」

女が、視線を逸らした。

「私……松子さんなんて、知りません……」

神山は女の頬を摑《つか》み、顔を正面に向けた。

「いや、知っているはずだ。いま君は〝松子さん〟といったじゃないか。人間は、知らない相手に〝さん〟を付けたりはしない」

女は、抵抗しなかった。そして、小さな声でいった。

「でも、いえないんです……。もしいったら、大変なの……」

女は、震えていた。懇願《こんがん》するような目で、神山を見つめている。

神山は、頷いた。そして、女を放した。女に、そのような目で見られると弱い。だが、ひとつわかったことがある。やはり〝松子〟という女は、この竹町にいたのだ。

神山は、マットの上に横になった。黴《かび》で汚れた天井から、顔に水滴が滴った。女はしばらく何もいわず、裸で座ったまま俯《うつむ》いていた。だがやがて神山の体に石鹸を塗ると、自分の体を這《は》わせてきた。

「もういい。やめてくれ」

だが女は神山の耳元に顔を寄せると、小さな声で囁いた。

「そのままにしてて。私と、してる振りをして」

「なぜ」

「あなたは、何も話さないで。この部屋は、見張られてるの」

考えてみれば当然だった。男と女が、裸で狭い密室にいる商売だ。何かが起きた時のために、対処する方法は考えているはずだ。

女は、なまめかしく体を動かす。そしてまた、囁く。

「薔薇《ばら》の入れ墨《ずみ》のある女……。私が知ってるのは、それだけ……」

神山が、女の背中を軽く二度たたいた。

「あなたのことは、もう町で噂になってる……」

また、背中をたたく。

「あなた以外にも、松子さんを捜している人がいるわ」

背中をたたく。だが、松子を捜しているのは誰なのか。大塚——吉岡某——のことをいっているのか……。

女が、体を起こした。上から、潤んだ目で見つめた。

「さっきのお金、やっぱり返すわ。そうしたら、女を買ったことにはならない。主義には反しないでしょう……」

「なぜ」

「私だって、たまには本気でしたくなることがあるもの……」

女が、小さな声でいった。

女に見送られて、店を出た。カウンターの小窓の中の男は最後まで顔を見せず、息を殺していた。

午後一〇時——。

表通りに出ると、店に入る前よりは人の数も多くなっているようだった。地元の人間だけでなく、どこかの温泉宿からでも流れてきたのか、観光客らしき姿もある。いまもタクシーが止まり、中から三人の男が降りてきた。獲物に蟻《あり》が群《むら》がるように、客引きの男たちが取り囲む。そして暗がりの中に、引き込まれていく。

この手の町は、強《したた》かだ。昼間は死んだ振りをしながら、夜になると息を吹き返して蠢《うごめ》きだす。そして人の血肉を貪《むさぼ》りながら、闇の中で息衝く。

神山は、通りから路地を抜けて歩いた。だが神山には、誰も声を掛けてこない。感じるのは、無数の視線だけだ。この狭い空間の中で、自分の存在だけが浮いているような奇妙な感覚があった。

神山は、歩きながら考えた。大塚――吉岡某――と名乗る男の妹の〝松子〟は、やはりこの町にいた。だが、いまはまだ顔が見えてこない。『乙姫』のナオミという女は、神山の耳元で「薔薇の入れ墨のある女……」と囁いた。それは「薔薇の入れ墨がある女に訊け」という意味なのか。それとも、「松子には薔薇の入れ墨があった」という意味なのか……。

路地を抜けた所で、背後に人の気配を感じた。神山は、気付かない振りをして歩き続けた。相手は、二人だ。だが、町中で仕掛けてくる気はないようだった。適当に距離を保ち、尾いてくる。神山がどこに帰るのか、場所を確かめるつもりなのかもしれない。

西町《にし》の県道に出た所で、神山はホテルとは逆に曲がった。やはり、二人の男が尾いてくる。しばらく歩いた所で立ち止まり、振り返った。男たちも、足を止めた。

男たちが驚いたような顔で、神山を見た。二人の内の片方には、見覚えがあった。つい先程、二軒目のスナックのカウンターに座っていた客の男だった。

神山は顔に笑みを浮かべ、二人の男にウインクを送った。そしてまた、歩きだした。ちょうどそこに走ってきたタクシーを止め、乗り込む。男たちは、それ以上は追ってこなかった。

「少し、夜景が見たいんだ。漁港の方を一周して、また本町の角にあるホテルまで戻ってくれないか」

運転手に、告げた。

どうやら神山は、竹町ではちょっとした有名人になっているらしい。だが、悪い傾向ではない。一日目としては、首尾は上々だ。

やがて、何かが動きだす。そんな予感があった。

5

ホテルに戻ると、佳子はまだ起きて待っていた。

かなり酔っているようだった。部屋にはコンビニの袋とビールの空き缶がいくつかころがっていて、テーブルの上のワインのボトルも、中身は半分に減っていた。

「ビールは残っているか」

神山が訊いた。佳子が冷蔵庫の中から五〇〇ミリの缶を出し、手渡した。ジャケットを脱ぎ、冷えたビールで渇いた喉《のど》を潤す。佳子がナオミという女と同じように、神山のジャケットをロッカーの中に掛けた。ベッドに座る神山によろけながら歩み寄り、シャツのボタンを外した。胸に顔を押しつけ、いった。

「石鹸の匂いがするわ……」

「当たり前だ。風呂に入ってきたんだ」

佳子は、それ以上は深く追及しなかった。自分から話を逸らすように、訊いた。

「松子という女は、見つかったの」

「まだだ。しかし、あの町にいるのか、それともいたことは確かだ」

そうだ。確かに松子という女のことは、あの町の誰もが知っている。知っていながら口を閉ざし、何も話さない。

あの手の世界では、女の身元について口が堅いことは常識だ。だが、それにしても奇妙だ。あまりにも口が堅すぎる。そして、神山を尾けてきた二人の男。松子という女は、何か特別な事情を抱えているのかもしれない。

「何を考えてるの」

佳子が訊いた。

「薔薇の入れ墨だ……」

「何のこと」

神山は佳子が着ている浴衣を引き下ろし、体を俯《うつぶ》せにベッドの上に押さえ付けた。肩の白い肌の上に舞う、血の色の蝶の痣《あざ》。だが見方によっては、薔薇の花にも見えなくはない。

「どうしたの」

「いや、何でもない。松子という女には、薔薇の入れ墨があったのかもしれないんだ。何か、心当たりはないか」

「突然いわれても、わかりません。薔薇の入れ墨だなんて……」

「すまなかった」

神山は、佳子を押さえる手を離した。佳子は本当に、何も知らないようだった。嘘をついている様子はない。どうやら神山の、考えすぎだったようだ。

「私も、松子を捜すわ」

「どうやって」

佳子が、浴衣の帯を解いた。下には、何も着ていない。

「いまから、竹町にいってくる……」

「やめろ。無理だ」

佳子が、ふと笑いを洩《も》らした。

「そうね。無理よね……」

神山の体を、佳子が包み込んだ。冷たい体温を感じながら、神山は深い眠りに落ちた。

翌日は、観光客に徹した。早朝に起き、魚市場の中の食堂で朝食をとり、漁港を散歩した。広大なバースには何隻もの大型の漁船が碇泊し、空にはけたたましく騒ぎながら海鳥が舞っていた。

冷たい潮風に吹かれながら、佳子と二人で港を歩く。バースのコンクリートの継ぎ目に男が何人か集まり、小さな竿《さお》を出して座っていた。だが釣り糸は海の方にではなく、継ぎ目の上の金網の小さな隙間《すきま》に垂らされていた。

「こんな所で、何が釣れるんだい？」

神山が、初老の男に声を掛けた。

「潮の流れで、いろんな魚が迷い込んでくっだよ。ガシラとか、メバルとか、ヒラメさ釣れっこともあっだ」

男がそういって、歯を見せて笑った。

海沿いに三崎《みさき》公園まで行くと、岩壁に囲まれた小さな砂浜があり、その先がマリーナになっていた。展望台に登るとマリーナから漁港、その遥《はる》か先の工業地帯までが一望できた。だが竹町の町並は、市場の巨大な倉庫の陰に隠れて見えなかった。

佳子は終始無口だった。神山が話しかければ笑顔で応じるが、自分からは何もいわない。彼女は、何かを考えている。物静かだが、どこか危険な香りを漂わせていた。

午後になって、携帯にメールが入った。用件は〈NAOMI〉になっていた。昨夜のソープの女だ。

――『玉湯殿』という店の綾美《あやみ》という人を指名して。今日は夜の八時から店に出てる。その人が松子さんのことを知っている――。

文面は、それだけだった。『玉湯殿』は、昨日タクシーの運転手がいっていた老舗《しにせ》の一軒だ。罠《わな》かもしれないが、何も反応がないよりはましだ。

「誰から？」

佳子が訊いた。

「昨夜のソープの女からだ。松子について、情報があるらしい」

「今夜も、行くのね」

「松子を捜すために、小名浜まできたんだ」

佳子はそれ以上、何も訊かなかった。

夕方まで時間を潰《つぶ》し、ホテルの部屋に戻った。アルマーニのスーツに着換える神山を、佳子は黙って見つめていた。

「君はこのホテルを一歩も出ない方がいい。食事も、下にあるレストランで済ませてくれ。夜中までには帰る」

あくまでも、何も起きなければ、だ。佳子はやはり、何もいわない。

昨夜と同じように竹町の入口にある別のスナックに入り、松子という女のことを訊《たず》ねながら八時になるのを待った。店を出て闇に蠢く気配を感じながら歓楽街の通りを歩き、『玉湯殿』という店の入口を潜る。

受付で綾美という女を指名したが、特別なことは何も起こらなかった。しばらく待つと、ガウンを着た女が出てきた。痩《や》せて、顔色の悪い女だった。

女の後に従い、個室に入る。服を脱ぐ間もなく、女の方から話を持ち出した。

「松子のことが知りたいんでしょう」

「ここは、話しても平気なのか」

「平気よ。誰も聞いてないわ」

女がそういって、右手を出した。神山はその上に、一万円札を二枚置いた。経費の掛かる調査だ。

「知っていることを話してくれ」

服を脱ぎ、風呂に入る。体を洗われながら、女の話を聞いた。

松子という女は、確かに竹町にいた。どこからか、借金の形《かた》に売られてきた女だった。この町に流れてくる他の女と同じように、名字はわからない。一八くらいの時に売られてきて、一〇年以上は竹町のいろいろな店を転々としていたが、四年ほど前に足抜けして姿を消した。女が知っているのは、それだけだった。

話し終えた後で、逆に女が訊いた。

「あなた、吉岡という男に頼まれてきたんでしょう」

意外な名前が出てきた。こちらから望むまでもなく、相手は馬脚を露《あらわ》してくれたようだ。だがこの女は、吉岡が大塚という名前で自殺したことは知らないらしい。

「だとしたら」

「吉岡が、松子を足抜けさせたんでしょう。皆、あの男を捜してるわ」

「おかしいと思わないか。足抜けさせた女を、なぜわざわざ捜す必要があるんだ」

「それもそうね……」

次は、神山が訊いた。

「お前のバックには、誰がいるんだ」

女がさりげなく視線を逸らす。

「何のことかしら。私はナオミにいわれて、あなたに松子のことを話しただけ……」

神山が女の髪を摑み、ゆっくりと、静かに、マットの上に押さえつけた。

「もう一度、訊く。誰に命令されて、おれに松子のことを話した」

女が、震えながら目を閉じた。

「いえないわ……。いえば、痛い目に遭《あ》わされる……」

神山が、女を放した。

「すまなかった」

女が体を起こした。石鹸の泡だらけの体で、神山にしがみついてきた。

店を出ても、何も起こらなかった。ただ闇の中に、何者かの気配があるだけだ。昨夜と同じ通りを歩き、同じ路地を抜けてホテルに向かった。だが今夜は、誰も神山を尾けてこない。町は不気味なほどに静かで、冷たかった。

部屋に戻ると、明かりが消えていた。

カード式のキーを、ホルダーに差し込む。電源のスイッチが入り、狭い部屋の風景が浮かび上がった。だがベッドに、佳子の姿はない。バスルームにも、いなかった。

佳子の荷物とハンドバッグは、部屋に残っていた。ロッカーを開ける。ブルーの革ジャンパーと、靴が消えていた。テーブルの上には、昨夜のワインの残りが空になって瓶《びん》が倒れていた。

携帯に、電話を掛けた。

――コノバンゴウハ、ゲンザイ、デンパノツナガラナイトコロニイルカ、デンゲンガキラレテ……――。

無機質な、コンピューターの音声が聞こえてきた。

「くそ……」

長く、重い夜になった。神山は明かりを消し、携帯を握ったまま闇を見つめ続けた。何度か佳子の携帯にメールを入れたが、返信はない。

夜明け前に、断片的な夢を見たような気がした。だが、眠れなかった。

やがてカーテンの隙間から、目映《まばゆ》い陽光が射し込みはじめた。

佳子は朝になっても戻ってこなかった。

6

カーテンを閉めたまま、神山はベッドの上で暗い天井を見つめた。

時折、携帯を開く。佳子から返信がないことを確認し、また閉じる。同じことを、何度も、無意味に繰り返した。鉛のように重い時間が、虫が体を這うようにゆっくりと過ぎていく。

何が起きたのか――。

神山はホテルの部屋の状況をひとつずつ確認しながら、あらゆる可能性を考えた。部屋の中には、佳子のホテルの鍵が残っていなかった。まさか、何者かにホテルの部屋から拉《ら》致《ち》されたとは考えられない。フロントに確認しても誰も佳子の姿を見てはいなかったが、少なくとも何らかの理由で佳子は自分の意志でホテルの外に出た可能性が高い。

だが、長い時間、部屋を空けるつもりはなかったはずだ。部屋には彼女のスーツケースと、ルイ・ヴィトンのモノグラムのハンドバッグが残っていた。

神山は、スーツケースとハンドバッグの中を調べた。女の荷物を勝手に開けるのは、初めてだった。中には着換えや日用品以外には、手懸りになるような物は何も入っていなかった。だが、彼女がいつも持ち歩いていたモノグラムの小さなセカンドバッグと財布、そして携帯電話だけが見当たらない。

女が一人で、深夜にセカンドバッグだけを持っていく場所。この田舎町では、考えられる可能性はそう多くはない。近くのコンビニに、買い物にでもいったのか。佳子は昨夜も、ビールやワインを買ってきていた。もしくは、一人でスナックにでも飲みにいったのか……。

だが、何か部屋に帰れなくなる事態が起きた。事故に巻き込まれたのか。自殺か。それとも、外出先で何者かに拉致されたのか。少なくとも佳子がいま、携帯にも出られない状態にいることだけは確かだ。

警察に届けるべきかもしれない。だが、まだ早い。佳子は大人だ。少なくとも、二四時間は待つべきだ。その前に、連絡しておかなくてはならない相手がいる。神山は携帯を開き、東京の長田浩信の番号を呼び出した。

長田は東京の神山が以前に勤めていた、『プライベート・リサーチ』の上司だった男だ。

今回の調査の元請けとして、神山に中嶋佳子を紹介したのも長田だった。長田には「自由にやっていい」とはいわれているが、一応は下請けの道義として、クライアントが失踪《しっそう》した場合には報告しておく必要がある。

長田の、低い声が聞こえてきた。

――神山じゃないか。珍しいな。そっちの調子はどうだい――。

「お陰様で、調子は最悪だよ。例の、中嶋佳子の件で話がある」

――何だ、お前まだあの件に関わっていたのか。それで、〝佳子〟がどうかしたのか――。

長田は、まるで自分の女のように佳子の名を呼び捨てにした。気に障《さわ》る男だ。

「一昨日《おととい》から、大塚義夫の痕跡《こんせき》を追って福島県の小名浜に来ている。中嶋佳子も一緒だった」

電話の向こうから、押し殺すような笑いが聞こえたような気がした。

――それで――。

「昨夜から、荷物を残したまま彼女が部屋に戻っていない。何か、トラブルに巻き込まれた可能性がある」

――失踪した、ということか――。

「どうやら、そうらしい」

——携帯には連絡してみたのか——。

「圏外か、もしくは電源が切られている」

——警察には——。

「まだだ。事件かどうかは、はっきりしていない」

——わかった。三時間……いや、二時間半でそちらに行く。確か小名浜には、〝アクアマリンパーク〟というのがあったな。その駐車場で落ち合おう——。

それだけをいって、電話が切れた。

アクアマリンパークは、正式には『ふくしま海洋科学館』という。サンマやメヒカリの世界初の累代飼育に成功した水族館として知られている。小名浜港の第二埠頭《ふとう》にある広大な駐車場は、平日ということもあり半分以上の空きがあった。神山はゆっくりと場内を一周し、建物から離れた位置にポルシェを駐めた。

午後一時——電話を切ってから二時間半きっかりに——長田の黒いメルセデスＡＭＧが入ってきた。観光バスの陰に駐車したのを確認し、神山はポルシェをスタートさせた。長田の車の横に入れ、運転席を降りる。そしてメルセデスの助手席に体を滑り込ませた。

車内には、タバコの臭いが充満していた。メルセデスの大きな灰皿に、ラークの吸い殻が山のように詰まっていた。長田はまた一本ラークに火を付け、煙を吐き出しながらいった。

「ほう……ポルシェか。景気が良さそうじゃないか」

余計なお世話だ。神山は、久し振りに会う長田に視線を向けた。足元から首の下まで、ブランド物で固めている。もう歳は五〇に近いはずなのに、ムースで整えた髪は茶に染まっていた。口元に常に薄笑いを浮かべているのは、昔からのこの男の癖だ。

「昼飯は？」

神山が訊いた。

「途中で食ってきたよ。それより、佳子のことを聞かせてくれ」

いまは東京から、いわき湯本《ゆもと》まで常磐《じょうばん》自動車道で繋がっている。それにしても、距離は二〇〇キロ近くはあるはずだ。いくらメルセデスのＡＭＧが高性能でも、新宿の事務所から途中で昼食をすませ、小名浜まで二時間半というのはかなりのハイペースだ。

まあいいだろう。

「電話で伝えたとおりだ。昨夜、おれが調査から戻ってみたら中嶋佳子が部屋から消えていた。荷物も、そのままだ。すでに一二時間以上が経過しているが、いまだに連絡はない」

「心当たりはあるんだろう。そもそも、なぜ小名浜なんかに佳子といたんだ」

長田がタバコを消し、また次のラークに火を付けた。

「いう必要があるのか」

「よせよ。アイム・ユア・フレンド。心配してわざわざ小名浜まで来たんだ。それに今回の仕事は、一応うちが元請けなんだ。知っておく権利がある」

「わかってるさ」

神山は、これまでの経緯をかい摘《つま》んで説明した。白河周辺で大塚義夫の足取りを追ったこと。その男の痕跡を、石川町の母畑温泉で見つけたこと。大塚には、松子という妹がいたこと。そしてその松子を探しに、この小名浜に来たこと。だが神山は大塚が白河で〝吉岡敬司〟という名前を使っていたことと、部屋に残した〈大山祇大神《おおやまつみのかみ》　大山阿夫利大神《おおやまあふりのかみ》〉と書かれた札のことはいわなかった。

「それで、松子という女は見つかったのか」

「まだだ。しかし、四年前には確かに竹町のソープにそれらしき女がいたらしい。あの町の何人かの女が覚えている」

「同一人物かどうかはわからないぜ。しかし、少なくともお前と佳子はこの町で顔を覚えられた。しかもお前は、町の地回りに尾行されている。だとすれば佳子は、そいつらに攫《さら》われた可能性もある」

「それも、わかっている」

一瞬、神山は佳子の肢体《したい》を想い浮かべた。男が攫って嬲《なぶ》り物にするには、恰好の獲物だ。

「地元の地回りが絡んでいるとなると、厄介だぜ。まず、無事には出てこない。もし出てきたとしても、金が掛かる」

「確かに、な……」

「もうひとつの可能性は、佳子が自分の意志で消えた場合だ」

「どういう意味だ」

「お前、もうあの女と寝たんだろう。それなら、わかるはずだぜ。あの女は、いかれてるんだ。何か理由があって、どこかに身を隠したのかもしれない」

「まさか。彼女は、ほとんど無一文なんだぜ。飯も食えないし、宿にも泊まれない」

「甘いな。お前はまだ、あの女のことを理解していない。食い物と宿のためなら、佳子は誰とでも寝るさ。あれだけの女が体を開けば、男は誰だって飯を食わして家に泊めるくらいのことはする」

神山は、自分のラッキーストライクを出して火を付けた。昨夜は、ほとんど一睡《いっすい》もしていない。胃の中も、空っぽだ。タバコがいつになく嫌な味がした。

「それなら、どうしたらいい。警察に届けるか」

神山がいうと、長田が鼻で笑うような声を出した。

「よせよ。おれたちは、プロの探偵だぜ。警察はもう一日、待とう。佳子は、この町のどこかにいるはずだ。とりあえず二人で捜してみよう」

「方法は」

「いくら佳子だって安宿に一泊するくらいの金は持ってるだろう。おれはこの近辺のその手の旅館を片っ端から当たってみる」

「わかった」神山がいった。「おれはどうせ、竹町で顔を知られている。もう一度、佳子のことを含めてあの町を探ってみる」

きわめて友好的な会話だった。だが長田が捨てた女のことで、金にもならないのに小名浜まで出向くわけがない。

神山は、車から降りた。同時にメルセデスのV8エンジンが低く唸り、駐車場から滑るように走り去った。

ポルシェに乗り、目を閉じる。いまは、とにかく眠い。そして、腹が減った。

7

夕方まで、二時間ほど眠ったようだ。

夢とも現実ともつかない意識の中で、神山は佳子の夢を見た。

白く、絡みつくような肢体。淡い、ラピスブルーの瞳。だがその美しい顔が、炎に焼《く》べられた蠟《ろう》人形のように熔《と》けて崩れ、やがて髑髏《どくろ》に変わっていく。

自分がホテルのベッドにいることを思い出すのに、少し時間が必要だった。暑いわけでもないのに、背中がべっとりと汗で濡れていた。サイドテーブルに手を伸ばし、携帯を確認する。やはり佳子からは、何も連絡が入っていない。

重い体を起こし、熱いシャワーを浴びた。少しだけ生気が戻ってきたような気がした。新しいシャツと、アルマーニのスーツを身に着ける。鏡を見ると、陳腐《ちんぷ》なドン・キホーテが背を丸めてぼんやりと立っていた。

日が落ちるのを待って、竹町に向かった。いまは、それ以外に何もやることはない。町の入口で、何軒かのスナックに寄った。すでに顔を知られているはずなのに、店にいる誰も、何も話しかけてこなかった。ただ無言の時間だけが、無意味に過ぎていった。

店を出て、竹町のソープ街を歩く。昨夜と何も変わってはいない。安っぽいネオンの光の中を何人かの酔客がさまよい、物陰の闇に獲物を狙う魑魅魍魎《ちみもうりよう》が息を潜めていた。だが、やはり、神山には誰も声を掛けてこなかった。

奴らは、笑っている。闇の中で、声を押し殺しながら。手負いの獣《けもの》が力尽きるのを待つ、ハイエナのように。

路地に逸れ、『乙姫』の門を潜る。カウンターでナオミを指名した。だが、休みだった。仕方なく店を出て、『玉湯殿』に向かった。この町で名前を知っている人間は、この二人しかいない。だが、この店の綾美という女も店に出ていなかった。

昨夜と同じ町であるはずなのに、まったく別の空間に迷い込んだような気がした。町の外観はそのままで、人間だけが入れ換わってしまったかのように。何かが、この町で起きている。だが町は固く口を閉ざし、何も語りかけてはこない。

仕方なく、町を出た。通りを一本渡ると結界を外れ、現実の世界に引き戻されたような気がした。神山は、腹の中に溜まった毒のような息を吐き出した。背後の気配を探る。思ったとおり、誰も尾けてはこなかった。

一度、ホテルの部屋に戻った。どうするべきか、次の行動を考えた。だが、突破口が何も思い浮かばない。

いや、ひとつある。ナオミだ。まるでバンパイヤの巣窟《そうくつ》のような竹町で、唯一彼女だけが血の通った人間であるような気がした。それにナオミには、もうひとつ確かめてみたいことがある。

神山は携帯を開き、メールを入れた。

——今日、店に行ったけど休みだったな。いまから会えないか。田嶋建次——。

もちろん、名刺に書いた偽名を使った。おそらく、返信はないだろう。この町の女は、ほとんどが外と連絡を取らないように監視されているはずだ。だが、一〇分もしないうちに携帯の着信音が鳴った。

——近くなら行けます。三〇分後くらいなら。NAOMI——。

すぐに、返信を入れた。

――この辺りには土地鑑がない。どこか手頃な店でもあるか――。

――小名浜本町のタウンモールの中に、『サイドカー』というバーがあるわ。そこなら安全。NAOMI――。

――では、三〇分後に――。

『サイドカー』というバーは、商店街の古いビルの地下にある小さな店だった。田舎町の繁華街にはどこにでもあるような、若者が集まるショットバーだ。少なくともこのバーは、バンパイヤに侵略されてはいない。

　神山はドアを開け、店の奥の二人掛けのテーブルに席を取った。リーバイスのジーンズにバズリクソンズのA2、頭には黒いニットの帽子を被っている。人間の視覚とは単純なもので、特定の人物の服装がひとつのイメージで固まってしまうと、他の服を着ている時には同一人物であることがわからなくなる。先入観のもたらす目の錯覚というやつだ。竹町の人間は、すでに神山に対し「アルマーニのスーツの男」という固定観念を植えつけられている。ジーンズに革のフライトジャケットという姿を見ても、よほど観察力が鋭い人間ではない限り同一人物であることに気がつかない。

　注文を取りにきた若い店員に、ボウモアのソーダ割を頼んだ。いつもの銘柄だ。久し振りにアイラのシングルモルトを口に含むと、停滞していた血液が全身に流れはじめ、眠っていた神経が目を覚《さ》ましたような気がした。

約束の三〇分を少し過ぎて、ナオミが店に入ってきた。神山もまた、服を着ている彼女を見るのは初めてだった。ごく普通のダッフルコートにジーンズという姿のナオミは、裸の時の彼女よりも若く、まったく別の女に見えた。

目が合っても、やはりナオミはすぐに神山には気がつかなかった。店内を見渡し、探している。神山が軽く手を上げると、怪訝そうな顔をした。

「〝田嶋〟さん?」

小首を傾《かし》げて訊いた。

「そうだ。おれの顔を、忘れたのか」

「だって革ジャンパー着て帽子なんか被ってるんだもん。違う人かと思った……」

笑窪《えくぼ》を見せて、笑った。ソープの女とは思えないほど、清純そうな笑顔だった。

ナオミがスツールに座り、店員にラムトニックを注文した。少し背伸びしたような、そんな注文の仕方だった。

「よく町を出られたな。見張られていないのか」

「だいじょうぶ。私は、信用されてるから。でも、一二時までには帰らなくちゃならないけど……」

ナオミが、いかにも美味《おい》しそうにラムトニックを飲んだ。まるで、初めて外界を知ったシンデレラのように。だが彼女には、永遠にカボチャの馬車の迎えはこないだろう。

「今日は休みだったのか」

神山が訊いた。

「違うわ。早番だったの。それで、なぜ私を呼び出したの。松子さんのこと」

ナオミに訊かれ、神山は言葉に詰まった。そういえば松子のことは、何も考えていなかった。

「もう一人、女を捜している。名前は中嶋佳子。年齢は三〇歳くらい。身長は一七〇センチ。ブルーの革のジャンパーを着ている……」

我ながら、陳腐な質問の仕方だった。やはりナオミは、きょとんとしていた。

「何の話？」

「昨夜から、いなくなった。竹町で噂を聞いてないか」

「私、何も知らないよ。その人、あなたの恋人なのね」

〝恋人〟といわれ、神山は一瞬、答えを迷った。だが、あえて否定はしなかった。その方が、話が早い。

「そうだ。おれの恋人だ」

「でも、なぜその人が竹町にいると思うの」

「荷物を残して、ホテルの部屋から消えたんだ。誰かに、拉致されたのかもしれない」

「まさか」

ナオミが呆《あき》れたように笑った。

「何がおかしいんだ」

「ごめん。でも、竹町にはそんなに悪い人はいないよ。そりゃあ女が売られてくることはあるし、借金があれば逃げられないけど、誰かを攫ったりはしない……」

確かに、そうかもしれない。ひとつの〝町〟という狭い空間は、外部の者とそこに住む者との間には印象に温度差がある。まったく別の顔を持っている。

神山は、グラスを空けた。二杯目のボウモアを注文する。今夜はもう少し、ウイスキーが必要だ。

「わかった。質問を変えよう。あの町の支配構造が知りたい。どんな組織の、誰が支配してるんだ」

神山がいうと、ナオミがまた小さく笑った。

「支配だなんて、そんな大袈裟な組織なんてないわ。〝会社〟はいくつかあるけど。ひとつは〝五島組《ごとうぐみ》〟という会社。私のいる乙姫という店のオーナーで、社長は渡辺敏明《わたなべとしあき》という人……」

「他には」

「一番大きいのは、玉湯殿とかドルフィンとかを持ってる〝東興産《あずまこうさん》〟かな。社長は東輝《き》一郎《いちろう》という人。他にも小さな会社はいろいろあるわ。組合みたいなものがあって、それぞれうまくやってるみたい。私はあまり知らないけど……」

ナオミの説明に、不審な点はひとつもなかった。地方の歓楽街というのは、所詮《しょせん》はその程度のものなのかもしれない。

「おれのことはどうなんだ。何か、噂になってなかったか」

神山が訊くと、ナオミは少し考えるような表情を見せた。

「そうね、噂にはなってた。変な男が松子さんのことを探ってるから、気をつけろって。でも、だからといって何もしないと思うわ。あの人たちは、用心深いのよ……」

確かに、そうだろう。奴らは間違いなく、用心深い。一昨日の夜、神山は竹町からの帰りに二人の男に尾行された。だが奴らは、何もせずに引き下がった。

「もうひとつだけ、訊きたいことがある。君はこの前、奇妙なことをいっていたな」

「何だっけ」

ナオミが、小首を傾げた。どうやらそれが、彼女の癖らしい。

「松子のことだ。おれ以外にも、松子のことを捜してる奴がいるといっていただろう」

「ああ、あのことね」ナオミが頷く。「お客みたいな顔をしていろんな店に入って、女の子たちに松子さんのことを訊いていた人がいたのよ」

「いつ頃の話だ。四年くらい前か」

「違うわ。二週間くらい前からの話。私は噂で聞いただけだけど……」

意外だった。二週間前ならば、少なくとも大塚――吉岡某――ではない。神山以外に、いったい誰が松子のことを調べているのか。思い当たる節がなかった。

「どんな男だか、わからないか」

「私は知らないよ。だって、見たことないもん。でも会った子は、他の土地から来たヤクザだと思うっていってたよ。まだこの近くに、いるかもしれない」

ヤクザ、か……。

これでますます、わからなくなった。

「頼みがある。やってくれるか」

「いいよ。何でもしてあげる」

ナオミが頰に笑窪を作った。

「情報がほしい。その男のことを調べてみてくれないか。そして、最初にいった中嶋佳子という女のことも」

佳子の名を出すと、ナオミが少し失望したような顔をした。

「わかった。やってあげる。そのかわり、お願いがあるの……」

「何だ」

ナオミが、ラムトニックのグラスを空けた。何かいいにくそうに、俯く。

「この前、ちゃんとしてくれなかったでしょう。もし調べてきたら、一度でいいから……」

ナオミが、小さな声でいった。

8

朝、ドアの下に朝刊が差し込まれる気配で目を覚ました。

どうやら、久し振りにまともに眠ったらしい。だがベッドに体を起こし、カーテンを開けても、しばらくは夢の中の佳子の姿が消えなかった。

いつものように、携帯をチェックする。やはり、佳子からの連絡は入っていない。もはや彼女の身に何かが起きたことは決定的だった。

ベッドから降り、新聞を手にした。地元の『福島民報』だった。一面のトップは、前日に常磐自動車道で起きた事故の記事だった。トラック五台を含む計一三台の玉突き事故で、九人が死傷。だが神山は内容を読まずに紙面を捲《めく》り、三面記事を開けた。

ぼんやりと、記事に目を通す。無意識の内に、〝女性〟もしくは〝死体〟という活字を探していた。まさかと思う反面、その可能性が否定できないこともわかっていた。

だが、そのような記事は見つからなかった。神山は新聞を閉じ、それを自分のバッグの中に入れた。調査中の新聞は、できるだけ捨てないようにしている。もしかしたら、後に資料として役に立つこともある。それも探偵稼業のセオリーのひとつだ。

神山はもう一度携帯を開き、長田に電話を入れた。

「起きてたか」

——ああ、お前か……——。

長田の眠そうな声が聞こえてきた。

「いまから会えるか」神山が訊いた。

前日と同じ、アクアマリンパークの駐車場で長田と待ち合わせた。まだ早朝ということもあり、駐車場にはほとんど車が入っていなかった。淡い色の朝日の中に、長田の黒のメルセデスがぽつんと駐まっていた。

神山は前日と同じように横にポルシェを入れ、長田の車の助手席に乗り込んだ。長田は、一日で多少やつれたように見えた。目の下に、黒い隈《くま》ができている。昨夜はこの男としては珍しく、真面目に〝仕事〟をしたのかもしれない。

「松子は見つかったか」

長田がラークに火を付けながら訊いた。

「松子？　そんなことは二の次だろう。いまは中嶋佳子のことの方が先決だ」

「そうだったな。昨日は、小名浜周辺の宿はほとんどすべて回ってみた。いわき湯本もだ。しかし、中嶋佳子らしき女はどこにも泊まっていない。彼女は、本当に消えちまったらしい。お前の方は、何か摑めたか」

「こちらも空振りだ。竹町の方は探ってみたが、いまのところはまったく手懸りはない。他に、彼女が連絡を取るような相手の心当たりはないか」

「ないな。彼女に家族はいない……」

長田が溜息をつき、指で両目を揉《も》んだ。本当に疲れているらしい。

「彼女のプロダクションはどうだ」

「連絡先を知らない。まあ、調べればすぐにわかるが。他に可能性があるとすれば、彼女の弁護士だな。正確には、中嶋佳子の父親の弁護士だが……」

弁護士のことは、佳子から聞いて知っていた。父親の死後、遺産相続と財産管理を委託している弁護士のことだ。

「そちらの方は、あんたにまかせる」

「わかった。おれは今日、東京に戻らなくちゃならない。弁護士とプロダクションの方には、こちらから連絡を入れておく。お前はこれからどうするんだ」

神山は、大きく息を吐いた。

「佳子のことが何かわかるまでは、ここに残る。いまから、警察に行くつもりだ」

すでに探偵としての沽券《こけん》にこだわっている場合ではない。冷静に考えても、人の命が懸かる問題と判断すべきだ。

「仕方ないな。いまは、お前のクライアントだ。勝手にするさ……」

長田と別れ、神山は県道沿いにある『いわき東署』に向かった。田舎町の警察署としては、新しく小ぎれいな建物だった。

まず最初に受付を通し、二階の捜査課に上がる。対応に出てきた刑事にいきなり、「この一日か二日で若い女の変死体は上がっていないか」と訊いた。

別に、本当に変死体があることに期待していたわけではない。ようは、物の訊き方の問題だ。警察では単に失踪者の捜索を申し出ても、まともには取り合ってはもらえない。だが、「変死体……」という言葉を使っただけで相手の対応が変わる。少なくとも、一般の家出人捜索願よりも重要事項として取り扱われる。

思ったとおり、神山はＶＩＰとして丁寧《ていねい》な扱いを受けた。これで少し、警察を好きになった。まず最初に捜査課の担当者に加え、もう一人、本来の家出人捜索窓口の生活安全課からも刑事が呼ばれた。応接室に通され、二人の刑事が顔を揃えて真剣に話を聞いてくれる気分は、なかなか悪いものじゃない。

神山が中嶋佳子の年齢、身長、おおよその体重、服装などの特徴を伝えたところで、捜査課の刑事が口をはさんだ。藤田《ふじた》という名の、いかにも警察官然とした中年の刑事だった。

「神山さんは、その中嶋佳子さんという女性が死んでいると考えてるわけだね」

「わからない。しかし、その可能性はあると思う」

「理由は」

「一昨日の夜に、コンビニに買い物に行くといってそのまま姿を消したんだ。彼女は、小銭と携帯電話くらいしか持っていなかった。何かあったと考える方が自然だ」

経緯に、少し脚色《きやくしよく》をした。その方が、事情はむしろ正確に早く伝わる。

「それだけなら自分の意志で失踪したのかもしれないね。他に理由はあるのかな」

想定の範囲内の質問だった。

「二年前の三月に、彼女の双子の姉の中嶋洋子も殺されている。犯人の大塚義夫という男は、伊東市の八幡野港から車ごと海に飛び込んで自殺した。所轄《しよかつ》は静岡県の伊東警察だ。照会してみるといい」

生活安全課の門田《かどた》という若い刑事が席を立った。朴訥《ぼくとつ》な、真面目そうな男だ。冷めた茶をすすりながら、待った。五分もしないうちに戻ってきた。藤田と顔を見合わせ、頷く。

「今回、小名浜にきたのはその事件の関係なのかね」

「そうだ、彼女の姉の遺体は、まだ発見されていない。大塚の肉親がこの町にいるという情報があって、調べにきた。私は彼女に姉の遺体の捜索を依頼された私立探偵だ」

神山は、話していながら不思議だった。自分が警察に対してこれほど素直に対応するのは、初めてかもしれない。

「それならなぜ、失踪してすぐに届け出てくれなかったのかね」

「三〇歳の大人の女が、ホテルに戻ってこなかった。私が直後に通報したとして、あんたらはまともに取り合ってくれたか」

神山がいうと、藤田は太い腕を組んで溜息をついた。

「携帯電話にも、連絡は取れないのですか」

若い門田が訊いた。

「自分で試してみればいい」

神山はそういって、門田に佳子の携帯の番号を教えた。門田が、電話を掛ける。だがしばらくすると無言で受話器を置き、藤田を見て首を横に振った。

神山はその時、奇妙なことに気がついた。そうだ、携帯電話だ……。

佳子は財布と携帯だけを持っていなくなった。他の荷物は、ホテルの部屋に残っていた。だが、携帯の充電器を見た覚えがない。なぜだ？

「どうかしましたか」

藤田が訊いた。

「いや、何でもない。ちょっと考え事をしていただけだ」

「他に、何か心当たりはありませんか。こちらにきて、何か変わったこととか……」

神山は、藤田にいわれて考えた。変わったことは、いくらでもある。この際、警察を最大限に利用すべきだ。

「彼女の姉を殺した大塚という男の妹が、竹町のソープで働いていたらしい。松子という女だ。その女のことを調べているうちに、私と中嶋佳子の顔はあの町の人間に覚えられた。一日目の夜には、竹町からの帰りに二人の男に尾行された……」

〝竹町〟と聞いて、二人の刑事が複雑な表情で視線を交《か》わした。

9

ホテルに戻っても、何も変わったことはなかった。この狭い部屋で過ごすのは、もう四日目だ。これだけの日々を同じ空間で過ごすと、たとえ味気ない部屋でも、自分の巣のような感覚が芽生《めば》えてくる。

だが、佳子の姿がない。その小さな事実に、違和感のようなものを覚えた。彼女とこの部屋で過ごした日々が、遥か過去の出来事のように思えてくる。

神山はもう一度、佳子の荷物を確かめた。スーツケースと、他にはハンドバッグがひとつあるだけの小さな荷物だ。やはり思ったとおり、佳子の携帯の充電器が見つからない。小名浜に着いた最初の夜には、確かに佳子が携帯を充電していた記憶があった。あの充電器は、どこに消えたのか。彼女が持って出たのだとしたら、なぜ……。

部屋のベルが鳴った。神山がドアを開けると、藤田と門田の二人の刑事が入ってきた。

「中嶋佳子さんの荷物を調べさせてもらっていいかね」

藤田が、部屋の中を見渡していった。

「ああ、かまわない。ハンドバッグはデスクの上にある。スーツケースと着換えはクローゼットの中だ」

二人の刑事が荷物を調べるのを、神山はベッドに座って見守った。二人共、白い布の手袋をはめている。失踪者の身元確認というよりも、完全に事件の捜査だ。神山がいった〝変死体〟という言葉が、必要以上に効《き》いているのかもしれない。

「これが中嶋佳子さんですね」

ハンドバッグを調べていた門田という刑事が、中から佳子の免許証を出してきた。

「そうだ」

改めて、佳子の免許証を見た。氏名、中嶋佳子。生年月日は昭和五四年七月二八日。本籍、住所共に東京都港《みなと》区赤坂——。小さな写真の中で、ラピスブルーの目をした美しい顔が微笑《ほほえ》んでいる。

「綺麗《きれい》な人ですね。まさかこの人、モデルの……」

門田が驚いたような顔でいった。

「そうだ。ケイ・中嶋だ」

田舎の警察官には、芸能人は珍しいのかもしれない。スーツケースを調べていた藤田が荷物を放り出し、門田の持つ免許証を覗き込んだ。

「有名なのか」

藤田が門田に訊いた。

「けっこう有名ですよ。ぼく、ファンだったんです。彼女のヌード写真集を持ってます……」

ヌード写真集？　初耳だった。些細《ささい》なことだが、何か佳子の秘密めいた素顔に触れたような気がした。

「ところで、彼女の家族には知らせたのかね」

藤田が神山に訊いた。

「前にいったように、姉は二年前に殺された。その後、母親と父親とも死別している。彼女には、家族がいないんだ」

「あんたはどういう関係なんだね。探偵だと聞いたが、どうやら同じ部屋に泊まっていたらしいし……」

穏やかだが、人の心を見すかそうとするような口調だった。

「婚約者だよ。もしいま彼女に身寄りがあるとすれば、私だけだ」

そういっておいた方が都合がいい。〝婚約者〟という言葉を使えば、少なくとも警察はその人間を失踪者の身内として扱う。情報をすべて知らせざるをえない。

二人の刑事が帰り、神山はまた狭く味気ない部屋に一人で取り残された。何もやることが見つからない。だが、それはむしろ悪い傾向ではなかった。少なくとも、考える時間だけは十分にある。

神山は、それまでに得た情報を頭の中で組み合わせた。二年前に伊豆の海で自殺した大塚義夫と名乗る謎の男。その男は、四年前には吉岡敬司という名前を使って福島県石川町の母畑温泉で働いていた。

大塚には、松子という妹がいた。松子は、確かに小名浜の竹町にいた形跡がある。その松子を、神山以外にも探している男がいる。

わからないのは、なぜ大塚が佳子の姉の洋子を殺したのかだ。単なるストーカー事件とは思えない。そして洋子の遺体は、いまも見つかっていない。

しかも今度は、調査の依頼人である佳子が姿を消した。何者かに拉致されたのか。それとも、自分の意志で失踪したのか。

まるで、複雑なジグソーパズルだ。しかも、まだ抜け落ちているピースがいくつもある。例えば、〈大山祇大神　大山阿夫利大神〉の上に書かれていた「八道」という文字は、何を意味するのか。

いずれにしても、すべての秘密は佳子が握っているような気がする。彼女の意識、無意識は別としても。もし、彼女がまだ生きていればだが……。

神山は携帯を開き、竹町のナオミという女にメールを打った。

——佳子と、松子のことを捜している男の件、何かわかったか？　連絡を待つ——。

返信を待つ間に、東京の長田に電話を入れた。

「もう東京に着いたのか」

——ああ、一時間ほど前に戻った。佳子の件は、警察に届けたのか——。

「届けたよ。いままで刑事が二人、ホテルの部屋にきていた。そっちの方は、何か進展があったのか」

——彼女のプロダクションは調べた。『スターズ・マネージメント』という小さな事務所だ。プロダクションと彼女の弁護士の方には、佳子が失踪したことは報告しておいた。もしかしたら、その件でお前に連絡が行くかもしれない——。

「わかった。適当に対応しておく」

電話を切った。そしてまた、考える。何かが心に引っ掛かっていた。

しばらくして、携帯が鳴った。佳子の弁護士の、菊池洋介《きくちようすけ》という男からだった。

——中嶋佳子さんが失踪したというのは本当ですか——。

名告《なの》るのももどかしい様子で、弁護士が訊いた。

「まず最初に彼女の生年月日、住所、それに父親の名前を答えてくれ。それにあなたの弁護士資格の免許ナンバーもだ。本物かどうか、確認したい」

神山がいうと、男はそのすべてによどみなく答えた。どうやら、本物らしい。

——それで、中嶋さんはまだ〝発見〟されていないんですか——。

まるですでに死んでいると決めつけるような口振りだった。

「まだ〝発見〟されていないよ。警察には届けてある」

——それで、警察は何と——。

「届けたばかりなんだ。何かわかったら、知らせる」

連絡先を確認し、電話を切った。それにしても、弁護士というのは奇妙な人種だ。相談料も払えないクライアントのことを、それほど心配できるものなのだろうか。

やっと慌《あわ》ただしさが少し落ち着いた。また、考える。神山は、自分のやろうとしていたことを思い出した。そうだ……佳子のヌード写真集だ。

また携帯を開き、『Ａｍａｚｏｎ』のウェブサイトを呼び出す。〈ケイ・中嶋　写真集〉のキーワードで検索すると、すぐに情報がヒットした。これだ。

〈『マイ・ルーム』

モデル＝ケイ・中嶋

価格＝￥２８００

在庫＝3点
エディション＝写真集
出版社＝SSクリエイト出版
出版日＝2006年6月〉
神山は、出版日に目を留めた。
二〇〇六年六月――。
何か、心に引っ掛かるものがあった。神山はラッキーストライクを一本抜き、ジッポーのライターで火を付けた。煙を深く吸い込むと、頭の中から霧のようなものが晴れていった。
その日付の持つ意味を思い出した。大塚――吉岡敬司――と名乗る男が母畑温泉の『源氏館』から突然、姿を消したのが三年前の六月。まったく同じ年の、同じ月だ。単なる偶然なのか。もしくは、何か意味があるのか……。
神山は、写真集をカートに入れ、購入手続きを行なった。とにかく現物を見てみなくては、何もわからない。
写真集を注文している間に、メールが入っていた。竹町のナオミからだった。
――佳子さんという人のことはわからない。でも松子さんを捜している人のことは友達が知ってた。白河の方からきたヤクザだって。大塚義夫という人にお金を貸しているらしいよ。NAOMI――。

そういうことか。どうやら、今回の件とは直接は関係ないようだ。おそらく大塚本人が死んでしまったので、妹の松子から借金を取り立てる腹なのだろう。だが、もしその男を見つけることができれば、大塚という男について何か新しい情報を聞き出せるかもしれない。

携帯を閉じようとして、ふと神山の手が止まった。何かが、おかしい……。

もう一度、ナオミからのメールを読み返した。

白河――。

ヤクザ――。

大塚義夫――。

おかしな点は、すぐにわかった。白河、そして大塚義夫。この二つのキーワードが、短いメールの文の中に同時に存在することだ。

大塚義夫は、二年前に伊豆で自殺した男だ。四年前に白河にいた時には、〝吉岡敬司〟という名前を使っていた。竹町の『玉湯殿』の綾美という女も、松子を足抜けさせたのは〝吉岡〟という男だと認識し、大塚という男のことは知らなかった。

白河にも、小名浜にも、〝大塚義夫〟という男は現在も過去も存在していない。もし松子を捜しているのが本当に白河のヤクザなら、〝大塚〟を知っているわけがない。〝吉岡〟

の妹の松子を捜すはずだ……。

神山は、ナオミにメールを入れた。

――大塚義夫というのは誰だ？　その名前を誰から聞いた？――。

だがその後、ナオミからメールは戻ってこなかった。

窓辺に立ち、外の風景を眺めた。小名浜にきてから、好天が続いている。すでに日は西に傾きはじめ、小名浜港の海面がガラスをちりばめたように輝いていた。

静かだった。

だが、何かが起こる予感があった。

10

神山はその夜、外には出なかった。

ホテルのレストランで食事をすませ、部屋に閉じ籠《こも》った。久し振りに、酒も飲まなかった。今夜は何があるかわからない。もしもの時のために、すぐに出られる準備をしておかなくてはならない。

ベッドに体を投げ出し、ただ意味もなくテレビの画面を眺めた。報道番組には全国の事件、政治、経済のニュースが流れ、やがて地元の情報に切り換わった。各地から、梅の花の満開の話題が届く。世間は何事もなく、平穏だった。

時折、窓の外の暗い風景に視線を移した。眼下の闇の中に、竹町の悪趣味なネオンが光っていた。今夜もあの闇の中に、魑魅魍魎が息を潜めている。だが神山は、もう自分からあの町に出向く気はなかった。

竹町は、頑《かたく》なだ。外部の者を、けっして寄せつけようとはしない。入り込もうと思えば固く扉を閉ざし、すべてを深遠の闇に包み隠してしまう。

ならば、待つだけだ。神山は竹町と同じように、息を潜めるつもりでいた。すでに神山は、あの町で顔を知られている。名刺もばら撒いた。神山が竹町を探るのと同じように、まだ素顔を見せぬ奴らもまたこちらに関心があるはずだ。

神山が身を隠せば、やがて奴らは痺《しび》れを切らせて動きだす。形はどうあれ、何らかの反応がある。

長く、冷たい夜が過ぎていった。やがて深夜を過ぎると、竹町のネオンがひとつ、またひとつと消えはじめた。町が、漆黒の闇に沈んでいく。代わって東の三崎の稜線が、白みはじめた。

一睡もできぬまま、神山は朝を迎えた。小名浜にきて初めて、空には厚い雲がたれこめていた。まだ薄暗い空を、海鳥の群が東に向けて飛び去っていった。

結局、何も起こらなかった。そう思った時に、携帯が鳴った。神山は、着信を知らせる発光ダイオードの光をしばらく見つめた。

携帯を手に取り、開く。佳子の番号ではない。小名浜市内の、知らない番号からだった。神山は電話を繋ぎ、しばらく無言で相手が話すのを待った。

——神山さんですね——。

聞き覚えのある男の声だった。

「そうだ」

——いわき東署の藤田です。朝早く、申し訳ないね——。

時計を見た。午前五時四〇分。常識的に考えて、警察からつまらない用件で電話があるような時間ではない。

「何かあったんですね」

神山が訊いた。

——実は、そうなんだ。非常に申し上げにくいのだが先程、管内で若い女性の変死体が上がってね——。

神山は、息を呑んだ。冷たい背筋に、無数の虫が蠢くような悪寒《おかん》が這い上がった。

「それで、私はどうすればいい？」

——いまから、署の方においで願えませんかね。身元の確認をしていただけると助かるんだがね——。

「わかった。すぐにそちらに向かう」

――パトカーをホテルに迎えにやらせましょうか――。

「だいじょうぶだ。自分の車で行けるよ」

電話を切った。手の平に汗が滲《にじ》んでいた。頭の中が真っ白になり、何も考えがまとまらない。すべてが終わったような気がした。

神山はジーンズにジャケットを身に着け、部屋を出た。まだ暗いロビーを横切り、ホテルの裏の駐車場に向かう。他の車の陰に駐まるポルシェのラピスブルーが、いつになく、くすんで見えた。

冷えきったシートに座り、凍《こご》えるようにかじかむ指でキーを回した。

落ち着け、落ち着け、落ち着け……。

何度も、自分にいい聞かせた。だが、五感に正常な感覚が戻ってこない。神山は大きく息を吐き、両手で焦点の定まらない目を強く押すと、ポルシェのミッションをドライブに入れた。

落ち着け、落ち着け……。

ゆっくりと、駐車場を出た。いわき東署までは、車で一〇分もかからない距離だ。だがその道のりが、永遠とも思えるほどに遠く感じられた。

気が急《せ》いた。神山は車を飛び降りると、入口に昇る階段を駆け上がった。門の前に立つ制服の警官が、訝《いぶか》しげに神山を見つめていた。

藤田と門田の二人の刑事が、暗いロビーで待っていた。神山が息を切らして入っていくと、ベンチからゆっくりと立ち上がった。

「御苦労様です」

門田が、神妙な表情で頭を下げた。

「遺体は、どこにあるんだ」

神山が訊いた。

「地下の安置室だ。歩きながら話そう」

藤田がそういって、神山から目を逸らした。

階段を降りて、長く暗い廊下を歩いた。冷たいリノリウムの床に、三人の靴音だけが響いた。

「遺体は、どこで見つかったんだ」

神山が訊いた。

「昨夜、小名浜港の五号埠頭の海面に浮いていた。夜釣りにきた釣り人が見つけたんだ。あの湾は潮流が複雑なんで、〝投棄《とうき》〟された場所はわからない」

藤田は〝投棄〟という言葉を使った。つまり、自殺ではない。誰かに殺され、海に投げ込まれたということだ。

「遺体の服装は」

「裸だった。身元を特定できるような遺留品は何もない」

「遺体の特徴は」

「年齢が二十代後半から三十代後半の女性。その他は、身長も体重もわからない」

「どういうことだ？」

「手足がないんだ。発見されたのは、胴体と頭部だけだ。あとは、見てもらえればわかる」

藤田が、『遺体安置室』と書かれた白い鉄の扉の前で立ち止まった。神山を見て、頷く。ゆっくりと、ドアを開けた。中からオキシドールと長年の腐敗臭が入り混ざったような、冷たい空気が流れ出てきた。

門田が、明かりを点けた。蛍光灯の光の中に、殺風景なコンクリートの部屋が浮かび上がった。中央に、ステンレスの台がひとつ。上に掛けられた白い布の膨らみは、中に人間の遺体があるとは思えないほど小さかった。

神山は、遺体の前に立った。

「このような遺体を見たことは」

藤田が訊いた。門田は、顔を背《そむ》けていた。

「だいじょうぶだ。開けてくれ」

神山がいうと、藤田が無造作に白い布を剝《は》ぎ取った。門田が口をハンカチで押さえ、部屋を飛び出していった。

そこにある物は、確かに女の遺体だった。両手両足の、第二関節から先がない。長い時間、水に漬かっていたためか、体全体が浮腫《むく》んでいるように見えた。

顔は、潰れていた。魚にでも食われたのか、眼球もなくなっていた。何かを訴えるように口が開き、中から膨張した舌が飛び出していた。だが茶色に染められた長い髪と、僅《わず》かに残る輪郭《りんかく》の面影《おもかげ》に見覚えがあった。

「知っている女かね」

藤田が訊いた。

「たぶん……」

神山が、小さく頷いた。

11

人間の〝屍体《したい》〟は、不思議だ。

ただ漠然と眺めているだけならば、バクテリアによる分解過程にある蛋白質《たんぱくしつ》の、不快な臭いを発する醜怪《しゅうかい》な静物としてのオブジェにすぎない。

ところが、意識がそれを〝人間〟であると認識すると同時に、思考に対する侵略が始まる。しかもそれが数日前――もしくは数時間前――まで同じ時間を共有していた知人だとすれば、感情が著《いちじる》しく動揺する。

だが、いまは感情を押し殺すべきだ。プロとして、そしてこの場にいる屍体の唯一の知人としても。

神山は手を合わし、黙禱《もくとう》した。

「遺体に触れてもかまわないか?」

「かまわない。これを使ってくれ」

藤田がポケットから薄く白い手袋を出し、渡した。神山はそれを両手にはめ、遺体の頰に触れた。弾力のない、ゴムのような感触。顎《あご》を動かしてみると、すでに死後硬直が進んでいた。海水に漬かっていた割には、腐敗はそれほどでもない。

「死後、丸一日といったところだな」

神山が、呟《つぶや》くようにいった。

「おそらく、な。これから解剖すればはっきりする。それで、この遺体は誰なんだ。中嶋佳子なのか?」

「待ってくれ。いまそれを確かめる」

唇をめくった。歯は前歯三本の差し歯を含め、ほとんどが折られていた。生前に拷問《ごうもん》を受けたのか。もしくは、身元を隠すためか。おそらく後者だろう。

首を一周するように、鬱血《うっけつ》した痣のようなものがある。死因は、絞殺《こうさつ》だ。薄い茶に染められた髪は海水に漬かり、糊《のり》で固められたように絡まっていた。生え際を確かめる。三センチ程の、黒い染め残しがあった。その光景に、女が生きていた時の記憶が蘇《よみがえ》った。

神山は、遺体の左肩を持ち上げた。腕は肘《ひじ》の関節から先がなかったが、意外なほど重かった。

佳子の左肩にあった、赤い蝶が羽ばたくような痣……。

神山が、頷く。やはりその蝶は、存在しない。

「いったい、誰なんだ。中嶋佳子ではないのか？」

刑事が訊いた。

「違う」

「それなら、誰なんだ。知っている女なんだろう」

神山が手袋を外し、藤田に視線を向けた。

「竹町の乙姫という店にいた、ナオミという女だ。おそらく……」

竹町の『乙姫』と聞いて、藤田が深い溜息をついた。どうやら、いわき東署の刑事は、〝竹町〟というキーワードに拒絶反応を示す傾向があるらしい。

若い門田刑事が戻ってきた。青白い顔をしているが、何とか平常を保っている。誰でも、最初はそうだ。その門田に、藤田がいった。

「風紀に声を掛けて、竹町の乙姫を当たってくれ。あの店に、ナオミという女がいるかどうか、確かめるんだ。誰でもいい。ここに引っぱってきて、身元確認をさせろ」

「はい……」

門田が救われたような顔で、また安置室から出ていった。

神山は藤田と並び、また地下の冷たいリノリウムの廊下を歩いた。

「これから、どうするんだ」

神山が訊いた。

「近くの明星《めいせい》大学医学部へ運ぶ。そこで、解剖する」

「おれは、どうしたらいい」

「解剖が終わるまで、ここにいてもらう。事情聴取《ちょうしゅ》に付き合ってもらわなくちゃならない」

「わかってるよ……」

通された部屋は取調べ室ではなく、簡素だが、一応は応接室のような場所だった。これは、良い傾向だ。少なくとも、まだ犯人扱いはされていないらしい。

しばらくすると若い門田が、コンビニの握り飯とサンドイッチを持って部屋に入ってきた。そういえば、昨夜からほとんど何も口にしていない。食欲はなかったが、食えないというほどでもなかった。

だが、握り飯を嚙《か》み締めると、先程の屍体の異臭が口の中に広がるような錯覚があった。神山はその臭いを、どろりとした苦い缶コーヒーで紛《まぎ》らわした。

世間話のように、事情聴取が始まった。神山は、すべてを話すつもりでいた。

いまさらナオミとのことを隠したところで、どうにもならない。この時点では、神山が最も有力な重要参考人であることは確かだ。たとえ隠したとしても、すぐに調べはつく。

神山は、順を追って話した。四日前の夜に、中嶋佳子からの依頼を受け、竹町の『乙姫』に行ったこと。そこで初めて、客としてナオミと会ったこと。そして中嶋佳子の失踪。その情報を得るために一昨日の夜にもナオミを呼び出し、小名浜本町の『サイドカー』というバーで会ったこと……。

「すると、あの遺体がナオミだとして……。神山さん、彼女が死んだ理由はあんたもあるのかもしれないね」

藤田がいった。様々なニュアンスを含むいい回しだった。神山が松子や佳子のことを訊いたことが原因で何者かに〝殺された〟とも取れるし、神山本人が〝殺した〟とも受け取れる。

だが、神山はいった。

「確かに、そうだ。彼女が死んだ原因は、私だと思う」

神山は、ナオミのはにかむような笑顔を思い出した。ソープの女とは思えないほど、純情そうで素朴な笑顔だった。

松子のことを訊いた時も、佳子の件で相談した時も彼女は神山の言葉に真剣に耳を傾けていた。『玉湯殿』の綾美という女を紹介してくれたのも彼女だった。おそらく、ナオミは、それ以外にも何人かの人間に声を掛けていたのだろう。松子か。それとも、佳子か。どちらかの件で、秘密に触れられたくない人間がいた。その人間が、目障《めざわ》りなナオミを消した……。

「心当たりはないか」

藤田が、神山の表情を窺うようにいった。

「竹町に玉湯殿という店があるだろう。そこに、綾美という女がいる。彼女は何かを知っているかもしれない」

門田が何かを耳打ちされ、部屋を出ていった。だが、可能性は低い。おそらくあの綾美という女は、小遣い欲しさにナオミの誘いに乗っただけだ。

しばらくして、門田が部屋に戻ってきた。そして、いった。

「解剖が終わったそうです……」

「それで?」

「いま病院の方で、乙姫のマネージャーという男が身元確認しました。やはり……遺体はナオミでした。それから……」

門田が藤田に顔を寄せ、小声で話しかけた。藤田が神山を一瞥し、頷く。そして、席を立った。

「ここでしばらく待っていてくれ」

神山は、一人で部屋に取り残された。何かがあったらしい。部屋のドアを開けて外を覗くと、廊下に二人の制服の警官が立っていた。

どうやらVIPから重要参考人、さらに容疑者へと、少しずつ立場が悪化していく可能性があるということなのかもしれない。

二人が戻ってきたのは、三〇分後だった。藤田は両手に白い手袋をはめ、片手に小さなビニール袋を持っていた。ゆっくりと、深刻な表情でソファーに座り、溜息をついた。

「遺体の中から、こんなものが出てきた」

ビニール袋を、テーブルの上に置いた。中には茶色く変色し、皺《しわ》だらけになった、名刺が一枚入っていた。ビニールの上から文字を見ると、「田嶋建次」という名前の他に携帯の番号とメールアドレスが書いてあった。

「この、田嶋建次というのは誰なんだ。携帯の番号は神山さん、あんたのと同じなんだがね」

「そうだ。私が彼女に渡した名刺だよ。調査のために、偽名を使った」

「この名刺は、丸められて彼女の喉の中から出てきた。死ぬ前に、呑み込んだんだ。どういう意味だと思うかね」

「もしそうだとすれば、ダイイング・メッセージか。この男に、殺された……」

神山がいうと、藤田が口を歪《ゆが》めて笑った。

「認めるのか」

「認めるわけではない。他の可能性もある。私が原因で殺されたといいたかったのかもしれないし、犯人が殺してから詰め込んだのかもしれない」

「あんたを犯人に仕立てるためにか」

「そうだ」

考えてみれば、奇妙だ。遺体の身元を隠すために歯を折り、手足を切断するほど用意周到な犯人ならば、もっと発見されにくい遺棄《いき》の仕方を考えるだろう。一日やそこらで、遺体が海に浮くわけがない。

「あんたじゃなければ、誰が殺《や》ったんだ。思い当たることがあるなら、話してくれないかね」

神山は、考えた。そして、訊いた。

「死亡推定時刻は？」

「一昨日の午後一一時から、昨日の午前四時の間だ」藤田が、腕時計を見た。「三〇時間から、三五時間前だ」

神山は、奇妙なことに気が付いた。つまりナオミは神山と小名浜本町のバーで飲んでいた直後か、少なくともその後、数時間以内に殺されたことになる。

携帯を開いた。やはり、そうだ。あのナオミからの、最後の奇妙なメールだ。

――佳子さんという人のことはわからない。でも松子さんを捜している人のことは友達が知ってた。白河の方からきたヤクザだって。大塚義夫という人にお金を貸しているらしいよ。ＮＡＯＭＩ――。

データを見た。日付は三月六日の午後四時〇二分。つまりこのメールは、前日の夕方に届いている。

「どうしたんだ？」

藤田が訊いた。神山は、携帯を開いたまま藤田にそれを見せた。

「ナオミからの最後のメールだ。おかしいと思わないか」

藤田が、メールを読む。そしていった。

「なぜだ」

「時間だよ。昨日の午後四時二分だ。つまりそのメールは、ナオミが死んでから、少なくとも一二時間以上が経ってから届いたことになる」

「なるほど……」

藤田がまた溜息をつき、頷いた。

12

神山は、勾留《こうりゅう》されなかった。

正直者は、けっして損はしない。昼には藤田にカツ丼を奢《おご》られ――なぜ警察で食う飯はいつもカツ丼なのだろう――コーヒーを飲みながら世間話を楽しんだ。

最後まで、VIP待遇《たいぐう》だった。帰りには門田が駐車場についてきて、走り去るポルシェを見送ってくれた。ただし、しばらくはこの町に止《とど》まるように要請はされたが。

ホテルに戻ると、自分の家に帰ってきたように力が抜けた。フロントの人間もすでにみな神山の顔を覚えていて、心配そうに、だが笑顔で迎えてくれた。悪くない気分だ。

掃除の終わった部屋に入り、着ている物をすべて脱いだ。それをランドリーバッグに放り込み、熱いシャワーを浴びた。新しいシーツのベッドの上に体を投げ出すと、全身に染み付いていた屍臭が少し薄くなったような気がした。

大の字に横になって天井を眺めていると、ナオミの顔が浮かんだ。ソープのマットの上で体を絡めている時の、悲しげな笑顔。地下のバーのスツールに座り、ラムトニックを飲んでいる時のはにかんだ笑顔。いずれにしても彼女を想う時、なぜか笑顔しか頭に浮かばなかった。

彼女が、どんな人生を生きてきたのかはわからない。だが、けっして幸福であったとは思えなかった。ナオミはいっていた。一度でいいから、本当に抱いてほしいと。四〇年近くも男として生きてきて、女を抱かなかったことで後悔したのはこれが初めてだった。

神山は、久し振りにiPodで音楽を聴いた。ヘッドフォンから、エリック・クラプトンの歌声が流れてきた。

『イノセント・タイムズ』——汚れなき時間——。

ナオミにも、そんな時代があったのだろうか……。

彼女は、なぜ殺されたのか。松子のことが原因なのか。それとも、佳子の件か。いずれにしても彼女の死には、多くの謎がある。

ひとつは、あの最後のメッセージだ。死人は、メールを送れない。しかも、あの文面が奇妙だった。短い文章の中に、白河——ヤクザ——大塚義夫——という三つの言葉が入っていた。いずれにしても白河、竹町、そしてあの吉岡と名乗っていた男が大塚義夫の名前で死ぬまでの二年間は、一本の線でつながっている。

誰が、ナオミを殺したのか。犯人は、策略家だ。自分がナオミの身元を隠そうとしていることを装《よそお》い、手足を切断して歯を折った。だがわざわざ遺体が発見されやすいように、海に投棄した。ナオミの喉に詰まっていた名刺も、神山に疑いを掛けるために犯人が押し込んだのかもしれない。だとすればその男——おそらく男だ——は、少なくとも神山の存在を知っていることになる。

犯人は、竹町の人間だろうか。だがナオミは、いっていた。「竹町にはそんな悪い人はいない」と——。

いずれにしても犯人は、重大なミスを犯している。ナオミの携帯を使い、あの最後のメールを送ったのは犯人だ。彼女がまだ生きているように装おうとしたのだろう。だが予定以上に遺体が早く発見されたために、死亡推定時刻との間に矛盾が生じた。策に溺《おぼ》れ、馬脚を露した。

今日の夕刊には、ナオミの遺体が発見された記事が載るだろう。それを読めば、犯人は慌てるだろう。何か動きがあるかもしれない。

神山は、ナオミの笑顔を打ち消した。だが代わって、佳子の顔が脳裏に現れた。

佳子は、黒い涙を流していた。闇の中で白い肢体を餓鬼《がき》に貪られ、嗚咽を洩らしていた。その餓鬼の一人は、神山自身だった。神山は佳子の夢を見ながら、浅い眠りに落ちた。

目が覚めた時には、すでに窓の外の風景は黄昏に染まりはじめていた。竹町の虫を誘い寄せる明かりも、ぽつぽつと灯りはじめていた。携帯を確認したが、家出した亭主を探してほしいという仕事の依頼の留守電が一本入っていただけだった。

神山はもう一度シャワーを浴び、外に出た。近所のコンビニに入り、夕刊を何紙か買って部屋に戻った。やはり思ったとおり、ほとんどの新聞にナオミの遺体発見の記事が載っていた。最も大きく扱っているのは、地元の『福島民報』だった。

〈――昨夜午後一一時ごろ、小名浜港の五号埠頭に釣りにきていた男性が若い女性の遺体が海に浮いているのを発見した。いわき東警察署によると遺体は竹町の飲食店店員、堀口《ほりぐち》喜江《よしえ》さん（34）で、一昨日の夜に店の寮を出たまま帰っていなかったという。遺体には衣服がなく手足が切断されていたことから、警察は堀口さんが何らかの事件に巻き込まれた可能性があるものとして慎重に捜査を進めている――〉

簡単な記事だった。だがその数行の記事の中から、いくつかの新たな事実を知ることができた。

まずナオミの本名は、堀口喜江という。年齢は三四歳。だが三四年の人生の中で、なぜ喜江という名前を捨て、ナオミと名乗るようになったのかはわからない。

興味深いのはナオミの職業が〝飲食店店員〟となっていることと、一昨日の夜に店の寮を出たまま帰っていなかったという事実だった。つまり、ナオミはあの夜、神山と地下のバーを出てから一度も〝寮〟に帰らずに、その数時間以内には殺されて海に投げ込まれたことになる。

あの夜、ナオミと何を話したのか。神山は記憶の糸を手繰《たぐ》った。最後に話したのは、松子のことだ。ナオミは、神山以外にも松子のことを捜していた男がいるといっていた。その男は、吉岡——大塚某——ではない。しかも松子が竹町から姿を消した、四年前の話でもない。つい最近……ここ二週間くらい前からのことだ。

ナオミはその男のことを、直接は知らなかった。だが、心当たりはあった。その男のことは、竹町の他の女の間で噂になっていた。そしてナオミは誰かに会い、その誰かに殺された。

やはり、松子だ。吉岡敬司の妹、松子という女が、一連の事件の何らかの鍵を握っているということか……。

携帯の呼び出し音が鳴った。開く。ディスプレイの画面に、見覚えのある番号が並んだ。

佳子からだ。

神山は逸《はや》る気持を抑え、電話をつないだ。

「いったい、何をやってたんだ」

だが、電話口から聞き馴《な》れない声が聞こえてきた。

——神山健介さんだね——。

低い男の声が、いった。

「そうだ。あんたは、誰だ」

――誰でもいい。いまここに、中嶋佳子という女を預かっている。あんたの〝イロ〟なんだろう――。

「佳子がそこにいるという、証拠は」

――よせよ。おれは中嶋佳子の携帯から電話を掛けてるんだぜ。何なら、すっ裸の写真をメールで送ってやってもいい――。

「わかった。そこに佳子がいることは認めよう。それで、おれに何の用だ」

――あんたに、話がある。こちらのいうことを聞いてもらえれば、この女を帰してもいい。ただし警察に通報したり、いうことを聞かなければ、あんたはこの女に二度と会えなくなる――。

しばらく、沈黙が続いた。神山は、手足を切断されたナオミの屍体を想い浮かべた。相手は、本気らしい。

「わかった。おれはどうすればいいんだ」

――夜になったら、例のアルマーニのスーツを着て竹町の通りを歩け。一人でだぞ。こちらから接触する――。

電話が、切れた。

神山は携帯を閉じ、溜まっていた息を吐いた。

13

相手の要求を呑むしかなかった。

神山は夜になるのを待ってアルマーニのスーツを着込み、竹町に出向いた。

安っぽい歓楽街は、いつもと変わってはいない。だが街をふらつく酔客も、闇に潜む魑魅魍魎の気配も、すべてが架空の空間のように思えた。その中で唯一自分の存在だけが、幻の中に浮かび上がる現実だった。

自分は、目立ちすぎる。そう思った。この町のすべての視線が、自分に注がれている。これから何が起こるのかを、見守っている。神山は、ショーアップされたコロシアムの獲物だ。野に放たれた狐《きつね》狩りの狐のように、無防備だった。もし背後から狙われれば、いやたとえ正面から攻撃を仕掛けられたとしても、防ぎようがない。

神山は竹町の通りを西から東へと歩き、さらに海側の道を東から西へと戻った。何も起こらない。そう思った時に、後ろから誰かがぶつかってきた。瞬間に体が反応し、かわした。振り返ると、路面に男が尻餅をついていた。

「何すっだよ……」

男が、神山を見上げた。ただの酔っぱらいだ。

また、道を歩きはじめる。誰かが、見ている。そして、笑っている。

正面に、車のライトが見えた。ゆっくりと、通りを進んでくる。古い型の、トヨタの白いセルシオだった。

神山は、道路の脇に体を避けた。車が、通り過ぎていく。だが、やり過ごしたと思った直後に、車が止まった。

両側のドアが開き、二人の男が降りてきた。見覚えのある男たちだった。初老の小柄な男と、中年の体格のいい男。数日前の夜に、神山を竹町から尾行してきた二人だった。

二人が、神山の両脇から身を寄せた。初老の男が、かすれた声でいった。

「神山さんだね」

「そうだ……」

若い方の男が、神山の脇腹に無言でタオルに巻いた〝何か〟を突きつけている。刃物か、それとも銃かはわからない。

「車に乗ってもらいましょうか。私たちと一緒にきてもらいたいんですがね」

神山は、黙って頷いた。

後部シートに、押し込まれた。二人の男が両側に乗り込み、ドアを閉める。運転席に座っていた茶髪の若い男が、ゆっくりと車を発進させた。町の視線が、笑いながら神山を見ていた。

途中で目隠しをされたので、どこをどう通ってきたのかはわからなかった。連れて行かれたのは——おそらく山の中にある——古い倉庫のような場所だった。

室内は大型の石油ストーブが焚《た》かれ、のぼせるほどに暖かかった。ストーブの周囲にパイプ椅子《いす》がいくつか置かれ、その中央に黒い革のジャケットを肩に羽織った男が一人、座っていた。

歳は四十代の半ばだろうか。短く刈り込んだ髪はパンチパーマで固められ、陽に焼けた額の下からどんよりとした目が神山を睨《ね》めつけていた。

神山は室内を見渡し、溜息をついた。天井のH鋼の梁《はり》からチェーンブロックが下がり、その鎖の先端に素裸の佳子が吊るされていた。佳子が視線を上げ、神山を見ると、また目を伏せてうなだれた。まるで安物の映画のセットのような、陳腐なシチュエーションだった。だが、ともかく佳子はいまも生きている。

「あんた、五島組の渡辺敏明だろう」

神山が訊いた。

「ほう……。なぜ、おれの名前を知っている」

簡単なことだ。この男は電話で、神山に話があるといった。もし佳子や松子の件だけならば、佳子が失踪した直後に連絡を取ってきたはずだ。だがこの男が電話を掛けてきたのは、ナオミの遺体が発見された後だった。

「あんたは竹町に乙姫という店を持っている。その店のナオミという女が殺された。おれに用があるというのは、その件だろう。考えなくてもわかる」

　渡辺が顔を歪めて笑った。そして、いった。

「なぜ、ナオミを殺した。警察は騙《だま》せても、おれたちの目はごまかせないぜ」

　ある程度は想定の範囲内だった。だが、反面、意外な展開でもあった。この男は、ナオミを殺した犯人を捜している。つまり、彼女を殺したのは、少なくともここにいる男たちではないということになる。

「おれは、殺っていない。ナオミを殺す理由がない」

「そうかな」渡辺が、ピースに火を付けた。煙を吐き出し、いった。「お前は、松子のことを嗅《か》ぎ回っていた。ナオミが殺された夜に、最後に会っていたのもお前だ。他に、誰を疑えばいいんだ」

　神山の横に立っていた男が、また脇腹に何かを突きつけた。漁師が使うような、マキリだった。アルマーニのスーツに、穴を開けられるのは御免だ。

「その前に、訊きたいことがある」

　神山がいった。

「何だ」

「なぜ、その女を攫った」

渡辺が佳子を見上げ、また顔を歪めた。

「何をいってるんだ。この女を送り込んできたのは、お前じゃないのか」

「どういうことだ」

「この女の方から、勝手に飛び込んできたんだぜ。ソープで働きたいとかいってよ。だからおれたちがたっぷりと仕込んで、一昨日の夜から客を取らせていた」

神山が、佳子を見た。佳子は神山に視線を向けると、また目を伏せた。

そういうことか。どうりで佳子の荷物の中に、携帯の充電器が見当たらなかったわけだ。佳子は最初から、何日かはあのホテルに戻らないつもりだったのだ。

「それならなぜ、その女を痛めつけた」

渡辺がひくひくと笑い、椅子を立った。佳子の前にいくと、乳房と腹を撫でた。

「痛めつける？　こんな上玉をか？　おれたちはプロだぜ。こいつは、幾らでも稼げる女だ。そんな、もったいないことをすると思うか？　ただこの女は、店で働きながら他の女や客に松子のことを訊き回っていた。だから少し、礼儀を教えてやっただけだ。見ろよ。顔にも肌にも疵はない。ただしばらくは、男なしではいられない体にはしてやったがね」

男の指先が、佳子を嬲る。梁に吊るされた佳子は体を震わせ、嗚咽を洩らした。

「その女を、降ろしてやってくれないか。目障りで、話すことも話せない……」

渡辺が、神山に視線を向けた。

「話す？　何を話す気になったんだ。ナオミを殺したことをか。それとも、松子のことを嗅ぎ回っていたことをか」

「何度もいうが、おれはナオミを殺してはいない。松子のことは、知っていることをすべて話す。もしおれとあんたの情報を交換すれば、ナオミを殺した犯人がわかるかもしれない。もし知りたければ、その女を降ろすことだ。そうしなければ、事態は何も進展しない」

神山がいうと、渡辺の頬が引きつった。

「あんたから話を訊き出す方法は、いくらでもある。あんたを痛めつけてもいいし、この女の体に訊いてもかまわない……」

渡辺が、短くなったタバコの火を佳子の乳房に近付けた。佳子が、火から逃げるようにもがいた。

「やれよ。別に、その女がどうなろうとかまわない。ただ、そのままだと目障りなだけだ」

渡辺が、声を押し殺すように笑った。タバコの吸いさしを投げ捨てると、コンクリートの床でそれを踏み潰した。そして、いった。

「女を降ろしてやれ」

他の三人の男が、佳子に歩み寄った。チェーンブロックが緩められ、体を抱きかかえられながら床に降ろされた。手首のロープを解かれると、佳子はその場に座り込んだ。

神山が、佳子に歩み寄る。細く冷たい体を抱き起こし、ストーブの前の椅子に座らせた。アルマーニの上着を脱ぎ、それを佳子の肩に着せた。

佳子が、縋るような目で神山を見上げた。アイラインが涙で崩れ、墨のように流れていた。消え入るような声で、いった。

「ごめんなさい……」

神山は、何もいわなかった。無言で、渡辺を振り返った。

「さて、女は降ろしてやったぜ。話してもらおうか」

渡辺がいった。

「まだ条件がある。あんたも、知っていることは話してもらおう」

「おいおい、何をとち狂ってるんだ。お前、自分の立場を理解してるのか」

渡辺が、目くばせをした。マキリを持った男が、神山の背後に忍び寄った。だが次の瞬間、神山はその気配を躱《かわ》し、男の顔に二発の左ジャブと右ストレートを叩き込んだ。

男は後方によろめきながら倒れ、マキリがコンクリートの床に落ちて音を立てた。他の男を一瞥し、牽制《けんせい》した。誰も、動かなかった。神山はマキリを拾い上げ、それを渡辺の足元に投げた。

「立場はわかっているつもりだ。もしおれを痛めつけようと思えば、あんたらの方からも怪我《けが》人が出る。そして松子と、ナオミを殺した犯人のことも永久にわからなくなる。その単純な理屈をわからないほど、あんたが馬鹿だとは思えない」

お互いに、しばらく睨み合った。目と目で、会話をかわす。腹の探り合いだ。

やがて渡辺が頰の疵を引き攣《つ》らせ、息を吐いた。

「どうやら利害関係が一致しているらしいな」そして、他の男たちに向かっていった。

「酒の用意をしろ」

渡辺がピースの箱を、神山に差し出した。

14

ある意味では、和《なご》やかな酒宴だった。

ストーブの近くに折り畳みのテーブルが運ばれてきて、その上に『大七』の純米酒が二升と、肴《さかな》が並べられた。肴はほとんどが地元の海産物の乾き物と、瓶詰などだった。

パイプ椅子に座り、欠けた湯呑みやコップで酒を飲んだ。酒は、上等だった。だがテーブルに着くことが許されているのは渡辺と年配の男、あとは服を着せられた佳子と神山だけだ。若い茶髪の男と、神山に鼻を潰された男は立ったまま酒宴を見守っていた。若い男は運転手、鼻を潰された男は神山にやられた罰という意味なのかもしれない。

年配の小柄な男は、十井《とい》と名乗った。渡辺の手下ではなく、〝松子の所有者〟であったらしい。

神山は松子について知っていることを、掻《か》い摘んで説明した。白河にいた吉岡敬司という男を追っているうちに、その妹の松子に行きついたこと。その吉岡は四年前まで母畑温泉で住み込みで働いていたが、二年後に〝大塚義夫〟の名前で静岡県の伊東市で自殺したこと。その直前に、佳子の姉の洋子を殺していること——。

だが渡辺は、そこまではすでに佳子から訊き出して知っていた。

「ひとつ、訊きたいことがある」渡辺がいった。「この佳子と松子という女は、どういう関係なんだ」

「どういう意味だ」

神山が逆に訊き返した。

「隠すなよ。この女の体にも訊いてみたが、何もいわない。知らないの一点張りだ」

神山は、佳子を見た。だが佳子は両手でコップを持ち、黙々と酒を飲み続けている。

「何をいっているのか、意味がわからない」

「あんたまで、しらを切るのか。おい、十井さん。この人に松子の写真を見せてやってくれ」

十井が頷き、財布の中から一枚の女の顔写真を出した。店の看板に使うために、プロが撮《と》った宣伝用の写真らしい。青いビキニを着て、派手な羽織の胸を開けた髪の長い女が写っていた。

「これが、松子なのか」

「そうだ。松子だよ。まだ若い頃の写真だがな」

その写真を見た瞬間に、神山は渡辺が何をいわんとしていたのかが理解できた。松子は、似ていた。あまりにも、佳子と似ていた。佳子には、ロシア人の血が流れている。松子は、どう見ても純粋な日本人だ。だが佳子と松子は、その顔つきから雰囲気に至るまで、姉妹といっても通るほどに瓜《うり》二つだった。

「どういうことだ」

神山が、佳子に訊いた。だが佳子は、コップを手にしたまま首を振った。

「私にも……わからない……」

神山は、思い出した。二人で竹町のスナックを飲み歩いた時、そこにいた誰もが佳子の顔に見入っていたことを。それは佳子が特別に美しいからでもなく、モデルのケイ・中嶋だと気付いたわけでもなかった。彼らはみな、佳子を松子の面影と重ねていたのだ。

「今度は、こちらから訊きたい」神山が十井に視線を向けた。「松子には、薔薇の花の入れ墨があったそうだな。体の、どこにあったんだ」

十井が、頷く。

「左の肩から背中にかけてだ。あの女には、ちょっとした事情があってね。墨を入れさせたのは、おれだよ」

十井の話は、奇妙だった。十井が松子を買ったのは、二〇年近く前だった。その頃の松子は、まだ一六か一七だった。色白で、美しい女だった。

松子を売りにきたのは、東北の寒村から女を集めてくる女衒《ぜげん》のような男だった。いい値は、二〇〇万。まだバブルの最盛期とはいえ、べらぼうな値段だった。だが十井は松子の容姿に惚《ほ》れ込み、値切らずに買った。その後、十井は、松子を東北の温泉街で客を取らせながら流れ歩き、一〇年ほど前にこの竹町に落ち着いた。

だが松子の左肩には、赤黒い大きな痣があった。そのままでは、商売ものにはならない。そこで痣を隠すために、薔薇の入れ墨を入れた。

十井が続けた。

「その佳子という女の体を見た時には、驚いたぜ。何しろ、松子と同じ場所に痣があるじゃねえか。しかも、形や大きさまでそっくりだ……」

神山は、佳子を見た。だが佳子は、ただ酒を飲みながら怯《おび》えているだけだ。

以前、佳子はいっていた。中嶋の父方の家系の人間には、ほとんどの者の左肩に痣があると。姉の洋子にもあった。そして伊豆で死んだ松子の兄――大塚某――という男には、同じ場所に大きな火傷《やけど》の跡があった——。

神山が湯呑みから酒を飲み、訊いた。

「松子の生い立ちはわからないか」

「よくは知らねえ」十井がいった。「だいたい女衒というのは、女の生い立ちについちゃ何もいわねえもんなんだよ。こっちも訊かねえ。もし女が逃げれば、売った奴が連れ戻しに行く。それも奴らの商売のひとつだ」

「本名は」

「貒谷《まみや》松子。アナグマの貒《まみ》に、谷と書く。少なくとも松子は、そういっていた。本名かどうかはわからんがね……」

貒谷……。

大塚でも、吉岡でもなかった。

「松子には、兄がいたはずだ。吉岡敬司……」

「知っている。奴も、本名かどうかはわかったもんじゃねえさ」

松子は、十井の財産だった。十井は常時、二人から三人の女を管理していたが、松子は常に稼ぎ頭だった。その松子の許に、「腹違いの兄……」と名乗る吉岡敬司が現れたのは、六年ほど前のことだった。当時、松子は竹町の『玉湯殿』に勤めていた。そこに〝偶然〟に客として訪れ、一五年振りに松子と再会したのが吉岡だった。

吉岡はその後、定期的に松子の許を訪ねてくるようになった。時には十井に、酒や菓子折などの手土産を持ってくることもあった。十井は、松子のことを信用していた。吉岡が来れば、二人で出掛けることも許していた。だが三年前の六月、吉岡が最後に竹町を訪れた直後、松子は突然、姿を消した。

「吉岡は、二年前に〝大塚〟という名前で死んだそうだな。その二人は、同一人物なのか？」

十井が訊いた。

「写真で確認している」

神山がそういって、上着のポケットから大塚義夫の写真を出した。それを見て、十井が納得したように頷いた。

「間違いねえな。これは、吉岡だ」

だが、奇妙だ。たとえ腹違いの兄妹だったとしても、なぜ松子と吉岡は名字が違ったのか。それとも吉岡も偽名で、あの男の本名も鏥谷というのか……。

「本当に、松子と吉岡は兄妹だったのか」

神山が訊いた。

「どうだかな。顔もあまり似ていなかったし、戸籍を確かめたわけでもない。しかし二人は、子供の頃のまったく同じ写真を持っていた」

「写真？　どんな写真だ？」

「たいした写真じゃねえよ。七五三か何かの時の写真だろう。山奥の小さな神社の鳥居の前で、幼い二人が写っていた。その写真を見る限り、確かに二人共、面影があった……」

〝神社〟と聞いて、神山は息を呑んだ。

「その写真は、あるか」

「松子は、荷物をすべて置いたまま姿を消した。ここにあるよ」

十井はまた、財布の中から一枚の写真を出した。色褪せた、古いモノクロームの小さな写真だった。質素な鳥居の前に、千歳飴《ちとせあめ》を手に下げた幼い兄妹が立っている。汚れなき、笑顔。確かに二人には、吉岡と松子の面影があった。

背後の鳥居には、中央に額が掛かっていた。何か、文字が書かれている。神山はビクトリノックスのポケットナイフを取り出し、ルーペを起こしてその文字を読んだ。

〈八道――大山祇大神
　　大山阿夫利大神〉

背筋に、冷たい汗が伝った。鳥居の額の上には、何かを十字に組み合わせたような奇妙な紋のような図柄が入っていた。

神山は写真とルーペを佳子に渡した。佳子の目が何か恐ろしいものでも見るように、大きく見開かれた。

「どうしたんだ」

渡辺と十井が、同時に訊いた。

「この神社の鳥居だ。額の中に、〈八道《はちどう》——大山祇大神《おおやまつみのかみ》　大山阿夫利大神《おおやまあふりのかみ》〉と書いてある。死んだ吉岡も、住み込みで働いていた母畑温泉の自分の部屋に、これと同じ札を貼っていた……」

「どういうことなんだ」

「わからない。しかしこの神社の場所を突き止めれば、松子の居場所もわかるかもしれない」

渡辺と十井が、顔を見合わせた。

「もし、あんたがやってくれるなら、その写真を預けてもいい」

十井が湯呑みに残った酒を飲み干し、新たに注いだ。

「よし、松子の話はそこまでだ」渡辺がいった。「次はナオミの件だ。なあ、神山さんよ。もしあんたがナオミを殺したんじゃなければ、いったい誰が殺ったんだ」

神山は酒を飲み、溜息をついた。

「それも、いまのところはわからない。しかし、手懸りがないわけでもない」

「どういうことだ、ちゃんと説明してくれ」

「おれ以外に、竹町で松子のことを探っていた男がいたらしいな。二週間前からだ」

「その話は耳に入っている」

「どんな男だ」

「会った女によって、いうことが違う。観光客だったという女もいるし、地元の港湾労働者だという女もいる。白河から来た筋者だという女もいる。まったく、見当がつかない」

一人ではないのか。もしくは……。

「年齢は」

「四〇から五〇くらいだそうだ。この点では、女のいうことは一致している」

「その男の正体が摑めれば、ナオミを殺した相手もわかる。おそらくナオミは、一昨日の夜におれと別れた後、その男に会っているはずだ」

渡辺は腕を組み、しばらく神山を見据えていた。酒を口に含み、タバコに火を付ける。そしてゆっくりとした口調で、いった。

「あんたは確か、私立探偵だといったな」

「そうだ、それがおれの商売だ」

神山が渡辺の前に、名刺を置いた。もちろん、本名の名刺だ。渡辺がそれを見て、頷いた。

「ひとつ、仕事を引き受けてくれないか。ナオミは、おれの女房も同然の女だった。ナオミを殺った奴を探し出して、サツに突き出す前におれに引き渡してくれ。金は、払う」

渡辺はそういってポケットから折り畳んだ札束を出し、無造作にテーブルの上に置いた。五〇万はある。

「仕事は引き受けよう。ただし、金はいらない」

「なぜだ」

「ナオミには、借りがある。いい娘だった。それに彼女が殺された理由の大半は、おれかもしれないんだ」

渡辺が、ふっと笑いを洩らした。

「確かに、可愛い女だったよ……」

神山と渡辺の湯呑みに酒を注ぎ、お互いの目の高さに掲げた。

15

来た時と同じように白いセルシオに送られ、深夜にホテルに戻った。

時間は、覚えていない。神山は、かなり酔っていた。スーツをソファーに脱ぎ捨て、そのままベッドに倒れ込んだ。

鉛のように重い意識の中に、佳子の獣のような嗚咽が聞こえていた。彼女は、確かに狂っていた。そして、助けを求めていた。だが神山は、佳子の体には触れなかった。

早朝に、喉の渇きで目を覚ました。ペットボトルから、冷たい水を体に流し込んだ。隣のベッドには、佳子が猫のように体を丸めて眠っていた。

いつものように、窓辺に立つ。小名浜港は霧にかすんでいた。眼下には竹町の残り火が、まだいくつかぼんやりと灯っていた。

すべては夢の中の出来事のように思えた。この町で起きたことも、出会った人間も、あらゆるものが実体のない幻にすぎなかった。松子という女は遠い後ろ姿の影を残し、一度も振り返ることなく、また霧の中に消えていった。

神山はまた水を飲み、携帯を開いた。いくつかのメールと留守電が入っていた。家出人の捜索、浮気調査、逃げたゴールデンレトリバーを探してほしいという仕事の依頼。他に、薫からのメールが一本。息子の陽斗がまた、何か問題を起こしたらしい。

携帯を閉じ、また窓の外の風景を眺めた。昨日と同じように、海鳥の群が東の空に飛び去っていった。自分も、この町を去る時がきたことを悟《さと》った。白河に戻ろう。そう思った。

八時を過ぎて、いわき東署に電話を入れた。藤田の、眠そうな声が聞こえてきた。神山は昨夜遅く、佳子がホテルに戻ってきたと報告した。藤田はその件について、それ以上は深く追及しなかった。

ナオミの事件に関しては、何も進展していない。彼女が殺されてから半日後、最後に神山に届いた謎のメールの発信地が白河だとわかっただけだった。

やはり、白河なのか……。

神山は藤田に、自分も白河に戻ることを告げた。だが藤田は、それを止めなかった。気が付くと、ベッドの上で、佳子が目を開けて神山を見つめていた。

一〇時前にホテルのチェックアウトをすませ、ポルシェに乗った。神山も、佳子も無言だった。思い返してみても、昨夜からほとんど佳子と会話を交わした記憶がなかった。

だが、車が走り出して山道に差し掛かった所で、佳子がいった。

「ごめんなさい……」

神山は、何もいわなかった。よく謝る女だ。なぜかそれが、気に障った。

しばらくして、また佳子がいった。

「ねえ……。怒ってるの……」

神山は無言で、オーディオのスイッチを入れた。特に、曲を選んだわけではない。ボズ・スキャグスの『シルク・ディグリーズ』のアルバムが流れてきた。

「ごめんなさい……。私も、何かしたかったの……。あの町で働けば、松子という人のことがわかると思ったから……」

ボズ・スキャグスが、静かに歌い続けている。

「なぜ、黙って姿を消した」

神山が、初めて口を開いた。

「いえば、反対されたでしょう。それに私、一人でぼろぼろになってみたかった……」

フロントウインドウが、雨に濡れはじめた。神山はポルシェのティプトロニックでギアを落とし、アクセルを踏み込んで速度を上げた。

「それで、ぼろぼろになれたのか」

「なれたわ。私がどんなことをしていたか、知りたい？」

佳子がいった。だが神山は、何もいわなかった。

「聞かせてあげる。この四日間、私がどんなことをさせられたか。あの男たちに、いろいろ仕込まれたわ。裸にされて、犯された。何度も、何度も……。そしてどうやったら男の人を喜ばすことができるのか、体で覚えさせられた……」

「やめろ」

神山は、音楽のボリュームを上げた。

「いえ、聞いて。話したいの。翌日からは、お客も取らされた。二日間で、一〇人以上の男の人としたわ。どんなことをするか、知ってるでしょう。今度はあなたにも、同じことをしてあげるわ……」

「やめろ！」

アクセルを踏み込んだ。ポルシェが狂ったように、山道を駆け抜けた。そしてコーナーを曲がり切った所で、急ブレーキを掛けた。

車を、止めた。神山は運転席を降り、前を回って助手席に向かった。ドアを開け、佳子の腕を摑んだ。

「どうしたの……」

「降りろ」

腕を引き、佳子を引きずり出した。

「何をするの」

神山は佳子を路肩に立たせ、ブラウスの胸ぐらを摑んだ。

「おれがどんなに心配したか、わかってるのか」

右手で、頰を張った。女を殴るのは、生まれて初めてだった。

「やめて。痛い……」

だが返す手の甲で、反対の頰を張った。

「お前があんなことをしなければ、ナオミという女だって死なずにすんだかもしれない」

また、頰を殴った。

「やめて。お願いだから、やめて……」

　また、殴った。

「自分が何をしたのか、わかってるのか」

　殴った。

「やめて。顔をぶつのはやめて。体になら、何をしてもいい。でも私は、モデルなの。だから、顔だけはぶたないで……」

　神山は、振り上げた手を止めた。ブラウスが破れ、佳子の体が路面に崩れ落ちた。車に戻り、後部座席から佳子のスーツケースを出して放り投げた。

「勝手にしろ。そんなに男とやりたければ、一人であの町に戻ればいい」

　佳子は、雨に濡れながら泣いていた。勝手にするさ。神山はポルシェに乗り込み、タイヤを鳴らしながら走り去った。

　怒りをぶつけるように、飛ばした。ギアを落とし、アクセルを踏み込む。ステアリングを切ると、車が横になった。

　パーキングスペースを見つけ、そこに飛び込んで車を止めた。ステアリングに額を当て、息を整えた。窓を開け、ラッキーストライクに火を付ける。その一本を、ゆっくりと吸った。

「くそ……」

　タバコを消し、ギアを入れた。パーキングスペースを回り、元の道を走った。

佳子はまだ、雨の中で膝を抱いて座っていた。車が近付いても、顔を上げなかった。神山はその前を走り過ぎ、スピンターンで方向を変え、佳子の前に車を止めた。運転席から手を伸ばし、助手席のドアを開けた。またタバコに火を付ける。しばらく、そのまま待った。

やがて佳子が立ち上がり、スーツケースを引きながら歩いてきた。何もいわず、スーツケースを積み込む。そして、助手席に座った。佳子の顔はアイラインが崩れ、まだしゃくり上げるように泣いていた。

ボズ・スキャグスが、「ウィーアー・オール・アローン」を歌っていた。

神山は佳子がドアを閉めるのを待ち、白河に向けて走りだした。

第三章　亡　霊

1

白河に戻ると、庭の梅の花が満開になっていた。

春は刻々と移ろい、気恥ずかしげに辺りの気配を探りながら、命の息吹《いぶき》が目覚める時を待ち続ける。

神山健介は家のすべての窓を開け放ち、早春の風を取り入れ、淀《よど》んだ部屋の空気を入れ換えた。ここが〝自分の場所〟だ。留守中に依頼のあった何件かの仕事のクライアントに連絡を取り、用件を確認した。その日のうちに浮気調査の対象になる亭主の愛人を一人特定し、家出した二歳の牝《めす》のゴールデンレトリバーを一頭見付けだした。夜はその足で白河の街に向かった。

スナック『花かんざし』のある雑居ビルの前にパジェロミニを駐《と》め、店に入った。奥のボックス席にいる不動産屋風の中年男が、店の若い女とカラオケで調子外れのデュエットを歌っていた。神山の顔を見るとママの薫が笑みを浮かべ、席を立った。歩み寄り、そっと神山の手を握り、小さな声でいった。

「今日は一人なん？」

「そうだ、一人だよ」

「ボウモアのボトル、用意してあるよ」

席に座ると神山の前にボウモアの一二年のボトルを置き、薫が封を切った。グラスに氷を入れ、濃い目にウイスキーを注《つ》ぐ。それをペリエのソーダで割り、マドラーで泡立てる。ひとつひとつの仕種《しぐさ》の合間に、薫は何かをいいたげに神山の顔を見つめる。

グラスを手にして、口に含む。ソーダの気泡が、ボウモアの香りを引き立てる。アイラ産のシングルモルトの封を切った最初の一杯は、格別だ。

「陽斗に、何かあったのか」

神山が訊《き》いた。

「うん……ちょっと……」

薫が口元に笑いを浮かべながら、俯《うつむ》く。

「いってみろよ」

「実はね、陽斗がまた例の仲間と付き合ってるらしいの……」

薫が自分のグラスにも薄い水割を作る。

「仕方ないだろう。陽斗はもう、子供じゃないんだ。親とは別の自分の社会を持つ歳だ」

「そうじゃないのよ。陽斗は、あの連中と付き合いたくないらしいの。でも、この前なんか顔じゅう痣《あざ》だらけにして帰ってきたし。私には、何もいわないんだけど……」

そういうことか。あの手の仲間は、一度グループに入るとなかなか抜けるのが難しい。

抜けるには、それ相応の覚悟が必要になる。

「おれは、何をしたらいい」

神山が訊いた。

「明日にでも、健ちゃんの所に行かせていいかな。あの子、私には何もいわないけど、健ちゃんになら話すかもしれないし……」

「わかった。明日の夕方にでも家に来るようにいってくれ」

「ありがとう……」

薫が水割を口に含み、どこか淋《さび》しそうに笑った。

代行で家に帰ると、もう家の明かりが消えていた。佳子は、もう寝てしまったらしい。

神山はストーブの残り火に、新しい薪《まき》を焼《く》べた。

テーブルの上に、書籍の小包がひとつ置いてあった。神山の留守中に、佳子が受け取ったのだろう。だが、封は切られていない。

神山はもう一杯ボウモアのソーダ割を作り、それを手にソファーに座った。小包を開ける。中にはケイ・中嶋の写真集、『マイ・ルーム』が入っていた。

B3サイズの、薄い写真集だった。全面に蔦《つた》の葉が伝う白い土壁の写真が表紙に使われ、中奥の小さな窓の中に上半身裸のケイ・中嶋が両腕で胸を隠しながら立っている。表紙に書かれている文字はアルファベットのタイトルとケイ・中嶋の名前だけだ。

神山はグラスを傾けながら、ページを開いた。裸のケイ・中嶋が、白で統一された部屋のベッドの上に横たわる写真。広いバスルームで、泡だらけの湯船に漬かり笑う写真。暖炉のあるリビングで、膝《ひざ》を抱えて座りながら炎を見つめる写真。シースルーの布を纏《まと》い、開け放たれたドアから射し込む光の中に立つ写真。どの写真も基本的には服を身につけていないが、胸は出していない。ヌードとはいっても、ソフトなイメージの写真集だった。

だが、次のページを捲《めく》った時、神山はその写真に目を留めた。

これだ……。

眼下に紺碧《こんぺき》の海を見下ろす、広いデッキで撮られた写真だった。遥《はる》か彼方《かなた》には、伊豆大島の島影が浮いている。そのデッキの上に、裸のケイ・中嶋が海に向けて体を開きながら座っている。目を閉じて振り返る美しい横顔に、潮風に靡《なび》く長い髪。だがその左肩に――かすかに――あの赤黒い蝶の形をした痣が写っていた。

「何を見てるの」

いつの間にか背後に、ガウンを着た佳子が立っていた。

「ケイ・中嶋の写真集だ」

「やめて」

佳子が神山から、写真集を奪い取った。

「どうしてだ。それを見られると、まずいのか」

「そうじゃないわ。ただ恥ずかしいだけよ……」

変わった女だ。生の自分の体を人前に晒《さら》すことは平気なのに、セミヌードの写真集を見られることには抵抗があるらしい。

「別に、趣味で見ていたわけじゃない。その中に、気になる写真がある」

神山はソファーを立ち、佳子の手の中から写真集を取り上げた。そして、問題の写真のページを開いた。

「これだ」

佳子が写真に見入る。

「この写真が、どうかしたの？」

「よく見てみろ。左肩に、例の痣が写っている」

「そうよ。この日は暑くて、ファンデーションが落ちていたらしいの。印刷の時に修正するはずだったんだけど、直前に写真を差換えたためにそのまま写真集の初版に出てしまって……」

佳子は、神山が何をいわんとしているのか理解できないらしい。

「この写真集の発売日は、三年前の六月だ。ちょうど同じ頃に、吉岡敬司は母畑温泉から姿を消した。そしてその直後に、大塚義夫と名前を変えて伊東市に姿を現した。そこまでいえば、わかるだろう」

「あっ……」

佳子が、小さな声を出した。

神山は、説明した。吉岡某という男が、なぜこの写真集に目を留めたのかはわからない。モデルのケイ・中嶋が自分の妹の松子に似ていたからなのか。もしくは、〝中嶋〟という名字に何らかの覚えがあったからなのか。だが、いずれにしても吉岡某という男が白河から姿を消す理由がこの一枚の写真にあるとすれば、その後の中嶋洋子の失踪《しっそう》は単なるストーカー事件ではなかったことになる。

「吉岡という男は、この写真を見て、重大なことに気付いたんだ」

「いったい、何に……」

「いわなくてもわかるだろう。前に君は、中嶋家の父方の血筋の者は、みんな肩に似たような痣があるといっていた。吉岡の妹の松子にも、同じような痣があった。大塚義夫の名前で自殺した男の肩には、大きな火傷《やけど》の跡があった。しかも松子という女は、他人とは思えないほど君に似ていた。もしかしたら吉岡と松子の兄妹は、中嶋家と何か関係があるんじゃないのか」

「……わからない……。私、本当に何も知らないの……」

佳子は、嘘をいっているようには見えなかった。

だが、おそらく神山の推理は的を射ているはずだ。吉岡は何らかの理由でこの写真集を見て、左肩の痣からケイ・中嶋が自分たち兄妹の血縁者であることを知った。そう考えれば、その後の行動にも辻褄《つじつま》は合う。

「この写真集は、どこで撮ったんだ」

「伊東の近くにある、城ケ崎《じようがさき》のハウス・スタジオです……」

やはり、そうか。写真集の『マイ・ルーム』というタイトルと風景に写る伊豆大島を見れば、吉岡でなくともケイ・中嶋が伊東市の近隣に住んでいるものと思い込む。吉岡は、ケイ・中嶋に出会うことを期待して伊東市に移り住んだのかもしれない。そしてまた何らかの理由でケイ・中嶋が東京に住んでいることを知り、新宿に移った。

吉岡から大塚に名前を変えたのは、小名浜の竹町の追手から逃れるためだろう。だが、奇妙だ。伊東に移り住んで以後の大塚某の周辺には、当然行動を共にしていたはずの松子の影が見えない。

「ひとつ、訊きたい」神山がいった。「この写真集のモデルは、どっちなんだ。君なのか。それとも、姉の洋子さんなのか」

「二人。この写真は、姉です……」

神山は、あらためて写真を見た。この姉妹は、本当によく似ている。いくら三年前に撮られた写真だとしても、妹本人を目の前にしていながらもまったく区別がつかない。痣の位置や形まで、瓜《うり》二つだった。

「だとすれば、悩むことはない。姉さんが殺された原因は、少なくとも君ではなかったことになる」

「そうでしょうか……」

佳子は自分の分のオン・ザ・ロックスを作り、神山の向かいに座って飲みはじめた。ごく自然な仕種でガウンの裾《すそ》を崩し、自分の体を見せながら。

明かりを消してベッドルームに入ると、佳子は何もいわずに付いてきた。神山は、久し振りに佳子を抱いた。他の男の手に汚され、それでいて何物にも代え難《がた》いほどに美しい体を。頭の芯が痺《しび》れ、胸に焼けるような熱が込み上げてきた。

この女は、危険だ。早く、手を引け。どこからか、もう一人の自分の声が聞こえた。だが、どうにもならなかった。

「昨日は、ありがとう……」

嵐のような時間が過ぎた後で、佳子が神山の腕の中でいった。

「なぜだ」

「私を助けにきてくれた。私を心配していたといってくれた。そして、私をぶってくれた……」

「どうして」

佳子が体を起こし、神山を見つめた。ブルーの瞳が、かすかに潤んでいた。

「私、明日からしばらく東京に帰るわ。〝仕事〟を契約することにしたの……」

「そうか」

「どんな仕事だか、訊かないの」

「わかってるさ……」

「また、心配してくれる？」

佳子の口元が、かすかに笑ったように見えた。

「東京に帰るなら、今度こちらに来る時に持ってきてもらいたいものがある」

「何？」

「君の先祖に関するものだ。家系図などの書類、特に曾祖父の満州時代に関するもの、日記でも何でもいい」

神山がいうと、佳子が怪訝《けげん》そうな顔をした。

「そんなもの、うちには何も残っていないと思うわ……」

「それなら、写真でも何でもいい。そのくらいはあるだろう」

「わかりました。アルバムがあるかもしれない。探してみます……」

佳子が、少し淋しそうにいった。神山の腕の中から体を外し、背を向けた。目の前に、赤黒い蝶の痣があった。

2

翌朝、神山は、新白河の駅まで佳子を送った。佳子はポルシェのリアシートからスーツケースを降ろし、何かをいいたげに何度も振り返りながら、新幹線の駅に向かった。神山は佳子の姿が駅に消えるのを見届け、ポルシェのギアを入れて走り去った。

その足で、溜まっていた何件かの仕事をこなした。ほとんどは、浮気調査だった。その中の一件の依頼主は、東白川郡《ひがししらかわぐん》の棚倉町《たなぐらまち》に住む江口代志子《えぐちよしこ》という三九歳の主婦だった。二歳下の亭主の直道《なおみち》に最近〝女〟ができて、ほとんど家に帰らなくなったという。

直道は、白河市内に本社のある運送会社の長距離ドライバーだった。相手はすでに、特定されている。やはり市内に住む小林和子《こばやしかずこ》という二四歳のスナックのホステスだった。あとは二人が、和子の部屋から出てくるところを写真に撮り、証拠を固めて報告書を作るだけだ。簡単な仕事だった。

ところが午後にもう一件の浮気調査をしている時に、奇妙なことがわかった。依頼主は白河市金山《かねやま》に住む牧野照子《まきのてるこ》という四四歳の主婦で、やはり同じ歳の亭主の浩司《こうじ》が浮気をしているという。調べてみると、相手は同じ社交ダンスの同好会に所属する主婦で、最初の調査の依頼主の江口代志子であることがわかった。つまり江口夫婦は、夫と妻の二人で同時に不倫をしていたことになる。

日本人は誰もが善良そうな顔をしていて、実は強《したた》かな種族繁栄本能を持つ民族なのかもしれない。神山の作成する二通の浮気調査報告書が、どのような場面で使われるのかは関知するところではないが。

二件の調査を終え、その足で家出をした一七歳の女子高校生の資料を受け取り、夕刻に家に戻った。庭に、バイクが一台。神山のポルシェが入っていくと、ポーチのベンチに座っていた陽斗が立ち上がった。

「久し振りだな。バイクの調子はどうだ」

神山がポーチに上がりながら訊いた。

「うん、まあまあだよ。だいぶ乗りやすくなった……」

薫のいったとおりだった。陽斗の左目の周りには、大きな痣が残っていた。目の上が切れ、唇も黒く腫《は》れ上がっている。かなりひどくやられたらしい。だが、健全な男の人生にとってはひとつの勲章《くんしょう》でもある。

「入れよ」

神山が、ドアの鍵を開けた。

「うん……」

陽斗がリビングに入り、ソファーに座って周囲を見回す。この家には何度も来ているはずなのだが、それでも部屋の中のあらゆるものが珍しいらしい。

　本当はそろそろビールを飲む時間なのだが、神山はドリップで二杯のキリマンジャロを淹《い》れた。陽斗はカップにたっぷりと砂糖とミルクを入れ、それを美味《おい》しそうにすすった。見た目は大人になりかけているが、やることはまだ子供だ。

　コーヒーを飲みながら、陽斗はテーブルの上のケイ・中嶋の写真集を開いた。食い入るように、写真を見つめる。

「これ、この前の人だね」

　陽斗が訊いた。

「そうだ」

「あの人、モデルだったんだ……」

「そう、モデルだ」

「いかすね、この写真」

　陽斗は傷だらけの顔に笑いを浮かべた。

「ところで、お母さんから聞いたぞ。まだ例のホワイト・アッシュとかいうグループの奴らと付き合ってるんだってな」

　神山がブラックのコーヒーを飲みながら訊いた。

「うん……。でも、あのグループに戻ったわけじゃない。ぼくは、抜けるといったんだ。

母さんを心配させたくないし……」

「それで、やられたのか」

「そう……」陽斗は照れるように顔の傷を隠した。「でも、もうすぐ抜けられると思う。もしかしたら、五日後には……」

五日後は、土曜日だ。例のグループが、四号線の『ハリウッド』というレストランに集まる日だ。陽斗は平静を装っているが、何か込み入った事情がありそうだった。

「土曜の夜に、何かあるのか」

「うん……たいしたことじゃないけど……」

だが、陽斗はそれ以上は話そうとしない。

「いってみろよ」

「うん……。実は、ホワイト・アッシュには決まりがあるんだ。もしグループを抜けるなら、幹部の誰かとチキン・レースをして、それに勝たなくちゃいけないんだ……」

「土曜日に、そのレースがあるのか」

「そう……」

「どこで」

「国道二八九号線。甲子峠から、会津の下郷町《しもごうまち》まで……」

「バイクでか」

「そう。ぼくはバイク。でも相手は、車だと思う」

国道二八九号線の甲子道路は、西白河郡西郷村から南会津郡下郷町を結ぶ全長二三・三キロの山岳道路だ。長く通行止めになっていたが、平成二〇年の秋に甲子トンネルを含む約九キロが開通した。標高が高く大きなコーナーの続くワインディングのために、深夜はほとんど車も通らない。しかも三月中旬のこの季節はまだ所々にアイスバーンが残っているし、特に甲子峠から下郷町までは長い下りになる。あの道をバイクで、車を相手にレースをするなど、自殺行為だ。

「やめた方がいい。バイクでは、無理だ」

「だいじょうぶだよ。ぼくはあのグループの中で、バイクでは一番速いんだ……」

「それでもやめた方がいい。死ぬぞ」

「うん……」

陽斗が、まるで親にしかられたように目を伏せて俯いた。

「他に方法はないのか」

「あるにはあるけど……」

何かいいにくいことがあるらしい。

「どうした。いってみろよ。男同士だろう。秘密はなしにしようぜ」

神山が、わざと高校生のような口調でいった。

「実は、健介さんを呼んでこいっていわれてるんだ……」

神山は、事情が呑み込めなかった。

「どういうことだ」

「頭の深谷達司さんが、ぼくの代わりに健介さんとレースをやらせろって。前に健介さんがハリウッドに来た時に、みんな窓からあのポルシェを見てたんだ。そうしたら誰かがあの車に勝てる奴はいないっていって、それを聞いていた深谷さんが甲子峠なら自分のが速いっていいだしたんだ……」

「それで、おれと決着をつけようというわけか」

「そう……。もし健介さんが勝ったら、ぼくは無条件でホワイト・アッシュを抜けてもいいって……」

まったく、困った坊やたちだ。大人の何たるかを、理解していない。男としての格の違いすら、わからないらしい。そういう身の程知らずの坊やには、大人の男として少しばかりお灸《きゅう》をすえてやる義務がある。

「わかった。その深谷達司という坊やに知らせろ。遊んでやるよ」

深谷を〝坊や〟といったことがおかしいのか、陽斗がくすくすと笑った。

3

土曜の夜、指定された一一時三〇分に甲子峠の展望駐車場に行くと、すでに一〇台以上の車と三〇台近いバイクが集まっていた。

車とバイクは、すべて田舎の暴走族仕様だった。その周囲に、五〇人近くの男女が屯《たむろ》していた。ちょっとした、お祭り騒ぎだ。神山のポルシェが入っていくと、小羊たちの群は潮が引くように割れて道を作った。

駐車場の中央に車を止めると、暗闇の中から誰かが走ってきた。陽斗だった。助手席のドアを開けて乗り込み、大きく息を吐いた。

「ごめんなさい。こんなに人が集まるとは思わなかったんだ……」

「気にするな。見物人は多い方がいい」

そんなものだ。若いうちは誰もが危険な匂いに憧《あこが》れ、それを理由に意味もなく群を成すことに飢《う》えている。神山の時代にもそうだった。よく、こんな〝レース〟をやったものだ。神山自身が走ったこともあるし、他の誰かが走ったこともある。怪我をした奴もいたし、死んだ奴もいた。そしてその場所に自分自身が存在し、何が起きるかを見届けることによって、その時代を生きた証《あかし》になる。

「タイヤを、スタッドレスに履き換えてきたんだね」

「そうだ。トンネルの先は、まだ凍っている」

前夜、神山は、一人で甲子峠のコースを試走してみた。甲子トンネルから先は、長い北西斜面の下りになる。ここ数日は好天が続いたために路面の雪は消えていたが、山陰には所々にアイスバーンが残っていた。

「ところで、深谷という坊やの車はどれなんだ」

神山が訊いた。

「あの車がそうだよ……」

陽斗が、周囲に人集《だか》りのする一台のセダンを指さした。車の前に若い男が一人、腕を組んで立っている。どこかで見たことのある車だった。サスペンションをカットして車高を落とし、インチアップした幅の広いタイヤがフェンダーからはみ出していた。レクサスの黒いセダン……。

思い出した。何日か前に、白河から小名浜に向かう朝に神山のポルシェを尾《つ》けてきた車だ。あの時は吉岡敬司の関係者だと思っていたのだが、どうやら取越し苦労だったらしい。それにしても、本当に困った坊やだ。

深谷が、こちらに歩いてくる。

「行ってみよう」

神山もポルシェを降り、周囲の視線を浴びながら向かった。人の輪の中央で、深谷と対《たい》峙《じ》して立ち止まった。

「あんた、神山っていうんだってな」

「そうだ」

茶髪に、安物の革ジャンパー。やはり、『ハリウッド』にいたあの男だ。いっぱしの悪を気取っているが、どう見ても農家の次男坊タイプだった。

「あん時は筋者かと思ったけんど、私立探偵なんだってな。素人《しろうと》だったんでねえか」

「そうだ、素人だよ」

まあ、いいだろう。〝素人〟というのがどういう意味かはわからないが、神山が本当に素人かどうかはそのうちにわかるだろう。

「マジにおれとやるつもりなんかよ。いまなら、詫《わ》びを入れて帰ってもいいんだぜ」

「別に、気を遣ってもらわなくてもかまわない。それよりも、ゲームのルールを説明してくれ」

「おっさん、いい度胸《どきよう》してんでねえか」

おっさん……か。自分もこんな坊やに、そう呼ばれる歳になった。

ルールは、簡単だった。コースはこの駐車場をスタートし、甲子トンネルを抜け、会津の下郷町の最初の信号までだ。まずコインを投げてスタートする順位を決め、先にゴールした方が勝ちになる。ゴール地点には何台かの車が先回りし、勝負の結果を見届ける。

深谷の手下らしい男が進み出て、そんなものをどこから探してきたのかアメリカの一ドル銀貨を投げて手の上に伏せた。神山は表を、深谷は裏を選んだ。結果は裏だった。

「悪いな。先に行かせてもらうぜ。気張りすぎて事故るんでねえぞ、おっさん」

また、おっさんか。やれやれ……。

神山と深谷が車に戻ると、他の車が何台か駐車場を出て甲子トンネルに向かっていった。ゴール地点に先回りする部隊だ。時計を見ると、一一時五〇分。あと一〇分でスタートだ。深谷のレクサスのライトが光り、ゆっくりと駐車場の入口に進んだ。神山もそれを見て、ポルシェをレクサスの横に並べた。

しばらくすると助手席のドアが開き、また陽斗が乗り込んできた。

「ぼくも乗っていっていい?」

「ああ、かまわない。そのかわり、母さんには内緒だぞ。男同士の秘密だ」

「了解」

間もなく、〇時ちょうどになる。神山はドアのサイドポケットからＣＤを取り出し、それをデッキに入れた。

「なぜ音楽をかけるの」

陽斗が訊いた。

「退屈だろう」

「なるほど」

神山と深谷の車の前に、グリーンの旗を持った男が立った。神山はティプトロニックをマニュアルモードにシフトし、ギアを一速に落とした。

スピーカーから、音楽が流れる。ドゥービー・ブラザーズの『スタンピード』だ。曲は「スイート・マキシン」。景気をつけるにはもってこいだ。ボリュームを上げたところで、旗が振られた。

「ロックン・ロール！」

黒いレクサスが、タイヤから白煙を上げて道に飛び出していった。神山も、それに続いた。一速から、二速。二速から、三速。水平対向六気筒三・四リットルのエンジンが咆哮《ほうこう》を上げ、ポルシェ・CARRERA4のラピスブルーのボディーを猛然と加速させる。

「速いね……」

体をシートの背に張り付けながら、陽斗が呟《つぶや》くようにいった。

しばらくは、ゆるやかなワインディングの登りが続く。深谷の車は、レクサスのIS350だ。排気量は、神山のポルシェよりも僅《わず》かながら大きい。しかもレース用のマフラーを組み込み、エンジンもコンピューター・チューンくらいは施しているらしい。予想していた以上に、加速がいい。

だが、抜けないほどの加速ではなかった。神山は登坂車線に差し掛かった所で、左側から並び掛けた。予測していたとおり、深谷がステアリングを左に切って車体を寄せた。ブレーキを踏み、神山はそれを避けた。

なるほど、そこまでやるつもりか。それならば、あまり退屈しないでもすみそうだ。

間もなく、トンネルに差し掛かった。最初にふたつの短いトンネルを抜け、その次が開通したばかりの甲子トンネルだ。二台の車のエンジン音が、唸《うな》るように反響する。

道は、かすかに登っている。だが、ここから九キロの区間はほぼ直線だ。道幅も広い。黒いレクサスが加速し、その直後にポルシェがつく。二台の速度は、間もなく時速一五〇キロに達した。

対向車が一台。その光軸が、瞬時の内に通り過ぎる。

いまだ。神山はギアを三速に落とし、アクセルを踏み込んだ。対向車線に出て、右側から並び掛ける。虚を突かれた深谷は、何もできない。もっとも、この速度では幅寄せしてくる度胸もないだろう。下手をすれば、仕掛けた方も命を落とす。深谷は一瞬のうちに抜き去るポルシェを、驚いたような顔で見ていた。

神山はさらに加速し、タコメーターの針がレッドゾーンの手前まで達した所で四速にシフトアップした。そしてここで、少しアクセルを緩めた。オーディオからは、「ニールス・ファンダンゴ」が流れている。この場面には、もってこいの曲だ。

「どうだ。恐くないか」

神山が陽斗に訊いた。

「だいじょうぶだよ。ぼくだって、バイクでこのくらい出すことあるもの」

「何をいってるんだ。そんな時には、お母さんの顔を思い浮かべるんだ。そういっただろう」

青少年を相手に説教をするには、あまり適した情況とはいえないが……。

時速二〇〇キロ以上の速度で、トンネルの中を突き進む。周囲の壁面が、一直線になって後方に流れていく。だが、黒いレクサスはまだ何とか付いてくる。少なくとも、リミッターは外しているらしい。

奴は、慌てている。いや、それともここまでは計算のうちか。最初から下りの多いこのコースを選んだ理由は、パワーではポルシェにはかなわないと考えたからだろう。いくらあの坊やの小さな脳味噌でも、そのくらいは思いつくはずだ。

下りならば、パワーはある意味で無意味だ。車の性能よりもむしろ、テクニックと度胸が勝敗を決する。奴は、そのどちらかに自信があるということか。面白い。はたしてそううまくいくか、見届けてやろうじゃないか。

長いトンネルを抜けた。闇の中に飛び出すと、瞬間、道路が消えたような錯覚を覚える。だが、コースは前日の夜に頭にたたき込んである。神山は急な下りをブレーキとシフトダウンで速度を落とし、最初の急なコーナーに飛び込んだ。

ポルシェ・CARRERA4のボディーが一瞬、横になってドリフトする。だが、アクセル操作だけで元の体勢を取り戻す。4WDならではの安定した挙動だ。

バックミラーを確認する。黒いレクサスは、ブレーキングのミスで乱れながらも何とか付いてきている。だが、この先はしばらくダウンヒルのコーナーが続く。もう少し引き付けた方が面白い。

「コーナリングの基本を教えてやる」神山が陽斗にいった。「まず、コーナーの手前でブレーキングしてギアを落とす。コーナーに入って、アクセル・オン。S字のコーナーでは切り返す時にアクセルオフにして、方向を変えてまたオンにする。バイクではこれに、体重移動を加える。ラインはアウトから入り、インを通って、またアウトに抜ける。アウト・イン・アウトが基本だ」

神山は、いったとおりに車を操った。奈落の底まで落ちるようなS字のコーナーを、ポルシェは生き物のように滑らかに走り抜けていく。

「なぜ、アウト・イン・アウトなの？」

陽斗が体をシートにへばり付かせながら訊いた。

「コースは曲がるよりも、なるべく直線に取った方がショートカットになる。無駄な横Gも発生しない。車やバイクの挙動も安定するし、当然、速い。人生は多少の遠回りをするべきだが、レースはそれでは勝てない。こうするんだ」

神山は、またひとつコーナーを抜けた。それでもまだ、黒いレクサスは付いてくる。さすがに自分の腕と車に自信を持つだけのことはある。

全コースの、中間地点を過ぎた。すでに南会津に入っている。左手に見える下郷の道の駅の入口にも、レースを見物する車とバイクが駐まっていた。だが、ここからが本番だ。道幅の広い、ハイスピードコーナーが連続する。

右の、大きなコーナー。アウトからインに向かってステアリングを切り込み、アクセルを開ける。リアエンジンのポルシェは、後部が重い。グリップの浅いスタッドレスタイヤが、遠心力の荷重に耐えかねて不気味な悲鳴を上げる。心臓が、喉元《のどもと》に迫り上がるような一瞬。舵角《だかく》とアクセル開度を一定に保ち、堪《こら》える。後方には、まだ黒いレクサスが離れずに付いてくる。

次に、山陰を回る左のコーナー。神山はあえてここで、深谷を誘うように引きつけた。アウトから、ステアリングを切り込む。だが、わざとインを空けてラインを膨らませた。前日の試走で、イン側にアイスバーンが残っていることを確認していたからだ。

奴は、引っ掛かった。神山が、ミスをしたと思ったのかもしれない。空いたインに向かい、サイドミラーの中にハイビームの光軸が迫ってきた。

黒いレクサスが、アイスバーンを踏んだのがわかった。次の瞬間、ヘッドライトの光が横に流れた。バックミラーに、路面で独楽《こま》のように回転するレクサスが見えた。ガードレールに、後部から激突する。轟音《ごうおん》。弾き飛ばされ、また回転しながら反対側のガードレールに叩きつけられた。安物のエアロパーツが粉々に飛び散るのが見えた。親に畑を売って買ってもらった五〇〇万円の高級車が、一瞬で鉄屑《てつくず》になった。

神山は、アクセルを緩めた。

「やった……」

陽斗が背後を振り返りながら、小さな声でいった。

「もしこれから少し無理をして飛ばそうと思った時には、いまの光景を思い出すんだ」

登坂車線のある道幅の広い場所を探し、神山はポルシェをターンさせた。嫌な記憶が、頭をかすめた。一年半前の夏だった。幼馴染《おさななじみ》の柘植克也が、神山と車で競い合って死んだ……。

だが、ばらばらになった黒いレクサスのところに戻ると、車の外の路面にへたり込むように深谷達司が座っていた。近付いてくるポルシェのライトを見て、顔を上げた。どうやら、それほどひどい怪我《けが》はしていないらしい。

神山が車を降りて、声を掛けた。

「だいじょうぶか」

深谷が、神山を睨《にら》みつけた。まだそのくらいの元気は残っているようだ。

「うるせえ。おれにこんなことをして、ただですむと思ってんのけ」

ただですむもへったくれもないものだ。自分からレースを持ち掛け、自分のミスで事故を起こした。どうも最近の若い奴は、自己責任という言葉を知らないらしい。何か不都合なことが起こると、すべて他人のせいにする悪い傾向がある。

「救急車を呼んでやろうか」

「放っとけ。お前の出る幕じゃねえ。おれを、誰だと思ってんだ」

さすがに、神山はかちんときた。怪我をしてなければ、尻を蹴っ飛ばしてやる所だ。

「それじゃあ、誰なんだ。説明してくれ」

「おれは大河原《おおがわら》組の梶原《かじわら》さんの舎弟《しゃてい》だぞ。どうなるか、わかってんのけ」

やれやれ、困ったものだ。この期に及んで、まだ一端のヤクザ気取りか。だが、『大河原組』というのは聞いたことはある。白河の町を締める地回りの組織のひとつだ。

周囲の峠から、何台もの車のライトが降りてきた。どうやら事故の音を聞き、仲間が様子を見にきたらしい。

「わかった。その大河原組の梶原という男に電話をしろ」

神山がいった。

「いいのけ。本当に、電話すんぞ」

深谷がそういって、携帯をちらつかせた。

「かまわない。電話をするんだ。そして、神山健介という男が会いたがってると、そう伝えろ」

周囲に、仲間が集まりはじめた。深谷がいまにも泣き出しそうな顔で、携帯を開いた。

4

白河に移り住んでから、どうも様々な機会に地回りやヤクザに縁がある。一昨年の夏には喜多方《きたかた》の『三輝《さんき》興業』と揉《も》めたし、つい先日は小名浜竹町の『五島組』に佳子が手厚くもてなされた。だが、『大河原組』の梶原直広《なおひろ》という男は、その中でも最も紳士的な相手だった。

「この、馬鹿野郎！」

レースの翌々日、新白河の駅前のマンションの一室にある『大河原組』の事務所を訪ねると、梶原はいきなり横に立つ深谷達司の顔を平手打ちにした。前日の事故で切った唇の傷が裂け、また血が滴った。だが、悪くない傾向だ。この梶原という男は、少なくとも若い奴の礼儀作法の仕付けを心得ている。

「どうも、すみませんでした」

深谷が神山の足元に土下座し、包帯を巻いた額を床に擦《す》り付けた。これでこの若者も、車一台と引き替えに少しは人生について大切なことを学んだことだろう。

どうやら本人の知らない間に、神山は白河界隈《かいわい》の裏社会の人間の間ですっかり有名人になっていたらしい。喜多方の『三輝興業』に一人で殴り込みをかけ、〝社長〟の大江清信《おおえきよのぶ》以下幹部三人を病院送りにした男。地元では強面《こわもて》で知られた白河西署の刑事、柘植克也を合法的に闇に葬《ほうむ》った男――。

梶原という男も、神山の噂は耳にしていたようだ。だが、この手の話の常として、噂と事実関係の間にはかなりのギャップがある。行き掛かり上『三輝興業』と揉めたことは事実だが、別に神山が柘植を殺したわけではない。奴が勝手に神山に挑《いど》み、車で事故を起こして死んだだけだ。

だが、梶原の神山に対する態度は丁重だった。

「本当に、申し訳ありませんでした。この馬鹿野郎が、身分もわきまえねえで神山さんのようなお方に御無礼をやらかして……」

そういって、深々と頭を下げた。

「いいんだ。あまり気にしないでくれ」

「いや、そうはいきません。こいつには落とし前をつけさせます。何でもいってやってください」

落とし前といわれても、こんな坊やの指をもらっても仕方がない。だが、それならば話は早い。

「今回のことは水に流そう。ホワイト・アッシュとかいうグループに、陽斗という若いのが入っている。そいつを抜けさせてくれればそれでいい」神山がいうと、深谷がこくりと頷いた。「その上で、梶原さん。あなたにひとつ、頼みがある」

「頼みだなんて、水臭い。兄弟だと思って、何でもいってください」

別に、兄弟だとは思いたくはないのだが……。

「この町で、戸籍を売る商売をしている人間を探している。心当たりはないか」

「戸籍……ですか？」

「そうだ。住民票、免許証、パスポート、何でもいい。誰かが事情があって本名で生活できなくなった時に、金で新しい名前を用意してくれるような相手だ」

「神山さんが必要なんで？」

「そうじゃないんだ……」

神山は、掻《か》い摘んで説明した。すでに白河では、神山が大塚義夫という男を捜していたことも噂になっている。その大塚という名前は、二年前に伊東で自殺した謎の男が千葉県の千倉に実在した人間の戸籍を手に入れたものだった。大塚は、五年前の夏ごろに白河に姿を現した時には吉岡敬司という名前を使っていた。おそらく、これも偽名だ。住み込みで働いていた母畑温泉の『源氏館』で吉岡の身分証を確認したかは定かではないが、何らかの方法で戸籍を手に入れていた可能性はある。もしそのような組織が白河の周辺にあるとすれば、梶原などのその筋の人間ならば情報くらいは握っているはずだ。

だが梶原からは、期待外れの答えが返ってきた。

「この町では、あまり聞きませんね。中国やフィリピンの女に偽装結婚をさせて永住権を取らせるというのはよくありますが……」

やはり、そうか、偽の戸籍を売買するという話は東京や大阪などの大都市圏ではよくあるが、地方都市ではあまり聞かない。

「戸籍でなくてもいいんだ。もし何らかの理由で逃げている人間がいるとき、この町なら誰に相談する」

神山が訊くと、梶原は腕を組んで考え込んだ。しばらくして、いった。

「最近はこの世界でも、昔とは事情が違うんですよ。あまり厄介な人間は、受け入れない。もしその男に犯罪歴があるなら、収監されている間に知り合った犯罪者仲間を頼るということはあるかもしれんけど……」

犯罪歴、か……。

確かにあの大塚——吉岡某——という男にも、その可能性はある。

「他には」

「まあ、まったく心当たりがないわけでもないんですがね。偽装結婚を専門にやっている男は知っています。ちょっと、当たってみますよ」

梶原からの「義兄弟の盃《さかずき》を交わしたい」という申し出を丁重に断り、神山は早目に『大河原組』の事務所を後にした。しばらく白河を留守にしていたので、いろいろと仕事が溜まっている。この日も浮気調査や家出娘捜しに奔走し、夜は久し振りに『日ノ本』で夕食を取った。カウンターには、いつもの常連が顔を揃《そろ》えていた。鼻の頭を赤くして剣菱の冷のグラスを傾ける三谷《みたに》。先日は陽斗の件でひと役かった新井。そして白河西署の刑事、奥野もビールを飲みながら女将《おかみ》の久恵にくだを巻いていた。

「あんた、花かんざしの薫ママの息子を暴走族から助け出したんだってね。一〇人くらい殴り飛ばして、車を何台か潰したっていうでねえか。やるねえ……」

女将の久恵が神山に話を向けた。田舎は、噂が広まるのが早い。だが、話に尾鰭《おひれ》が付いてどうも事実関係が正確には伝わらない傾向がある。刑事の奥野がビールのグラスを手にしたまま、驚いたような表情で神山の顔を覗《のぞ》き込んだ。

「薫に頼まれて、グループの頭と穏便《おんびん》に話しただけだ」

確かに、話そのものはきわめて穏便だった。多少の交通違反はやったかもしれないが。

「神山さん、あまり無茶しねえでくれよ。おれだって、警察官なんだからよ……」

奥野がいった。

「なあ、この町で、戸籍を売るような商売をしている奴を知らないか」

神山が奥野に訊いた。奥野の目が、眼鏡《めがね》の奥で丸くなった。

「おいおい、よしてけれよ。そんなこと、もし知ってたって、おれの立場でいえるわけがねえべ」

そうだろう。いえるわけがない。質問の仕方がまずかったようだ。

適当に飲んで夕食を終え、代行で家に戻った。この日は他のバーにも薫のスナックにも寄らなかった。たまには一人でウイスキーのグラスを傾け、薪ストーブの炎を眺めながら、静かに考え事をする時間も必要だ。

いつものボウモアのソーダ割を作り、いつもの革のソファーに座る。薪がゆっくりと燃えるのを確かめ、神山は目を閉じた。

自分は、何をやっているのだろう……。

私立探偵のプロでありながら、金にもならない仕事——おそらくそうなるだろう——に振り回されている。佳子のせいか？　いや、それは違う。神山は、自分の迷いを否定した。

目の前に壁があれば、それを越えようと試みる。その先に、何があるのかを見てみたくなる。つまり、好奇心だ。それが、性分だからだ。

今回の調査依頼は、最初から奇妙だった。なぜ『プライベート・リサーチ』の長田浩信は、この件を神山に委託したのか。単純に考えれば、金にはならないと踏んだからだろう。

だが、もしそうだとしたら納得できないこともある。小名浜で、佳子が姿を消した時だ。神山が知らせると、長田はメルセデスを飛ばし僅か二時間半で東京から小名浜にやってきた。まさかあの男が、一度は抱いた女だとはいえ、佳子のことを心配していたとは思えない。まして金にもならない〝仕事〟で、動くわけもない。長田は、今回の調査に関してまだ何かを隠している。

問題はその〝何か〟に、中嶋佳子自身が気付いていないことだ。彼女は単純に、姉の洋子が自分が原因で殺されたと思い込んでいる。だが、今回の事件は、単なるストーカー事件ではない。その根底には、さらに奥深い闇が広がっている。

謎を解く鍵があるとすれば、吉岡敬司の妹の松子だ。

神山はソファーを立ち、今回の調査のファイルを手にした。それを開き、またソファーに座る。竹町のソープで働いていた頃の、松子の写真……。

彼女は確かに、佳子によく似ていた。姉妹といっても通るだろう。しかも松子には、佳子と同じ左肩から背にかけて大きな痣があった。松子の兄の吉岡――大塚某――という男にも、同じ位置に火傷の跡があった。この事実が、何を意味するのか――。

佳子はいっていた。自分の父方の家系の人間には、代々、同じ左肩に痣があると。もしそれが事実ならば、ひとつの推論に行きつく。洋子と佳子の姉妹と、吉岡某と松子の兄妹は、血縁関係者ではないのか――。

神山は、どうもそのあたりに今回の調査の根幹があるような気がしてならない。だが、それでも謎は残る。松子は確かに佳子に似ているが、どう見ても白系ロシアの血が入っているようには見えない。つまり、謎を解くためには、佳子の祖父――さらに曾祖父――の代にまで、時間を遡《さかのぼ》る必要があるということだ。

佳子の曾祖父の中嶋豊は、明治四〇年頃に満州に渡った大陸浪人だった。その後、何らかの形で満鉄に関わり、戦前の昭和九年に莫大な財産を築いて日本に帰国した。

なぜ中嶋豊は日本が満州開発の盛期を迎える昭和九年に、大陸の利権に見切りをつけて帰国したのか。これは、神山の勘だ。当時の満州で、それから八〇年後の今回の一連の事件の原因となる〝何か〟が起きたのではないのか――。

もうひとつの謎は、竹町のナオミの死だ。彼女は、なぜ殺されたのか。誰が殺したのか――。

ナオミの死の件では、いわき東署の藤田から定期的に連絡が入っている。だが警察も、いまのところは何も摑《つか》んではいない。考えられる唯一の可能性は、神山が小名浜に向かう二週間ほど前から、竹町でやはり松子を捜していたという謎の男の存在だ。だとすればナオミも、今回の中嶋佳子の調査依頼に関連して殺されたことになる。だが調査の周辺には、該当《がいとう》するそれらしき人物は浮上していない。

その時、神山の脳裏に、奇妙な映像がフラッシュバックした。一連の事件には、何の関連もない光景。前々日の深夜、南会津の下郷町の峠道で、深谷達司の黒いレクサスが事故を起こす映像だった。

耳に残るブレーキ音と、車がガードレールに激突する轟音。バックミラーの中で回転し、闇の中に飛び散る火花とエアロパーツ……。

なぜ唐突に、その事故の光景を想い浮かべたのか。神山は自分で考えておきながら、その理由がわからなかった。

事故……。

事故……。

事故……。

何かが、心に引っ掛かる。

神山はグラスのウイスキーを口に含み、頭を冷やした。思考を、もう一度、一連の事件に戻した。

事件の謎を解くための、もうひとつの重要な鍵がある。

〈大山祇大神

大山阿夫利大神〉

そして、〈八道〉の文字。吉岡敬司と名乗る男が、母畑温泉の自分の部屋に残した札に書いてあった言葉だ。同じ言葉が、妹の松子が持っていた写真の神社の鳥居にも写っていた。彼らの出生地にまつわる単なる土着の信仰なのか。だが、神山は思う。この二行の言葉と〈八道〉の文字には、もっと奥深い宗教的な意味が含まれているような気がしてならない。

ウイスキーを口に含む。神山は薪ストーブの炎を眺めながら目を閉じ、ソファーにゆっくりと体を沈めた。

週末、佳子が白河に戻ってきた。

午後、新白河駅前のロータリーにポルシェを駐めて待っていると、スーツケースを引きずりながら佳子が降りてきた。以前とは、違う女のように見えた。黒い革のジャケットに、ジーンズ。顔には濃い色のサングラスを掛け、長い髪にはきついウェーブがついていた。ルージュの色も、強くなっていた。

佳子は神山を見つけ、赤いルージュの口元にかすかな笑みを浮かべた。小走りに、駆け寄る。そして神山の前で立ち止まった。

「元気だったか」

神山が訊いた。サングラスの中の佳子の目が、かすかに潤んでいるような気がした。佳子はしばらく、神山の顔を見つめていた。

スーツケースから手を放し、佳子が両腕を神山の首に回した。少し背伸びをし、頰を寄せた。

「ニャオ……」

佳子がひと言、耳元で鳴いた。

5

佳子は、東京から一冊のアルバムを持ち帰った。

鹿革の表紙の、厚く古いアルバムだった。中には、佳子の曾祖父の中嶋豊の人生の歴史が詰まっていた。頁を開くと、黒い台紙の上に、褐色にくすんだ無数のモノクロームの写真が整然と並んでいた。

最初の写真。どこかの写真館で撮った家族写真だった。右側に三つ揃いの背広を着た長身の男が立ち、左側の椅子《いす》には和服の女が座っている。男も女も、顔立ちは上品だった。女は膝の上に生まれたばかりの赤子を抱き、男の前には三歳くらいに見える御河童《おかっぱ》頭の少女が立っていた。

神山の横に佳子が座り、写真を見ながら説明した。

「この膝に抱かれている子が、曾祖父です。後ろは、曾祖父の両親。曾祖父が仙台で生まれたばかりの頃の写真です……」

「もう一人の女の子は」

「曾祖父の姉の幸江《ゆきえ》という子だと聞いています。五歳の時に、チフスで亡くなったそうです……」

写真の下には、「明治六年一〇月」と日付が入っていた。台紙を捲る。次の見開きの頁には、少年時代の中嶋豊の写真が並んでいた。やはり写真館で撮ったような、セーラー服姿の写真。生家の庭なのだろうか、植込みの前で母親と並んだ写真。次の頁を捲ると、詰襟《つめえり》の学生服姿の写真もあった。一五歳くらいだろうか。どの写真を見ても、気が強く利発そうな顔をしている。

「生家は裕福だったようだね」

「曾祖父の家柄は、仙台の伊達《だて》家の一門だったんです。父親は、手広く商売をやっていました。しかし東京の方にまで商売を広げて、それで失敗したと聞いています……」

佳子が神山の腕の中に潜り込み、肩に体を預けた。

次の頁を開く。ここで一気に、時代が飛んだ。どこかの港だろう。日付は、明治三九年一一月二日。貨物船のような大きな船の前で、ハンチング帽を被った男が荷物の上に座っている。見るからに、体格がいい。男は端整な顔立ちの中で、だが射るような鋭い目付きでカメラを睨みつけている。表情には確かに、佳子の面影がある。

「これが、豊さんか」

「そうです。たぶん、満州に渡る時に、横浜港で撮った写真だと思います……」

その後は、満州時代の写真が続いた。明治四〇年一月二日・大連。中嶋豊は厚手のコートに耳のある毛の帽子を被り、煉瓦《れんが》造りの建物の壁の前に立っている。同年四月三日・長春。何人かの仲間と撮ったらしい、集合写真だ。その中で豊は、長身と異相を際立たせていた。さらに同年一〇月五日・哈爾賓《ハルビン》。コートを着て、馬上から荒野を眺めている。腰にはモーゼル自動拳銃のホルスターが下がっていた。

「君の曾祖父は、馬賊だったのか」

神山が訊いた。馬賊とは清《しん》朝末期から満州時代にかけて、現在の中国の東北部に横行跋《ばっ》扈《こ》した騎馬盗賊の総称である。ほとんどは張作霖《ちようさくりん》や張景恵《けいけい》などの満人だったが、中には小白竜《しようはくりゆう》の名で知られる小日向白朗《こひなたはくろう》などの日本人馬賊もいた。

「馬賊というのが、私はどういうものなのかよく知りません。でも、大陸ではかなり暴れていたという話は父から聞いたことはあります。日本軍の、スパイのようなことをやっていたとも……」

神山が予想していたとおり、いろいろと曰《いわ》くのあった人物のようだ。やはり中嶋豊という男には、何かがある。

次の写真。ここでまた、様相ががらりと変わった。かつての父と同じように、三つ揃いの背広を着た中嶋豊が写っている。その横に、ドレスを着て鍔《つば》の広い帽子を被った金髪の美しい白人女性が立っている。やはり、写真館で撮られたものらしい。写真には「明治四二年二月九日・哈爾賓。アーニャ・ビクトロブナ・イワノフと共に」と説明が入っていた。

この女性が、佳子の曾祖母のアーニャか……。

「綺麗な人だな……」

「ええ、とても……」

「それに、まだ若い」

「曾祖母が亡くなったのが確か昭和八年で、その時にはまだ四〇を少し過ぎたくらいだったと思うわ。だから明治四二年のこの頃には……まだアーニャは二〇歳になっていなかったかもしれない……」

当時三五歳の日本人の男と、二〇歳に満たないロシア人の女。しかも舞台は日露戦争の終戦からまだ三年半しか経過していない満州だ。それにアーニャという女性は、容姿や服装からしても明らかに育ちがいい。どう見ても奇妙な取り合わせだ。

「君の曾祖父の豊さんは、どうやってアーニャと知り合ったんだろう」

「その話は知りません。アーニャも哈爾賓では名家の出だったと聞いたことはありますけど……」

やはり、そうか。カメラを見るアーニャの表情は、どこか硬く、冷たい。まるでシベリアの凍土のようだ。理屈ではなく、政略的な匂いがした。

頁を、捲る。それからは、中嶋豊がアーニャと二人で写る写真が多くなった。後に満州の首都、新京となる現在の吉林《きつりん》省長春で撮られた写真。満鉄だろうか、鉄道の客車の中で撮られた写真。豊はどの写真でも、名士然とした高級な服に身を包んでいる。その腕の中に抱かれるアーニャは常に美しく微笑《ほほえ》んでいるが、どこか表情は強張《こわば》っていた。そしてこの年の一二月一日、佳子の祖父、豊秀が生まれた。

四年後の大正二年一月、妹の信子《のぶこ》が誕生。さらに二年後の大正四年三月、弟の豊次《とよじ》が誕生。やはり写真館のスタジオで、一家五人が幸せそうに写る写真もある。古い革表紙のアルバムは、中嶋豊という男の人生の歴史そのものだった。

「ウイスキーを持ってくるわ」佳子がいった。「あなたはロック？　それとも、ソーダ割？」

「オン・ザ・ロックスにしてくれ」

佳子がソファーを立ち、ストーブに薪を一本焼べてキッチンに向かった。しばらくして、ボウモアのオン・ザ・ロックスのグラスを二つ手にして戻ってきた。

「ここに写っている、お祖父さんの弟と妹さんは」

グラスのウイスキーを口に含みながら、神山が訊いた。

「二人とも、満州で亡くなったわ。弟はやはりチフスで。妹は、悪性の風邪……いまのインフルエンザみたいな病気だったらしいけど……」

兄妹は、まるで人形のように可愛い顔をしていた。だが、明治から大正の初期といえば、いまから九〇年も前の話だ。子供の二人に一人が育てば運がいい。そのような時代だったのかもしれない。

「不憫《ふびん》だな……」

「そうね。でも中嶋の家は代々そうだったたらしいの」

「どういうことだ」

「曾祖父の前の代もそうだったし、祖父や父の代もそうだった。何人か兄弟は生まれるんだけど、必ず一人しか育たないの。二人が大人になるまで育ったのは、私と姉の洋子の代が初めて。私たちは双子だったから、だから二人とも無事に育ったんだって、父がいっていたことがあるわ……」

これも奇妙な話だ。もちろん、何の脈絡もない偶然なのだろうが。

神山は、ウイスキーを飲みながらアルバムを捲った。この頃から、中嶋豊の顔つきはさらに精悍《せいかん》さを増していく。妻のアーニャもまた、より美しく妖艶にさえなっていった。だがやがて家庭への興味を失うかのように、豊のアルバムから妻のアーニャと息子の豊秀の写真が少なくなっていく。そして年号が大正から昭和に変わる頃になると、完全に消えた。

以後の写真は——おそらく——仕事関係の仲間と共に旅先や公の席で撮ったものが多くなる。豪壮な西洋建築のビルの前に男三人が立つ写真。左端が中嶋豊だ。日付は大正九年一〇月三日、場所は長春。三人の後方のビルの壁面には、『南満州鉄道株式会社』と大きく書かれている。佳子の曾祖父が、何らかの形で満鉄に関わっていたのは事実のようだ。

大正一四年五月の写真。どこかの料理屋か何かで撮られたものか。この時、中嶋豊はなぜか中国服を着て頭には丸い満人帽を被っている。口の周囲に蓄《たくわ》えられた見事な髭《ひげ》とその容姿は、とても日本人には見えない。

何かのパーティーのような会場で写した写真もある。日付は昭和二年（一九二七年）一月七日。写っているのは軍人ばかりだ。おそらく、関東軍だろう。中嶋も、軍服を着ている。

「いったい、君の曾祖父は何者だったんだ」

「わからない……。父や母も、曾祖父の話にはあまり触れたがらなかったんです。父がたまに、酔った時に奇妙な話をしたくらいで……」

頁を捲る。ここから、急に写真の様相が変わった。日付と場所は「昭和三年一〇月・大《だい》通《つう》支線」となっているが、鉄道は写っていない。荒涼とした山々を背景に、数人のコートを着た男たちが立っている。その男の一人、ソフト帽を被る人物は、確かに中嶋豊だった。

「これは、どこかしら……」

佳子が、神山の肩に体を預けながら訊いた。

「大通支線というのは、満鉄の支線の名前だな……」

同じ日付で、何枚かの写真が続く。背景は似ているが、人物だけでなく様々なものが写っている。荒野に続く線路の上に、連《つら》なるトロッコ。巨大な井戸を掘るような、掘削機の鉄骨の矢倉。整然と並べられた、十数台のフォードのトラック。坑道の入口のような穴の前にも、中嶋豊が立っている。

何かの鉱山だろうか。いや、違う。次の写真でそれがわかった。中嶋豊を含むコートを着た三人の男と、ヘルメットにガスランプを付けた作業員風の十数人の集合写真。その背景に黒い円錐状の〝ぼた山〟が写っている。これは、炭鉱だ……。

「どうやら君の曾祖父は、満州炭鉱会社に関係していたらしいな」

「満州炭鉱……。それは何なの」

「満鉄……南満州鉄道株式会社は、いまでいう巨大なコンツェルンのような会社だったんだ。最盛期には、配下に八〇もの子会社や関連企業を抱えていた。満州炭鉱もそのひとつだよ」

神山は、アルバムを捲っていく。日付が変わって、町並の写真。そしてまた、炭鉱の写真。昭和七年（一九三二年）三月一日の日付には、「満州国建国万歳」と書かれた垂幕の下に数十人の背広姿、もしくは軍服姿の男たちが集まる集合写真があった。満州国建国の式典か何かの記念写真だろう。

さらに、次の頁。

「あっ……」

その写真を見た瞬間、神山と佳子は同時に声を上げた。

日付と場所は、「昭和九年二月二〇日・奉天」となっていた。近代的な建物の前で握手をする中嶋豊ともう一人の男。この男の顔は、見たことがある。満州の陰の支配者といわれた甘粕正彦《あまかすまさひこ》大尉だ。問題は、背景の建物に掲げられた社名の文字だ。

『満州炭鉱会社八道濠《はちどうごう》炭砿支社』――。

大塚某――吉岡敬司――と名乗る男が母畑温泉に残した札に書かれていた、あの文字だ。

〈八道〉の言葉の意味が、解けた……。

6

佳子はウイスキーのグラスを片手に、薪ストーブの炎を見つめていた。

溜息をつき、静かにいった。

「いったい、どういうことなの……。私には、さっぱりわからない……」

神山は自分のグラスにもう一杯、ウイスキーを注いだ。

「今回の一連の事件は、君の考えていたような単なるストーカー事件ではなかったということさ。姉の洋子さんが殺されたのも、竹町のナオミが死んだのも、すべてこの写真の八道濠炭砿が関係している可能性がある。そういうことだ」

だが、神山は自分の言葉に確証が持てなかった。八〇年近くも前の何らかの因縁が、世紀の変わった現代で人の命を奪う理由になり得るのだろうか。すでに満州時代の当事者など、誰も生きていないのだ……。

「偶然よ。そうに決まってるわ」

神山は、アルバムの写真を見続けた。やはり、偶然だとは思えない。その時、奇妙な符合に気がついた。中嶋豊の八道濠炭砿に関連する写真は、この奉天で撮られた二月二〇日付のものを最後に終わっている。

「曾祖父の豊さんが日本に戻ったのは、確か昭和九年だといったね」

「そうです……。何月かは知りませんけど……」

やはり、同じ年だ。

「そして曾祖母のアーニャさんは、その一年前に哈爾賓で亡くなった。そうだったね」

「そうです……」

佳子は、神山から視線を逸らした。何かいいにくい事情があるようだ。

「しかし、おかしいな。その時アーニャは、まだ四〇歳になったばかりだった。子供ならわかるが、そんなに若くしてなぜ亡くなったんだ」

佳子は、しばらく黙っていた。だがやがて、意を決したようにいった。

「自殺、です……」

やはり、何かがあったのだ。

「理由は」

「私は、よく知らないんです……病気を苦にしていたとか、曾祖父と仲が悪かったからだとか、いろいろ話は聞いたことはあります。アーニャは銃で自分の左胸を撃って、その弾が背中に貫通して……。だから中嶋家の子供には背中に痣があるんだって、父も母もそんな馬鹿げた話を信じていたんです……」

確かに、馬鹿げた話だ。だが因縁のある家系に生まれた者は、そんな話を実《まこと》しやかに語り継いで不安になるものなのかもしれない。

アルバムを捲る。満州時代の最後の写真の日付は、昭和九年六月二日。場所は大連の旅《りょ》順《じゅん》。おそらく日本に帰国する直前に写真館で撮られたものだ。この写真には豊と共に、久し振りに長男の豊秀が写っている。いかにも日露の混血らしく、端整な顔立ちをした青年だ。だがその瞳はかつてのアーニャのように、暗い。

そしてもう一人、写真には和服姿の若い女性が写っていた。アーニャほどの美貌《びぼう》ではないが、東洋人としては美しい女性だった。

「この女性は」

神山が訊いた。

「朝鮮の人だと聞いています。日本に一緒に帰ってきた、お手伝いさんだったと……」

「この写真を見て、おかしいと思わないか」

「なぜですか。私には、わからないけど……」

「主人とその息子が立っているのに、この女性は椅子に座っている。そんなことは有り得ない。それにこの女性は、誰かに似ている」

佳子が写真を注視する。そして、声を出した。

「まさか……」

「そうだ。大塚……吉岡敬司と、鏥谷松子の兄妹だよ。あの二人には、確かにこの女性の面影が残っている……」

何かが、見えてきたような気がした。年齢から考えれば、大塚——吉岡某と松子の兄妹は、中嶋豊とこの写真に写る朝鮮人の女性の孫ではなかったのか。そう考えれば、松子の背中に痣があったことにも、一応の説明はつく。

その後の写真は、すべて日本で撮られたものだ。帰国してから東京の赤坂に建てた、自邸の庭のものが多い。最後の写真は昭和一九年五月、疎開先の福島県磐城《いわき》市の家で孫——佳子の父——の敬司を膝に抱いたもので終わっている。その半年後に、中嶋豊は卒中で亡くなった。七〇歳だった。

「君の曾祖父と祖父の一家は、福島県の磐城に疎開していたのか」

「そうです……。それが、何か」

「この前に行った、松子のいた小名浜と目と鼻の先だぞ」

佳子の目が、不安げに動きだした。

「そんなこと、偶然です……」

「それなら、これはどうだ。おれもいままで、気が付かなかった。君のお父さんの名前が、中嶋敬司。そして大塚という男が以前に使っていた名前も、吉岡敬司。この〝敬司〟という名前も、偶然なのか」

「偶然……偶然よ……」

「まさか。八道濠炭砿も偶然。磐城と小名浜も偶然。そして〝敬司〟という名前も偶然。どれかひとつならば、偶然ということもあるだろう。しかし偶然も三つも重なれば、必然と考えるべきだ」

神山は、アルバムを閉じた。佳子は頭を抱え、目を閉じた。

「頭が痛い……」

「疲れたのか」

「そうじゃない。疲れたけど、それだけじゃないの。また、姉の声が頭の中で聞こえるんです。私じゃない。悪いのは、私じゃないって……」

「もう、寝た方がいい」

「ええ……。今日は私、先に失礼します……」

佳子がソファーを立ち、ふらふらと寝室に入っていった。

だが神山は、佳子が寝てしまっても一人でウイスキーを飲み続けた。神経が、逆立《さかだ》っている。頭が冴《さ》えて、とても眠れそうもない。

神山はパソコンの電源を入れ、インターネットに接続した。《満州炭鉱　八道濠》の二つのキーワードを入力し、検索する。あとは、何が出てくるかだ。

いくつかの関連事項がヒットした。まず、八道濠炭砿の詳細が明らかになった。

〈石炭──石炭は鉄とともに満州鉱産の大宗を成すもので炭坑数は五〇以上に達しているが、有名な満鉄撫順《ぶじゅん》をはじめ本渓湖《ほんけいこ》、復州《ふくしゅう》、煙台《えんたい》、西安《せいあん》、八道濠、北票《ほくひょう》、阜新《ふしん》、鶴岡《かくこう》が周《あま》ねく知られ炭質良好なものがすこぶる多い──〉

添付された地図を確認する。八道濠炭砿は奉天と天津《てんしん》を結んだ奉山《ほうざん》鉄道の支線、大通支線の大虎山《だいこざん》の近くにあったことがわかった。さらに、次のような記述が見つかった。

〈満州日報一九三二年二月一二日——昭和五年度の北票、八道濠の二砿を併合した総出炭量は五八万余砘《トン》で、同年の撫順炭砿の出炭高七二六万砘に比すると未だ八分余にしか当たらない。だが見逃せないのは近年この地方の炭が撫順炭の独占市場に入り込んできたことで、営口《えいこう》、遼陽《りょうよう》、奉天、四平《しへい》等への出荷は昭和元年から五年度にかけて二万六〇〇〇砘から三〇万砘以上にまで膨れ上がっている。而《しか》してその主因は奉天旧政権がその支配権を利用して、折からの銀安という好条件に乗じて積極的な策動を行なったがためである——〉

奉天政権といえば、一九二四年に満州族の豪族——馬賊——の張作霖が、第二次奉直《ほうちょく》戦争の後に日本の保護を受けて奉天に樹立した軍閥政権だ。だがその張作霖もまた、一九二八年（昭和三年）六月四日、日本軍によって暗殺されている。

中嶋豊は、張作霖と同じ馬賊の出身だった。つまり八道濠炭砿を通じ、何らかの利害関係があったということなのか——。

もうひとつ、興味深い情報が見つかった。一九三五年二月の、大阪毎日新聞の記事だ。

〈――同会社（満州炭鉱会社）は石炭政策の第一歩を踏み出すものとして昭和九年二月に創設せられ、現在においては復州、八道濠、司郎《しろう》、尾羽山《おばやま》各炭鉱を直接経営し、（中略）従来の無秩序、無統制なる満州国内炭業界に合理的統制と炭鉱業界の指揮監督を加えつつあり着々と業績をあげているが、以上の諸炭鉱は満州事変後従来の露系諸会社より接収したもので――（中略）――赤峰《せきほう》附近多数の炭鉱および旧吉林《きつりん》省政府、露国人スキデルスキー氏共同出資の程陵《ていりょう》炭鉱、北鉄《ほくてつ》出資のジャライノール炭鉱等も逐次合併し、自由企業は最小限度に許可し、外国資本を絶対に排除し――〉

満州国の石炭事業における国策。国内炭業界に合理的統制。満州事変後にロシア系諸会社より接収と、満州炭鉱会社への合併。その中には、中嶋豊が関わっていたと思われる八道濠炭砿も含まれている。しかも満州炭鉱会社が創設されたのは、中嶋豊が日本に帰国したのと同じ昭和九年だった――。

何かが、おぼろげながら見えてきたような気がした。中嶋豊は、なぜロシア人のアーニャ・ビクトロブナ・イワノフと結婚したのか。アーニャの生家は、哈爾賓の名家だった。その裏には、八道濠炭砿の利権が絡んでいたのではなかったのか。そして中嶋は、張作霖と手を組み、八道濠炭砿の経営に介入した。さらに張作霖の暗殺後、満州事変を待ち、満州炭鉱会社による八道濠炭砿の接収に関与した。中嶋が処分した満州の財産とは、満州炭鉱会社に売り渡した八道濠炭砿の利権だった。そう考えれば、アーニャの自殺にも説明がつく。自分が政略の道具として使われたことに気付き、絶望した——。

すべては、推察の域を出ない。だが、もしそれが事実だとしても、八〇年後の今回の一連の事件にどのように関連してくるのか……。

神山はふと思いつき、調査資料のファイルを手にした。中から、写真を取り出す。まだ子供の頃の吉岡敬司と緇谷松子が、質素な鳥居の前に立っている写真だ。

確かにこの兄妹は、中嶋豊のアルバムに残る謎の朝鮮人女性の面影がある。特に兄の敬司の方は、よく似ている。そして背後の鳥居の額に書かれた〈八道——大山祇大神《おおやまつみのかみ》　大山阿夫利大神《やまあふりのかみ》〉の文字。だがこの写真が撮られたのは、日本だ。二人はその手に、七五三の千歳飴《ちとせあめ》の袋を下げている。

神山はルーペを取り出し、写真を注視した。初めて見た時にも気付いたが、鳥居の額の上には何かを十字に組み合わせたような奇妙な紋様が入っていた。写真が小さいために、図柄は判別できない。だが、炭坑というキーワードを当てはめてみると、それが鶴嘴《つるはし》やハンマーなどの工具を組み合わせたように見えなくもない。

まさか……。

紋様はどこか、鎌と槌《つち》、そして五芒星を組み合わせた旧ソビエト連邦の国旗のマークにも似ていた。

神山は、パソコンと資料のファイルを閉じた。氷が溶けて薄くなったウイスキーを口に含み、深い溜息をついた。

7

翌日、『大河原組』の梶原直広から電話があった。どうやら、東北一帯で戸籍を売る商売をやっている男と連絡が取れたらしい。

今回は『大河原組』の事務所ではなく、梶原が新白河に開いているダーツ・バーで落ち合うことになった。『リトル・スカンク』といういかにも臭そうな名前の店だ。梶原はこの他にも、居酒屋やパチンコの景品交換所、噂では地元の主婦を使ったホテトルのシンジケートまで持っているらしい。田舎のヤクザも、いまは手広く企業経営をする時代になった。

梶原は相変わらず低姿勢だった。

「いい店だな」

神山が社交辞令でそういうと、厳《いか》つい顔に目いっぱいの愛想笑いを浮かべた。

「気に入ったらいつでも使ってやってください。兄貴からお金はいただきませんので……」

〝兄貴〟と呼ばれる筋合はない。兄弟分の盃は丁重にお断り申し上げたはずだし、それにおそらく、神山よりも梶原の方が歳は上だ。

時間がまだ早いこともあって、店に客は少なかった。だがフロアには、耳障《ざわ》りなラップ——これも音楽の一種らしい——が流れていた。気を遣ったのか、神山は店の奥のＶＩＰルームに通された。ここならば、いくらかはましだ。

「それで、戸籍を売る男と連絡がついたのか」

酒を断り、そのかわりに出されたオレンジジュースを飲みながらいった。なかなか良い選択だ。ギムレットにはいくら何でも早すぎる。

「いや、戸籍を売るようなヤバい男じゃないんです。前にもいいましたがフィリピンや中国の女との偽装結婚が専門で、まあ時には偽の免許証や保険証も売ったりもしますが、けっこうまともな奴です……」

どちらでも同じようなものだ。まともが聞いて呆《あき》れる。

「それで、その男は何という奴なんだ」

「名前は、ちょっと……」

「その男には、会えるのか」

「それも、ちょっと……」

どうも歯切れが悪い。後ろ暗い者同士の、庇《かば》い合いというやつか。

「それじゃあ話にならないじゃないか」

神山が、低い声でいった。

「いや、違うんです。一応、神山さんの知りたいことは私の方で訊いておいたんです。そうしたら、吉岡敬司という名前の免許証を売ったことは、記憶にあるというんですよ」

「ほう……」

梶原の話は、きわめて明快だった。偽装結婚屋の許にある男が訪ねてきたのは、もう五年ほど前の夏頃だという。吉岡が母畑温泉に姿を現した時期と一致する。最初は新しい戸籍が欲しいといったが、金が掛かりすぎるしそれは無理だと断った。すると、偽造の免許証だけでもいいという。そこで、中国人の偽装屋に声を掛けて造ってやった。どんな名前がいいかと訊くと、吉岡敬司にしてくれといった。

「なぜ吉岡は、その偽装結婚屋のことを知ったんだろうね」

「その男には、懲役《ちょうえき》のマエがあったんですわ。長いことムショに入っていて、最初はその時のムショ仲間の紹介で来たらしいです」

やはり大塚——吉岡某——と名乗る男には前科があった。

「なぜ、ムショに入ってたんだ」

「それは、知りません。ずいぶん長いこと入ってたらしいから、殺しかもしれませんね……」

「それで、いきなり戸籍がほしいといってきたのか」

「そうじゃないらしいです。最初は、ムショから出たばかりで金が無いとかで、中国人の女との結婚の口を世話したんだそうです……」

それが、七年前の話だった。それから二年して、男はまた偽装結婚屋の前に姿を現した。そして吉岡敬司の名前で偽造免許証を手に入れ、どこかに消えた。

「なぜ、偽造免許証が必要だったんだろうな」

「そいつは、またタタキでもやったんでねえかっていってましたよ。どこか、安く整形をやってくれる所はないかとも訊いていたらしいですから。どうも、サツに追われてるようだったって……」

タタキ、か……。

あり得ない話ではない。

「しかし、偽装結婚の口を世話したなら、その男の素性くらいはわかっているだろう」

「まあ古いことだし、だいたい帳簿を残すような業種でもないいんで確かではないいんですが、その男は福島県いわき市の出身だったんでねえかってことですけどね」

やはり、いわき市か……。

妹の松子は、いわき市小名浜の竹町のソープで働いていた。そして佳子の曾祖父、中嶋豊の一家は戦時中に磐城に疎開していた。しかも、いわき市は、つい最近まで炭鉱の町として知られていた。これは、偶然ではない。いわき市には、何かがある……。

「偽装結婚まで世話したんだ。名前も覚えているはずだ。奴の、本名は」

「普通、そういう関係の人間は相手の名前をいわない決まりなんですよ」

梶原の口が、初めて重くなった。

「決まりとか約束というのは、破るためにあるんだ。それに、その男はもう死んでいる。かまわないだろう」

神山はラッキーストライクに火を付け、梶原の目を見据えた。

「神山さんには、かなわねえ。しかし、先方には迷惑が掛かんねえようにしてくだせえよ」

「わかってるさ」

死んでいる人間に、迷惑を掛けようがない。

「こんな名前だったそうです」

梶原がジャケットのポケットからペンを抜き、コースターの裏に男の名前を書いた。

〈金山史成《かなやまふみなり》――〉

神山は、しばらくその文字の羅列《られつ》を見つめていた。大塚でも、吉岡でも、鏑谷でもなかった……。

家に戻ると、佳子が夕食の仕度をして待っていた。佳子には、二つの顔がある。ありきたりな家庭の主婦のような善良な顔と、男を惑わす魔性の顔だ。今日は、善良な方の佳子だった。

「ありがとう。これでお願いした仕事の半分は、終わったことになりますね……」

佳子がテーブルに料理を並べながら、どこか淋しそうにいった。いつものようにサラダと煮物、それに焼き魚と卵料理が一品。家庭的な料理だ。

確かに、大塚義夫という名前で死んだ男の本名はわかった。だがもうひとつ、重要な仕事が残っている。

「あとは、君の姉さんを捜すだけだ」

佳子が椅子に座り、神山のグラスにビールを注いだ。

「でも、もういいんです。姉はどうせ死んでいるし。殺した人間の身元がわかっただけでも、供養《くよう》になりますから……」

確かに、そうかもしれない。いまのところ、金山史成の名前ではインターネット上に何も情報が出てきていない。だが、もし過去に重大な犯罪を犯していれば、警察で何かがわかるだろう。

「しかし、姉さんのことも調べる手懸りはある」

神山がビールを飲みながらいった。

「どうやって」

「いわき市だ。金山史成という男は、いわき市の出身だった。君の曾祖父も、磐城に疎開していた。それにあのあたりは、以前は炭鉱町だった」

「偶然……」

「いや、違う。あの町には、絶対に何かがある。もう一度、調べてみるべきだ」

「本当に、そうでしょうか……」

佳子が、視線を落とす。何かを、考えている。

「問題があるのか」

「いえ、そうじゃないんです……。ただ私、恐いんです……」

「恐い？　どうして？」

「私、よく姉の夢を見るんです。姉は、土の中に埋められている。そこで、泣き続けている。でも、もし姉が見つかったら、私はとてもそこにはいられない。私の中で、何かが壊れてしまうような気がするんです……」

だが神山は、まったく別のことを考えていた。そうだ。いわき市は、かつて炭鉱の町だった。あの町の周辺には、いまも無数の廃坑が残っている。

「とにかく、いわき市に行ってみよう。金山史成という男の身元も、洗ってみなくてはならない。姉さんのことは、それからだ」

「そうですね……」

佳子が、なぜか諦めたようにいった。

食事が終わり、神山は竹町の十井に電話を入れた。松子の元〝所有者〟だ。

「松子の兄の名前がわかったよ。金山史成だ。金山という名字に覚えはないか」

十井は、しばらく無言だった。

——聞いたことはないな——。

「金山は、いわき市の出身だったらしい。松子も、そうじゃなかったのか」

——知らねえ……。そんなことは、一度も聞いたことはねえよ。おれと松子は、山形で知り合ったんだ。ただ、いわき市の近くに落ち着きたいといいだしたのは、松子だ——。

やはり、そうか。

「もう一度、いわき市の方を調べてみようと思っている」

——ナオミの件は——。

「まだ何も摑めていない。何かわかったら、連絡を入れる。渡辺さんにも、そう伝えてくれ」

電話を切ると、佳子が黙って神山を見つめていた。何かをいいたそうに。だが、何もいわなかった。

「明日から、いわき市に行く。君はどうする」

神山が訊いた。

「どちらでも……」

「それなら、一緒に来てくれ。君の助けが必要になるかもしれない」

君の助け。神山は自分でそういっておいて、それが何なのかを考えた。佳子は視線を落とし、ただ小さく頷いただけだった。

寝室に入っても、しばらくは寝つけなかった。最近は、いつもそうだ。闇の中で、様々なことを考えた。一〇〇年前の満州から続く、奇妙な時系列の流れ。不完全なDNAの配列の中で、無数のミッシング・リンクがぽっかりと口を開けている。その中で金山史成は、松子は、そして佳子と洋子の姉妹はどのような役割を果たしていたのか。

白河に戻ってから、佳子は客室のベッドで寝ていた。だが、しばらくするとドアが開いた。リビングの光の中に、佳子が立っていた。裸だった。

佳子はベッドに歩み寄り、神山に体を重ねた。唇を合わせ、耳元で小さな声でいった。

「東京で何をしてきたのか、訊かないの？」

神山は、無言で闇を見つめ続けた。

8

翌日は、朝から雨が降っていた。早春の、氷雨《ひさめ》だった。

今回は、軽のパジェロミニを使うことにした。いわき市は、かつての炭鉱町だ。いずれにしても、山の中に深く分け入ることになるだろう。ポルシェでは、無理だ。

リアシートを倒し、荷台に様々な道具を積み込んだ。スコップに鶴嘴、ハンマー、ヘッドランプ、ヘルメット、そしてロープ。使えそうなものは、すべてだ。

作業着にメレルのトレッキング・シューズを履き、車に乗り込む。佳子は助手席でダウンパーカーを着たまま、体を丸めていた。雨が、強くなりはじめた。

山越えの道には、霧が出ている。神山は白河インターから高速に乗り、磐越《ばんえつ》自動車道でいわき市に向かった。少し遠回りにはなるが、今日の天気ならばこの方が楽だ。

左側の走行車線を、ゆっくりと走る。追い越し車線を走り抜ける大型トラックから水飛沫《みずしぶき》を被り、ワイパーが忙《せわ》しなく動き続ける。視界が、霞《かす》んでいた。

「昨日いったこと、嘘ですから……」

雨音に掻き消されるような声で、佳子がいった。

「何がだ」

「私が、東京でしてきたこと……。本当は、パンフレットの撮影を一本やってきただけ。あとは、作り話だから……」

追い越し車線をまたトラックが走り抜け、小さな車体が揺れた。

東北自動車道は、順調に流れていた。だが郡山《こおりやま》ジャンクションから磐越自動車道に入り、しばらく走ると、阿武隈高原サービスエリアの手前から渋滞《じゅうたい》が始まった。普段なら、混む道ではない。工事か、事故でもあったらしい。だが、高速を降りようと思っても、次の小野《おの》インターまではまだ二〇キロ近くある。

しばらく渋滞の中を進むと、道路上の電光掲示板に事故情報が出た。

〈――この先、事故・渋滞一八キロ――〉

神山は、溜息をついた。時計を見ると、すでに午前一一時を回っていた。いわき市までは、まだ二時間以上は掛かりそうだ。このままでは、一日が無駄になる。だが、諦めるしかなさそうだ。

その時、神山の脳裏に何かが浮かんだ。

事故……。

事故……。

事故……。

あの時——深谷達司が事故を起こした夜——もそうだった。事故を見ると、頭の中で何かの記憶の断片が燻《くすぶ》りはじめる。重要なことを忘れているような気がする。だが、それが何なのかを思い出せない。

「何を考えてるの」

佳子が訊いた。

「事故、だ……」

神山がぼんやりと答える。

「そう、事故ね。それがどうかしたの」

「いや、何でもない……」

渋滞は、延々と続いた。すでに一〇万キロ以上を走っているパジェロミニは、小さなエンジンを不快に震動させて走ったり止まったりを繰り返す。苛立《いらだ》たしい時間が、刻々と過ぎてゆく。

神山は窓を少し開け、ラッキーストライクに火を付けた。煙を、深く吸い込む。だが、苛立ちは納まらない。何も、思い出さない。

しばらくすると遥か前方に、事故処理の作業車と救急車の光の点滅が見えてきた。だが、そこからが長かった。車の流れは、遅々《ちち》として進まない。時間だけが過ぎてゆく。

やがて、事故の全貌《ぜんぼう》が見えはじめた。トラック数台と、乗用車が絡んだ玉突き事故のようだ。二車線の車が一列に合流して走行車線に寄り、警官の指示に従って連なる事故車の脇をゆっくりと通り過ぎる。

事故……。

事故……。

玉突き事故……。

最後方の大型トラックは、斜めになって前のトラックの荷台にめり込んでいた。その前には潰れた乗用車が横を向き、車内ではドライバーが呆然と雨を見つめている。さらに前方には、大型のコンテナトラックが二台。その間には、車種もわからないほど変形したバンらしき車がはさまっていた。

神山は、事故の前をゆっくりと車を進めた。佳子は助手席で、目を伏せていた。バンの周囲を、道路公団と消防の救助隊員が忙しげに走り回る。バールや電動カッターを使い、ドアをこじ開けようとしている。

雨中に、電動カッターの火花が散った。車内に、人影が見えた。だがこの事故では、助からないかもしれない。人の命など、果敢《はか》ないものだ。おそらく地方紙の今日の夕刊か明日の朝刊に、事故の記事が載るだろう。

事故……。

玉突き事故……。

新聞記事……。

その時、神山の頭の中で何かが閃《ひらめ》いた。

そうだ。あの時の、新聞記事だ——。

事故現場を通り過ぎ、また車が流れだした。神山は、パジェロミニのアクセルを踏んだ。だがそのすぐ先の小野のインターチェンジで、神山は高速を降りた。

「どうしたの。いわきには、行かないの？」

佳子が、怪訝そうに神山を見た。

「重要なことを思い出した。いま確認してみる。待っててくれ」

県道に出て、路肩に車を寄せた。背後に手を伸ばし、バッグを開ける。中から調査資料のファイルを取り出す。前に竹町に行った時の新聞は、ナオミが殺された時の記事を含めて、すべてとっておいたはずだ。

「新聞に、何かが載っているの？」

「そうだ。その時は、気が付かなかったんだ……」

やはり、残っていた。前に小名浜に入ってから四日目の『福島民報』の朝刊だ。日付は、三月六日。その記事は写真入りで、一面に大きく報道されていた。

〈常磐自動車道で九人死傷
五日の午前一一時ごろ、常磐自動車道の下り線・関本《せきもと》パーキングエリア付近で、大型トラック五台などを含む計一三台が絡む玉突き事故が発生した。この事故で県内いわき市下《しも》小川《おがわ》の小菅直道《こすげなおみち》さん（59）が死亡するなど計九人が死傷。常磐自動車道の下り線はその後三時間にわたり、茨城県の高萩《たかはぎ》から福島県のいわき勿来《なこそ》間が通行止めとなった。事故現場は関南《かんなん》トンネルを抜けて約一キロの地点で、かねてから事故の多い場所として知られており……〉

常磐自動車道の下り線が、事故から三時間にわたり通行止め——。

神山は、何度もその部分を読み返した。問題は、ここだ。新聞は三月六日、事故が起きたのは、三月五日だった。神山はこの日、小名浜で何をしていたのか。ファイルの中の手帳を開き、調査記録のメモを確認する。やはり、思ったとおりだった。

白河から小名浜に入って三日目。佳子がホテルから姿を消した翌日。神山が東京の『プライベート・リサーチ』の長田浩信に電話を入れ、小名浜に呼び出した日だった。

神山は、当日の記憶を辿《たど》った。頭の中が、目まぐるしく回転する。佳子の失踪を報告するために、長田の携帯に電話を入れたのが午前一〇時半ごろだった。その時、長田は東京にいたはずだ。だが自分から「小名浜に向かう」といいだし、「二時間半で着く」と約束した。

そして長田の車がアクアマリンパークの駐車場に入ってきたのが、午後一時ちょうどだった。長田は言葉どおり、車で東京から僅か二時間半そこそこで小名浜に着いたことになる……。

東京の『プライベート・リサーチ』の事務所から小名浜までは、直線距離で二〇〇キロ近くはあるはずだ。都内の渋滞から高速を抜け、平均速度七〇キロで走ったとしても三時間近くは掛かる。それでも普段ならば、有り得ない時間ではない。

だが当日は、長田がこちらに向かっているはずの時間に常磐自動車道で事故が起きていた。途中、三時間にもわたり、茨城県内から福島県にかけて約一二キロの区間が通行止めになっていた。渋滞も、かなりひどかったはずだ。

奴の車には、羽根でも生えているというのか。まさか。いくら高性能のメルセデス・ベンツAMGでも、そんな芸当は絶対に不可能だ――。

「どうしたの……」

考え込む神山の表情を、佳子が不安げに覗き込んだ。

「ちょっと待っていてくれ。もう少しで、頭の中が整理できる……」

もうひとつ、奇妙なことがあった。当日の待ち合わせ場所に、アクアマリンパークの駐車場を指定したのは長田だった。確かにあの駐車場は、車同士で密会するには都合のよい場所だった。

だが、なぜ奴がそのことを知っていたのか。長田は、元々は関西の出身だ。小名浜に土地鑑があるなどという話は、神山が知る限り一度も耳にしたことはない。

考えられる可能性は、ひとつだけだ。長田は神山から電話を受けた時点で、東京になどいなかった。すでに、小名浜の周辺にいたのだ。だから常磐自動車道で事故があったことも知らず――自分の車の性能を自慢したいがために――二時間半で着いたなどというつまらない嘘をついた――。

だが、なぜだ。奴は小名浜で、いったい何をしていたんだ？

「確かおれたち以外にも、竹町で松子のことを嗅《か》ぎ回っていた奴がいたな……」

死んだナオミも、『五島組』の渡辺敏明も同じようなことをいっていた。

「その話は、私も知ってるわ。私も竹町の人たちに、さんざんその男のことを訊かれた……」

佳子が何かを思い出したように目を伏せ、息を吐いた。

「しかも、昔の話じゃない。おれたちが小名浜に入る二週間ほど前から……つい最近の話だ。その男が誰だか、わかったんだ」

当時、小名浜にいた人間。しかも松子の存在を知り、何らかの理由でその行方を知りたがっていた人間。その条件に一致する人間は、一人しかいない。

「いったい、誰なの」

佳子が訊いた。

「長田だよ。プライベート・リサーチの、長田浩信だ」

「どうして……」

考えてみれば、奴の態度は最初からどこかおかしかった。自分が以前に寝た女だからといって、佳子のことを心配して奴がわざわざ東京から小名浜まで出向くわけがない。しかも小名浜で二度目に会った時には、佳子のことを気にする前に、まず松子について訊いた。理由はわからない。だが奴の狙いは、最初から松子だったのだ……。

さらに『五島組』の渡辺も、奇妙なことをいっていた。客を装い、竹町のソープの女たちの間で松子のことを嗅ぎ回っていた男は、年齢が四十代から五十代というところまでは一致していた。だが人相や風体に関しては、女によっていうことがまちまちだった。その男は観光客だったという女もいるし、地元の港湾労働者だったという女もいるし、白河から流れてきた筋者だという女もいた。

だが、男は一人だ。

ソープの女は、客筋を見抜く目が鋭いものだ。簡単には、騙《だま》せない。だが私立探偵は、その道のプロだ。長年この道にいる者ならば、ちょっとした変装術と言葉遣いで、まったく違う人間に成りすます技術くらいは身に付けている。もちろん、長田ならばそれが可能だ——。

「これから、どうするの」

佳子が訊いた。

「小名浜に寄る」

「竹町に行くのね」

「そうだ。金山史成と松子の兄妹の生い立ちを調べる前に、片付けておかなくてはならないことがある」

神山は携帯を開き、長田に電話を入れた。佳子が、心配そうに見つめる。しばらくするといつものように、長田の眠そうな声が聞こえてきた。

——また佳子が問題でも起こしたのか——。

「そうじゃない。いま、小名浜に向かっている」

——何かあったのか——。

「松子が見つかった。今日の夜、小名浜で会うことになっている」

——ほう……面白いな——。

「松子に、興味があるんだろう」

——わかった。これから小名浜に向かう。二時間半で着く。おれも同席させてもらう
——。

電話を切った。

奴は、引っ掛かった。

9

小名浜には、雨が降り続いていた。

アクアマリンパークの広い駐車場は、どんよりとした雲の下で閑散としていた。

長田浩信の黒いメルセデスAMGは、前と同じように電話から二時間半後に駐車場に入ってきた。しばらく神山の車を探しながらゆっくりと場内を回り、やがて諦めたように隅の空いているスペースに止まった。神山はそれを見てパジェロを動かし、長田の車の横に寄せた。

ドアを開け、メルセデスの助手席に乗り込む。長田が口元を歪《ゆが》めて笑いを浮かべ、まるでそれがこの男の流儀であるかのようにラークに火を付けた。

「何て恰好《かっこう》をしてるんだ。浮浪者にでも変装したつもりか」

長田が神山の作業着姿を一瞥《いちべつ》し、いった。

「これから死体を掘りに出掛けるんだ」

「それに、あの中古のポルシェはどうしたんだ。もう、壊れちまったのか」

「余計なお世話だ」

「佳子は」

「彼女は、お前の顔は見たくないといっている」

神山がいうと、長田が煙を吐き出しながらおかしそうに笑った。

「それで、松子を見付けたんだってな」

「ああ、見付けたよ。それに、大塚義夫と名乗る男の本名もわかった」

神山は、調査ファイルの中から二人の写真を出した。幼い兄妹が鳥居の前に立つ、七五三の写真だ。

「ほう……」

長田はラークを灰皿で揉み消し、写真に見入った。神山は、その表情を観察した。長田に、特に驚いた様子はない。

「この写真をどこから手に入れたのか、訊かないのか」

「どこから手に入れたんだ」

「竹町の、松子のヒモだった男だ。その男も、松子を捜していた」

「なるほどね」

長田が、写真を返した。やはり、表情にあまり変化はない。

「大塚義夫の本名は、吉岡敬司だ」

神山は、長田に餌《えさ》を投げた。あえて〝金山史成〟という名前は出さなかった。

「吉岡だって？」

思ったとおりだ。ここで初めて、長田は怪訝そうな顔をした。奴は吉岡という名は知らないらしい。

「大塚は、四年前に石川郡石川町の母畑温泉にいた。そこでは、吉岡敬司と名乗っていた。竹町に妹の松子に会いにきた時も、吉岡だった」

「よく調べたな。それで松子は、いま小名浜にいるんだろう。何時に、どこで会うんだ」

やはり、この男の狙いは松子だ。

「松子には、会わない」

「どういうことだ」

長田が、神山に険しい視線を向けた。

「だから、松子には会えない。彼女とはまだ連絡が取れていない」

「ふざけるなよ。お前、おれをなめてんのか。松子に会うというから、東京から小名浜まで飛んできたんだぜ」

「二時間半でだろう」

「そんなこと関係ねえだろう」

「今度は本当に東京からきたのか。それとも前のように、最初から小名浜にいたのか」

神山は、長田の表情を見た。笑おうとする口元の動きが止まった。

「お前……何がいいたいんだよ」

「この記事を、見たことがあるか」

神山は三月六日の『福島民報』を長田に見せた。例の事故の記事だ。

「この記事が、どうかしたのかよ」

「前日の、五日の事故だ。あんたが東京から小名浜に来た日だよ。その事故の影響で、常磐自動車道の下り線が日中に三時間、通行止めになっていた。東京から二時間半できたって？　あんた、いったいどの道を通ってきたんだ？」

長田は、しばらく神山の顔を見つめていた。新聞を持つ手が、かすかに震えている。だが、やがて大袈裟《おおげさ》に笑い声を上げた。

「わかった。おれの負けだ。この車を買ったばかりでね。ちょっとお前に自慢したくなったんだ。そんなことは、どうでもいいだろう」

長田がそういって、またラークに火を付けた。

「小名浜にいたんだな。おれがこの町に入る二週間ほど前から、竹町で松子のことを訊き回っている男がいた。その男は、あんただ」

「よせよ……。何でおれが……」

「まだある。あんたが小名浜にきた二日後に、竹町のナオミという女が殺された」神山はそういって、ナオミの事件が載っている三月七日の『福島民報』の夕刊を見せた。「この女を殺したのも、あんただ。松子のことを嗅ぎ回っていることを追及されて、邪魔になった……」

神山は、長田の反応を見守った。タバコを持つ指先が、震えている。

「馬鹿なことをいうなよ。おれはこの女が殺された日の夕方には、東京に戻っていた。お前からも、電話がきただろう……」

「携帯にな。あんたがどこにいたのかは、証明できない」

「よせよ。何の証拠があって……」

長田の前で、神山は携帯を開いた。保存してあるナオミからの最後のメールを探し、それを長田に突きつけた。

「あんたが東京に帰った日の夕方に、ナオミからきたメールだ。不思議だと思わないか。このメールの日付は、三月六日の午後四時二分になっている。彼女はこのメールの一二時間以上も前に、殺されていたんだぜ」

「そんなこと、おれの知ったことかよ……」

長田の口元が歪んだ。タバコを忙しなく吸い、揉み消す。

「文面を読んでみろよ。そのメールには、松子を捜しているのは白河の方からきたヤクザだと書いてある。しかも、大塚義夫に金を貸していたとな。有り得ないんだよ。ナオミも、竹町に住む他のすべての者も、松子の兄は吉岡敬司という名前で認識していた。大塚義夫という名前は、誰も知らなかった。あの日、小名浜にいた人間で大塚という名前を知っているのは、おれと佳子とあんただけだ。つまり、ナオミの携帯を使ってこのメールを送ることができたのは、あんたしかいない」

「……」

長田は無言で、神山を睨みつけた。

「警察で、このメールの発信地を調べてある。白河の周辺だったそうだ。あんたはあの日、まだ東京には戻っていなかった。白河からナオミの携帯を使い、おれにこのメールを送った。つまりナオミを殺したのも、あんただということになる」

「そんなことが、証拠になるかよ……」

「あんたはあの日の夕方、佳子のプロダクションと弁護士に連絡を取っている。おそらく白河あたりから、携帯で電話したんだろう。警察であんたの携帯の通話記録から発信地を特定すれば、明らかになる」

神山は、ラッキーストライクに火を付けた。あまり目の前で見せつけられると、自分も吸いたくなってくる。

「警察に、突き出すつもりか」

長田が、震える声で訊いた。

「どうだかな。その前に、訊きたいことがある」

「何だ」

「なぜ、松子のことを探っていた。佳子をおれに預けて泳がせたのも、最初から松子が目的だったんだろう」

「おれが、しゃべると思うか。探偵には、依頼主の守秘義務というものがあるんだぜ」

長田が、最後の意地を張った。

「それならば、仕方がないな……」

神山はタバコを消し、携帯を開いた。二度目の呼び出し音で、相手が出た。

「神山だ。こちらの話はすんだ。後はそちらで、好きなようにやってくれ」

——わかった——。

電話を切った。長田が怯《おび》えたような目で、神山の顔を覗き込んだ。

「誰と、話をしたんだ……」

「すぐにわかる」

間もなく駐車場に、三台の車が入ってきた。古い型の白いセルシオに、黒いクラウンとミニバンが一台。三台の車は雨の中を、ゆっくりとこちらに向かってきた。そして長田のメルセデスを取り囲むように、駐まった。

車のドアが開き、一〇人程の男が降りてきた。『五島組』の渡辺敏明に、松子の元ヒモの十井。他に神山に鼻を叩き潰された若い男もいた。

「な、何だよ……」

長田が、神山と男たちを交互に見た。

「あの黒い革のジャケットを着たパンチパーマの男は、死んだナオミの亭主だ。ナオミのことは、あの男と話し合え」

渡辺が、運転席のドアを開けた。鼻の折れた男が長田の首にマキリを突き付け、雨の中に引きずり出した。他の男たちと共に長田の腹に何発か蹴りを入れ、猿ぐつわをかまし、手際よくロープで縛り上げた。周囲からは、見られていない。そのまま長田をクラウンのトランクに放り込み、ミニバンと共に走り去った。

「すまなかったな。いろいろ世話になった」

渡辺が十井と共に残り、神山にいった。

「いいんだ。後は、よろしく頼む」

神山が、メルセデスを降りた。

「あの男を、どうすればいい」

渡辺が訊いた。

「好きなようにしてくれ。しかしもし適当に痛めつけて気がすんだら、いわき東署に突き出してくれ。捜査課の、藤田という刑事だ」

「わかった。おれたちの流儀でやらせてもらう。どうせムショじゃ使わねえだろうし、二度と女を抱けねえ体にしてから突き出してやるよ。それにしても、いい車だな……」

渡辺がそういって、長田のメルセデスＡＭＧのボンネットを撫《な》でた。

「あんたが使ったらどうだ。ナオミの慰謝料がわりに、もらっておけよ」

「そうさせてもらうか」

渡辺がメルセデスに乗り、十井がセルシオを運転して走り去った。雨が降り続いていた。

神山はパジェロミニに乗り込み、小さなエンジンのセルを回した。

10

午後の遅い時間になって、雨が止んだ。

山間《やまあい》を抜ける濡れた路面が、雲間からの西日に光っていた。まるで何かの滑稽《こっけい》な紙芝居のように、南の空には虹が掛かっていた。

「どこに行くの？」

佳子が、不安げに訊いた。

「おれにも、わからない……」

当てがあるわけではなかった。だが磐城は、昭和四〇年代の中頃までは常磐炭田で知られる炭鉱の町だった。いまから三五〇〇万年前の古第三紀漸新世の植物化石群による地下石炭層は、福島県浜通り南部から茨城県北部に至る南北九五キロ、東西二五キロ、約八〇〇平方キロの広大な範囲に広がっている。炭田が常陸《ひたち》から磐城にまたがっていたため、やがて常磐炭田と呼ばれるようになった。現いわき市は、その中心地だった。いまもこの辺りには、当時の廃坑が点々と地下に残っている。

「何か、聞こえないか」

神山が、ステアリングを握りながら訊いた。

「聞こえるって、何が」

助手席で、佳子が訊き返した。

「姉さんの声だ。おれには、わからない」

佳子は目を閉じ、しばらく考えていた。そして、いった。

「前の時もそうだったわ。この辺りに来ると、姉の声が大きくなるの。でも、いまは聞こえない。きっと姉は、土の中で眠っているのよ……」

神山は、無言で頷いた。最初に佳子から姉の声の話を聞いた時は、あまりにも馬鹿げていて相手にする気にもならなかった。だがいまは、心のどこかで少しずつ、佳子の言葉を信じはじめていた。

県道から国道六号線——旧・陸前浜街道《りくぜんはま》——に出て北に向かうと、しばらくしてJR常磐線の湯本《ゆもと》駅を通り過ぎた。この辺りは、いわき湯本の温泉街だ。さらに国道を北上する。間もなく神山は、内郷七反田《うちごうななたんだ》の交差点を左に折れた。そこからまた、新川《しんかわ》に沿う細い山道へと入っていく。

小さな集落を抜けた所で車を止めた。確か、この辺りだったはずだ。神山は、用意してきた五万分の一の地図を広げた。

「何を調べているの」

佳子が訊いた。

「石炭の廃坑だよ。昔、この辺りの山の中に、小さな炭鉱があった……」

いわき市の周辺には、無数の廃坑が存在する。いまはその廃坑を、ひとつずつ訪ねて回るしか方法はない。内郷白水町《しらみずまち》の、みろく沢炭鉱は、現在も人が住む数少ない廃坑のひとつだった。

地図で場所を確認し、また車を走らせた。上入山《うわいりやま》と書かれた道標を目印に道を逸れ、さらに険しい道へと上がっていく。以前はこの奥に炭鉱町があったことが信じられないほど、淋しい場所だった。道の脇の森の中には、奥をコンクリートで塞《ふさ》がれた廃坑の入口が点々と続いていた。

しばらく走ると、急に風景の開けた場所に出た。森に囲まれた広い空地があり、その先に古いバラックの平屋の家が何軒か並んでいた。家の前には錆《さ》びたトロッコのレールが敷かれ、右手の奥の廃坑の入口へと続いていた。かつての、炭鉱の村だ。

　神山は、車を空地に駐めた。

「降りてみよう」

　佳子と共に、村の奥へと歩いた。

　村は、すでに風化しかけていた。細い道の両側に、かつての炭鉱住宅のバラックがひっそりと並んでいる。どの家も傾き、腐りかけた板壁ははがれ落ち、剝《む》き出しになった土壁も崩れていた。

　だが、かすかに人の気配が残っていた。目を閉じると、かつてこの村で生活していた人々の声や終業のサイレンの音が聞こえてくるような錯覚があった。家々の軒先《のきさき》では買物籠を下げた主婦が井戸端会議に花を咲かせ、道には仕事帰りの男たちが歩き、広場や路地裏で遊ぶ子供たちの姿の幻が見えた。一軒の家の窓を覗くと、灰色に曇ったガラスの中に、昭和の生活用具や食料のダンボール箱が乱雑に積まれていた。

　トロッコの線路を辿り、坑道の跡へと向かう。コンクリートの壁に木の梁《はり》が組まれた入口があった。足を踏み入れると、中が小さな資料館のようになっていた。

　土の中に掘られた、タイムカプセルのような狭い空間だった。足元には石炭鉱が敷きつめられ、鶴嘴やスコップ、コールピックやオーガードリルといった採炭の鉱具が無造作に立て掛けられていた。板を渡しただけの粗末な棚にはカーバイド・カンテラやヘッドランプが並べられ、その上の壁には鉱員募集のポスターや操業当時の炭鉱町の写真などが飾られていた。展示物はどれも色褪《あ》せ、薄《うっす》らと埃《ほこり》を被り、長い年月の時の流れの中で息をひそめていた。

「ここは、炭鉱町だったのね……」

佳子が、小さな声で呟いた。

「そうだ。何人もの人間がここで暮らし、働き、そして人生を終えて死んでいった」

「淋しい所ね……」

昔、人々は炭鉱を〝ヤマ〟と呼んだ。おそらく、あらゆる業種の中で、採炭夫ほど危険な重労働は他に例がない。ガスの充満する地底の坑道で、ランプと酸素マスクを頼りに石炭を掘る。削岩機で孔《あな》くりを行ない、そこに発破を仕掛ける。時には坑道に温泉が噴き出し、坑内の温度は五〇度にもなった。そんな時には一時間採炭の現場で働き、水風呂に入って体温を下げ、また作業に戻った。

落盤事故も、日常茶飯事だった。何人もの屈強な男たちが命を落とし、女や子供は亭主と父親を失った。明治時代までは、炭鉱夫を逃がさないためにほとんどの炭鉱で飯場制度が取られていた。それでも辛さと恐怖に耐えかねて、山を抜けるケツワレ（逃亡）は後を絶たなかった。

資料館を出て、また村に出た。雨あがりの空は、すでに夕焼けに染まりはじめていた。見渡すと、村の背後に迫る山の斜面に、赤い小さな鳥居があった。

「行ってみよう」

神山はトロッコの前を横切り、山へと向かった。小高い山に、石積みの階段の細い小径《こみち》が続いていた。一歩ずつ、いまにも崩れそうな階段を踏みしめて登る。しばらくして振り返ると、狭い渓《たに》に寄り添うように、朽ちかけた炭鉱住宅の小さな屋根が並んでいた。

途中でまだ真新しい白木の鳥居を潜《くぐ》り、そのすぐ先に赤い鳥居が見えた。神山は、そこで足を止めた。バッグのファイルから写真を取り出し、見比べる。だが、幼い兄妹と共に写っている鳥居とは異なっていた。

「違うのね」

神山の背後で、佳子が訊いた。

「そうだ、違う。ここじゃないな」

鳥居の先にも、階段は続いていた。神山は、また登りはじめた。小径はやがて深い森の中に入っていく。そこで、終わっていた。

檜《ひのき》の木立の中に、狭い空間があった。以前は、何か建物が建っていたのかもしれない。

神山は、周囲を見渡した。大木の根元の古い石積みの上に、白木の小さな祠《ほこら》が置かれていた。

祠の中に、まだ真新しい白い札が貼られていた。

〈大山祇大神

大山阿夫利大神〉

二人はしばらく、無言でその札を見つめていた。

「あったわね……」

佳子が、小さな声でいった。

「しかし、ここじゃない」

「どうして」

「この札には、〈八道〉の文字が入っていない」

神山は祠に黙禱《もくとう》し、山を降りた。春はまだ浅く、風は冷たい。黄昏《たそがれ》が、山間の風景から少しずつ色を奪っていく。

車まで戻ると、一軒の家の前に老人が立っているのが見えた。神山は歩み寄り、老人に声を掛けた。

「すみません……」

「何かね」

老人が、穏やかに笑う。

「この辺りの炭鉱は、いつ頃まで操業していたのですか」

「そうだね。昭和の四〇年代頃までだね。この辺りは元々、狸掘りと呼ばれる露天掘りの盛んな場所でね。ここまで上がってくる道路脇にも、いくつか見たでしょう。山の中にも、小さな坑道がいくらでも残っとるでね」

老人はそういって、懐かしそうに周囲の風景を眺めた。

「そこの山の上に、鳥居と小さな祠がありましたね。あれは、昔からあったものなのですか」

「そうです。このヤマが操業していた頃からだね。昔は、社《やしろ》もあったんだけんどね」

「祠の中に、札が貼ってありましたね。〈大山祇大神《おおやまつみのかみ》　大山阿夫利大神《おおやまあふりのかみ》〉と書いてあった……」

「ああ、あれね。あれも昔からでね」

「やはり、神奈川県伊勢原の『大山阿夫利神社』に由来するものなのですか」

「元は、そうなのかもしれんけどな。でも、この辺りのヤマには昔からどこにでも鳥居と社があり、祠の中には大山阿夫利の札が貼ってあったでね。まあ、ヤマの安全を祈願する神のようなものです。いまはもう、ほとんど残ってはいないけんども……」

神山は老人に、金山史成と松子の兄妹が鳥居の前に立つ写真を見せた。

「この場所に、見覚えはありませんか。この近くで昭和四〇年代に撮られたものだと思うのですが」

老人が写真を見つめる。

「さて……」

「この鳥居に、〝八道〟と書いてあります。この言葉を聞いたことはありませんか。もしかしたらこの辺りに、八道鉱山という炭鉱か何かがあったのかもしれない」

「さて、わかりませんなあ。この辺りには、無数の炭鉱がありましたでね。余所《よそ》のことは、よく知らんね……」

神山は老人に礼をいい、その場を辞した。

山から、光が消えていく。だが車に戻ると、佳子の瞳がくすぶるように火を灯《とも》していた。

「どうかしたのか」

神山が訊いた。

「声が聞こえる……。姉は、この近くに埋められているわ……」

佳子が、何かに取り憑《つ》かれたようにいった。

「今日はもう遅い。とにかく、泊まる場所を探そう」

車のライトを点けた。冷たい光芒の中で、古い炭鉱町は静かに眠りにつこうとしていた。

11

夜は、いわき温泉に宿を取った。

何の変哲もない観光ホテルだった。季節外れの平日ということもあり、客は疎《まば》らだった。広い内湯の温泉に漬かり、冷えきった心と体を温めた。

大広間の夕飯には名物の鮟鱇《あんこう》鍋や地物の刺身など豪華な料理が食膳に並んだが、佳子はふさいだように無口だった。浴衣姿で虚空を見つめ、料理にもあまり箸《はし》を付けず、ただ黙々と熱燗《あつかん》の酒を口に運んでいる。

神山はビールを飲みながら、長田浩信のことを考えていた。あの男がいま頃どうなっているのか——本当に女を抱けない体にされてしまったのかそれとも殺されてしまったのか——そんなことには興味はなかった。だが、奇妙なのは奴の言動だ。

今回の佳子の依頼を神山に振ってきたのは、長田だった。奴は電話一本で佳子を神山に紹介し、自由にやっていいといった。最初は金にしか興味がない長田が、佳子の体をしゃぶり尽くし、面倒な仕事を押しつけてきただけなのかと思っていた。

だが、そうではなかった。長田は最初から竹町の松子に興味を持ち、彼女を追っていた。依頼を神山に預けたのは、単に佳子の目を逸らし時間稼ぎをするための策謀だったのかもしれない。白河に、まさか大塚義夫の名前で死んだ男の痕跡《こんせき》が残っているなどとは思っていなかったのだろう。だが神山は大塚から吉岡敬司の名を探し出し、竹町の松子にまで辿り着いた。おそらく奴にとっては、計算違いだったのだろう。だからこそ長田は、神山が小名浜にいると知った時に慌てて会う気になったのだ。神山が、どこまで調べているのかを探るために。

ここまでは、理解できる。だが、わからないのは、なぜ長田が松子の存在を知っていたのかだ。奴は、誰から松子のことを聞いたのか。少なくとも、佳子ではない。

もうひとつ奇妙なのは、神山が大塚某《ぼう》の本名を吉岡敬司だといった時の長田の反応だ。奴はあの時、一瞬怪訝そうな顔をした。だが、それ以上は深く追及しようとはしなかった。おそらく奴は大塚の本名——金山史成——も最初から知っていたと考えるべきだ。

神山はビールのグラスを飲み干し、佳子の様子を見た。椀の中の鍋物には、まだ箸を付けていない。

「どうしたんだ。何か、考え事でもしているのか」

神山が佳子に訊いた。

「別に……」

「姉さんの声が聞こえるのか」

「ええ……。ここに来てから、時々……」

「姉さんは、何といってるんだ」

佳子は酒を口に運び、視線を落とした。

「わかりません。言葉で声が聞こえるわけではないんです。ただ、漠然とした感情の印象が頭の中に伝わってくるんです……」

「例えば、どんな」

「暗い土の中のイメージが伝わってきたり……何かを否定していたり……いまは助けを求めているような気がします……」

一卵性双生児は不思議だ。お互いをもう一人の自分、もしくは自分の体の一部、と感じることもあるという。一般人には、理解できない。だが佳子にいわれると、そんなものなのかもしれないと信じたくなる。

「ひとつ、訊きたいことがある」

神山がいうと、佳子が我に返ったように視線を上げた。

「何でしょう……」

「長田のことだ。最初に奴のいるプライベート・リサーチに調査を依頼したのは、確か弁護士の紹介だといったな」

「そうです。菊池洋介先生です」

菊池洋介の名は、神山も知っている。佳子が竹町で失踪した時に、電話を掛けてきた男だ。

「その菊池というのは、どんな弁護士なんだ」

「とてもいい先生です。父の代から……いえ、菊池先生のお父様も弁護士で、祖父や曾祖父の代から世話になっていたと聞いています。私のことも、本当の娘のように心配してくれて……」

それほど信頼できる弁護士が、なぜ佳子に長田のような私立探偵を紹介したのか。佳子はやはり、何も知らされていない。

「菊池弁護士に紹介された長田と、君は寝た。そのことを、弁護士には伝えなかったのか」

「そんなこと、先生にはいえません……」

「最初は君から誘ったのか。それとも、長田に口説《くど》かれたのか」

「どうでもいいでしょう。それが、今回のことに何か関係があるんですか」

佳子が、怒ったようにいった。

「関係があるから訊いてるんだ。思い出してくれ」

神山がいうと、佳子は唇を嚙《か》んで俯いた。

「長田からは、お前の方から誘ってきたといわれました。長田の部屋についていきて、自分から裸になって抱きついてきたって。でも私その時のこと、酔っていて何も覚えていないんです……」

　佳子の目から、大粒の涙がこぼれ落ちた。

　少なくとも佳子は、嘘をついてはいない。真実を、話している。

　確かに佳子には、奔放なところがある。酒に酔い、神山を誘ったこともあった。だがあれだけ酒を飲んでも、記憶を完全になくすほど酔ったところは一度も見たことはなかった。長田のことだ。女を落とすために、何らかの薬を使うことくらいはやりかねない。

「一度寝た後で、体で調査費用を差し引くという話を持ち掛けられたんだろう」

「そうです……。一度そういう関係になってしまえば同じだし……。私も、お金に困っていたから……」

　佳子の涙が、浴衣の袖に落ちた。

「君たち姉妹には、肩に痣があった。菊池弁護士は、そのことを知っていたのか」

「なぜですか」

　佳子が不思議そうに、顔を上げた。

「とにかく、訊いたことに答えてくれ」

「先生は、知らなかったと思います。父も、母も、私たち姉妹も、痣のことは誰にもいいませんでしたから。小学校の時には、プールにも入れてもらえなかったくらいなんです。

我が家だけの秘密でした……」

やはり、そうか。長田は、佳子の左肩に痣があるかどうかを確かめるために寝たのだ。だが、何のために……。

「もうひとつ、教えてくれ。最初、大塚義夫という男は、千葉県の千倉に実在したといったな。しかし、伊東市の海で自殺した男は、まったくの別人だった……」

「そうです」

「これを調べたのは、警察だった。そうだったな」

「はい……」

「千葉のことは、後から事実関係を調べてみたのか」

「ええ……。長田が調べました。警察がいっていたことに、すべて間違いはなかったそうです。あの人も、最初は私に親身になってくれていたんです……」

可能性の範囲が、少しずつ狭《せば》まってきた。長田はなぜ、松子のことを知っていたのか。考えられるとすれば、二つだけだ。千葉の一件を調査している内に、松子に行きついたのか。もしくは、菊池弁護士から聞いていたのか――。

いずれにしても、間もなくすべては明らかになる。

12

『福島民報』の朝刊に目を通したが、この日は小名浜港に屍体が浮いていたという記事は載っていなかった。長田はまだ、元気でやっているのかもしれない。おそらく今日あたりには、いわき東署にナオミの殺害容疑で突き出されることになるだろう。

朝食を終え、早目にホテルを出た。空は清々しいほどに晴れ渡っていた。時間は、無駄にできない。この日はいろいろと、回らなくてはならない場所がある。

いわき市は、旧常磐炭田の町だ。現在も市内のいたる場所に、炭鉱の跡地の名所、旧跡、施設が残っている。その中で最も知られているのは、フラダンスで有名な『スパリゾートハワイアンズ』だろう。一九六六年（昭和四一年）、事業収益が悪化しつつあった常磐炭鉱が、閉山に伴う離職者の再雇用対策として設立した温泉観光施設だ。当初は〝常磐ハワイアンセンター〟と呼ばれ、一時しのぎの観光事業が成功するわけがないと揶揄《やゆ》されたが、オープンから四〇年以上を経たいまも県下最大のリゾート施設として隆盛を誇っている。

『いわき市石炭・化石館』も、炭鉱の跡地に作られた公共施設のひとつだ。ここには、いわき市内で発見されたフタバスズキリュウなど世界各地から集められた恐竜の化石の他、炭鉱操業時の模擬坑道や炭鉱住宅を再現して展示されている。また隣接する『昭和の杜《もり》六坑園』には、昭和天皇が巡幸されたという常磐炭礦湯本坑第六坑の入口が当時の慰霊碑と共に保存されている。

だが、観光旅行にきたわけではない。神山が探さなくてはならないのは、森の中にひっそりと残っている廃坑や炭鉱町の跡地だった。そのような場所は、市内に無数に存在する。有名な数カ所以外は、ガイドマップにも載っていない。その中から、重要な一カ所を探し出さなくてはならない。もし手懸りがあるとすれば鳥居の写る一枚の写真と〈八道〉の文字、そして佳子が聞こえるという姉の声だけだ。

いわき市宮町《みやまち》の内郷礦選炭場跡地には、まだ中央選炭工場の建物やトロッコの橋台が残っていた。隣接する金坂《かなさか》の住吉《すみよし》一坑には、赤煉瓦の扇風機上屋や坑口跡が草木の中にひっそりと埋もれていた。三星《みつぼし》炭砿綴坑《ていこう》にはいまも赤煉瓦の大煙突が聳《そび》え、白水町大神田《おおかんだ》にはトロッコの車庫やズリ山（採炭した残土の山）を見ることができる。その他にも鮫川《さめがわ》の沢の奥に隠れる皿貝《さらがい》のマンガン鉱や小川《おがわ》町劔《けん》ケ峯《みね》の鉱山跡など、廃坑や鉱山町、もしくはそれらに付随する神社の跡地は数限りなく点在している。

神山はパジェロミニを駆り、いわき市の山の中を走り回った。時には道に迷い、村人に訊《たず》ね、古い炭鉱の跡地を探した。そして車を降りて山を歩き、廃坑の入口に向かう。だが廃坑はすでにほとんどがコンクリートで塞がれ、数十年前にはそこにあったであろう炭鉱住宅や神社は、深い森の中に朽ち果てていた。

神山はひとつ廃坑を探し当てる度に、佳子に同じことを訊いた。

「ここは、どうだ。姉さんの声は、聞こえないか」

佳子は目を閉じ、自分の心に問いかける。そして、言葉を選ぶように話す。

「聞こえる……。でも、ここじゃないと思う……。前の場所の方のが、声が大きかったような気がする……」

「わかった。次を探してみよう」

佳子の言葉を信じるしかなかった。

最初に手懸りがあったのは、内郷宮町の山の奥にある常磐興産の工場跡地を訪ねた時だった。山道の手前に、何軒かの炭鉱住宅が残っていた。家はほとんどが廃屋《はいおく》だったが、集落にはまだかすかに人の生活の気配があった。

「行ってみよう……」

神山はステアリングを切り、集落の中に入っていった。車を止め、降り立つ。煙の昇る一軒のバラックから、杖を突いた老人が出てきた。

「すみません、お訊ねしたいことがあるのですが……」

神山がいった。

「何だべ」

老人が、白濁《はくだく》した目で神山を見上げた。

「実はこの写真の場所を探しているのですが、見覚えはありませんか」

老人は、しばらく神山が差し出した鳥居の写真に見入っていた。だがやがて、徐《おもむろ》にいった。

「これは……〝八道〟の神社でねえか……」

神山と佳子は、その言葉に顔を見合わせた。

「〝八道〟という言葉を知っているんですね。その〝八道〟とは、何なんです。炭鉱の名前なのですか」

「いや、そうでねえよ。神社の名前だ。八道神社っていう……」

「その神社は、炭鉱の近くにあったんですね」

「うんだよ」

「その炭鉱の名前、覚えていませんか」

「さて、何ていったか……。小さな炭鉱なんだが、古いことだし……」

「場所はわかりませんか。この近くですか」

「いや、このヤマじゃねえよ。確か、もっと南の高江町《たかえちょう》の方だと思ったが……」

「ちょっと待ってください。いま、地図を持ってきます」

神山は車に戻り、地図帳を出してきて広げた。老人は地図を見て、何もない山の中を指で示した。周囲には、いくつかの神社のマークが点在していた。

「この辺りでなかったかな。昔は炭鉱町があったんだが、いまはもう誰も住んでねえと思うだよ。八道神社も、とうになくなっとるはずだし……」

神山はその時、ふと佳子の曾祖父の中嶋豊の名前を思い浮かべた。

「もしかしてその炭鉱は、〝中嶋炭鉱〟といいませんでしたか?」

老人が、驚いたように神山の顔を見た。

「うんだよ。確か、中嶋炭鉱会社とかいったな。しかしあんた、なぜ知ってるんだべ……」

明るい春の日射しの中で、地図帳の頁が風にめくれ、かすかに音を立てた。

13

『中嶋炭鉱会社』は、なかなか見つけることができなかった。

老人が地図で示した高江町の辺りを走り、人を呼び止めては訊いた。ところが、誰も場所を知らない。そのような炭鉱会社は、名前さえも聞いたことはないという。

だが高江町に入ってから、佳子の様子に変化があった。

「姉の声が聞こえるわ……」

「はっきり聞こえるのか」

「そう……。大きな声で……。姉は、この近くにいるわ……」

日本の近代史の中で、常磐炭田の採炭のピークは三度あった。一度目は欧州景気の大正八年。二度目は第二次世界大戦末期の昭和一八年から一九年。三度目が戦後復興特需の昭和二四年以降である。特に昭和二〇年代後半から三〇年代初頭にかけては、炭鉱労働者は三万六〇〇〇人が就労。炭鉱数も常磐地区だけで一三〇鉱区を超えていた。

こうした常磐炭田の採炭は、昭和一〇年代から『常磐炭鉱』、『古河《ふるかわ》鉱業』、『大日本炭鉱』の大手三社が大半の鉱区を配下に収め、九〇パーセント以上の産出量を占めていた。だが昭和四〇年代に入ると石油価格の低下や採炭コストの上昇により、大手三社の炭鉱も次々と規模を縮小。一九七六年（昭和五一年）には最大手の『常磐炭鉱』が西部鉱業所を閉山。さらに一九八五年（昭和六〇年）三月には茨城砿業所中郷《なかごう》炭砿が採炭事業を終了し、明治以降発展した常磐炭田の長い歴史が幕を閉じた。

こうした大手三社が管理した炭鉱に関しては、二一世紀に入ったいまもある程度の記録が残っている。だが、一坑区で操業していたような小規模の炭鉱会社は、ほとんど記録を残すことなく時空の中に消えていった。おそらく『中嶋炭鉱会社』も、そうした零細炭鉱社のひとつだったのだろう。

「なぜ中嶋炭鉱会社だったのかしら……。曾祖父が、その炭鉱を持っていたということ?」

　佳子が、自分に問いかけるように訊いた。

「どうやら、そうらしい。日本に帰国してから、炭鉱を買ったのかもしれない」

　中嶋豊が満州から帰国したのが、まだ日本の採炭事業の最盛期の昭和九年だった。当時、中嶋豊は、満州の八道濠炭砿の利権を満州炭鉱会社に譲渡し、莫大な資産を日本に持ち帰った。資産の大半は東京の赤坂周辺の土地の買占めに投資されたが、来《きた》るべき太平洋戦争の特需を目論《もくろ》み、一方で炭鉱事業に目を付けたとしても不思議ではない。

「私は、曾祖父が炭鉱を持っていたなんて、一度も聞いたことがなかったわ」

　佳子が呟くようにいった。

　何人目かの村人に話を聞いた時に、またひとつ手懸りがあった。神山が農道に車を止め、声を掛けると、老人は畑の中で腰を伸ばしながらゆっくりと振り返った。

「この辺りに昔、中嶋炭鉱という鉱山はありませんでしたか」

　神山が訊くと、老人は笑いながら首を傾《かし》げた。

「さて……知らねえな……。だけんど、この先の県道を三キロばかり行った山ん中に、小さな村があったな。そこが昔、炭鉱だったと聞いたことはあるけんどな」

「その村の名前、わかりませんか」

「確か、鍿谷とかいったんでねえか。県道からズリ山が見えっから、わかると思うけんど……」

神山は、また車を走らせた。やはり、鏘谷だ。鏘谷松子の、鏘谷だ——。

そこは、すでに何度か通っていた道だった。老人の言葉に周囲の風景に注意していると、確かに県道からズリ山らしき不自然な地形が見えた。だが長年の時間の中で山肌には樹木が生い茂り、見ただけでは廃炭のズリ山であることがわからなくなっていた。

手前に、二叉のように県道を逸れる細い脇道があった。神山は一度その分岐点を通り過ぎ、しばらく先でターンして戻る道を曲がった。

道は、荒れていた。アスファルトの路面は割れ、大きな穴が空き、所々に草が生えていた。だが深い森の中に、道は延々と続いていた。

やがて、風景が開けた。森が途切れ、明るい早春の日射しの中に、何軒かの古いバラックが息を潜めていた。村、だ。かつての炭鉱住宅は、長年の風雪の中で、まるで眠るように朽ちかけていた。

エンジンを止め、車を降りた。南からの風が吹き、壊れかけた板戸の蝶番《ちょうつがい》がきしんでいた。他に音は、何も聞こえない。

ここが、かつての炭鉱町の中心だったのだろうか。道の両側には昭和の頃の看板を掲げた商店や郵便局、床屋が軒を並べている。だがどの建物もガラスが割れ、戸が開き、中に人の生活の気配はない。完全に、廃村になっていた。誰に見られるわけでもなく、道端の梅の木が美しい花を咲かせていた。

「誰もいないな……」

「そうね。淋しい所……」

だがその時、村の奥から犬の吠える声が聞こえた。

「犬が飼われている。誰かまだ、この村に住んでるんだ。行ってみよう」

神山は佳子と共に、村の奥へと向かった。罅《ひび》割れた、細い道を登っていく。早春の陽光が眩《まばゆ》い。樹木の梢《こずえ》には、すでに新しい命が芽吹きはじめていた。

村は、静かに眠っていた。炭鉱の廃村は、どこも同じだ。まるで化石のように、かつての人々の生活が狭い渓にしがみつくように面影を止《とど》めている。そしてやがて、すべては森の中に呑み込まれて忘れ去られていく。

人の気配はなかった。だが、どこかで犬が啼《な》いている。誰かが、この村に住んでいる。

村の奥に、一軒の家があった。その家の窓にはまだガラスが残り、屋根も落ちていなかった。庭の周囲は草が刈られ、その奥に茶の犬が一匹、繋がれていた。

神山は庭を横切り、犬に歩み寄った。犬は最初、怯えるように神山の様子を窺《うかが》っていた。だが目の前に腰を落とし、手を差し出すと、犬は吠えるのをやめた。大人しく頭を撫でさせ、さらに尾を振った。

「その犬が人に懐くなんて、珍しいだな」

誰かの声が聞こえた。振り返ると、家の縁側の陽溜りの中に人形のような小柄な老婆が座っていた。

「ここは、鯔谷の集落ですか」

神山が訊いた。

「うんだよ」

老婆が、小さく頷く。

「昔、中嶋炭鉱会社があった場所ですね」

「うんだよ。おらも、父っちゃんもそこに勤めてただよ。でも昭和四四年にヤマを閉めたで、みんな出ていっちまった。残ったもんも、みんな死んじまった。もう、ここにいるのは、おらだけだ……」

神山は佳子と共に、縁側に腰を下ろした。老婆はまるで夢の中にいるかのように、春風に揺れる梢の音に耳を傾けていた。

写真を出し、神山はそれを老婆に見せた。

「この鳥居は、ここの村ですね」

老婆が、写真を見た。

「うんだよ。この村の、鎮守《ちんじゅ》様だ。懐かしいだな……」そういって、前方の山を見上げた。「あの山の上にあったんだ。でも、一〇年も前だったか……。大きな台風がきて、みんな流されちまった……」

「この写真に写ってる二人の子供、見覚えがありませんか」

神山が訊くと老婆は眼鏡を取り出し、もう一度写真を見た。

「知ってる。よく知ってるさ。社長の金山ん所の、史成と松子だべ。あの兄妹も、可哀相《かわいそう》なこってなあ……」

老婆が、遠い過去に忘れてきたものを探すようにいった。

老婆は、風に掻き消されるような声で訥々《とつとつ》と話しはじめた。

自分の名前は、荻《おぎ》タミエという。亭主の伸吉《しんきち》と青森からこのヤマに流れてきたのは、まだ常磐炭田が隆盛だった昭和三〇年頃だった。当時『中嶋炭鉱会社』の社長は金山豊光《とよみつ》という若い男で、朝鮮人だという噂はあったが、人情に厚く温厚な性格で炭鉱夫にも慕われていた。小さな鉱山の、狭い村だった。炭鉱夫は皆、社長の金山を中心に、家族のような付き合いをしていた。

「金山さんにも、家族がいたわけですよね」

「ああ、おったさ。徳子《とくこ》さんという、綺麗な奥さんがいてな……」

「史成と松子の兄妹が生まれたのは、いつ頃だったんですか」

「さて、いつだったか……」

老婆は、記憶の糸を手繰《たぐ》るように話す。確かではないが、長男の史成が生まれたのが昭和三〇年代の終わり頃。妹の松子はそれよりも三歳かそこら下だという。史成は上品な顔立ちをした利発な子で、松子もまるで雛人形のように可愛かった。一家は、絵に描いたように幸せそうな家族だった。

「その金山の家族に、何があったんですか」

神山が訊いた。

「あれは史成が生まれたばかりだから、昭和四〇年頃からだったか……。だんだんヤマの景気が悪ぐなりだしてな……」

昭和四〇年といえば、石油に押され常磐炭田全体が一気に斜陽に傾きはじめた頃だ。金山は次第に会社の経営状態が悪くなりはじめると、いつしか酒に溺《おぼ》れるようになった。そして妻の徳子だけでなく、まだ幼かった史成にも暴力を振るった。

そんなある日、村でちょっとした事件が起きた。タミエはそれを、会社が倒産する一年ほど前の雪の降る夜だったと記憶している。村の明かりがそろそろ消えはじめた頃に、外で金山の妻の徳子が泣き叫ぶ声が聞こえた。また酔った亭主に殴られているのだと思い、最初は気にも留めていなかった。だが、様子がいつもと違う。そのうちにぐったりした史成を抱え、徳子がタミエの家に飛び込んできた。

「びっくらしたさ。史成は左肩にひどい怪我をして、死んだみてえにぐったりしてよ。金山さんは酔ってたで、うちの父っちゃんが会社の車で病院まで運んでよ……」

史成は、全治三週間の重度の火傷を負っていた。対外的には、ダルマストーブの中でコークスが破裂したことによる事故だということになっていた。だが、村人たちは真相を知っていた。酔った金山がまだ五歳の史成に、焼けた鉄鉤《てつかぎ》を背中に押しつけたのだ。

「なぜ金山は、そんなことをしたんでしょうね」

「よくは知んねえ。何でも、死んだロシア人の女の祟《たた》りとかでよ。あの兄妹には、左肩に大きな痣があったんだよ。それを金山は、消そうとしたんだべ。でも、女の子の松子には、やらなかった……」

いまとなっては、金山の真意はわからない。会社の経営がうまくいかなくなったことが、その痣のせいだとでも考えたのか。もしくは兄妹どちらかの痣を消さなければ、やがて一人が死ぬとでも信じていたのか……。

昭和四四年、長く続いた不況により、『中嶋炭鉱会社』は倒産した。ほとんどの鉱夫は村を去り、残る者は債権者の銀行から家だけを借りて近くの他の炭鉱に働きに出た。金山も行く場所もなく、村に残った一人だった。

金山の一家は、その後も不幸に見舞われた。昭和五〇年代の中頃に、妻の徳子が死亡。突然の病死だったといわれるが、亭主の金山の暴力が原因で死んだという噂が絶えなかった。

その数年後には、妹の松子が養子に出された。松子は父親似で、美しい娘に成長していた。だが松子が、本当はどこかの温泉地に芸者として売られたことは、村の公然の秘密だった。

「史成は、いい子だったんだよ。真面目で、大人しくて、妹を可愛がってよ。あんなことさえなけりゃ……」

「史成に、何があったんですか」

「あんた、知らんかったのけ。あの子は、人を殺してんのさ……」

松子が村を出た後も、金山の父子は二人でここに暮らしていた。史成は高校にも行かずに働き、父親は仕事もせずに昼間から酒を飲んでいた。そして昭和六一年の春もまだ浅い頃に、最後の悲劇が起きた。史成が、いつか自分の背中を焼かれた鉄鉤を持ち出し、村の中を逃げる父親を追いかけて撲殺《ぼくさつ》した。

「みんなで、止めたんだ。でも、史成を押さえた時には、もう遅かっただよ。そん時、史成が泣きながらいってただよ。こいつが母っちゃんを殺した。妹の松子を、売っちまったってよ……」

春の陽光の中で、老婆は静かに語り続ける。遠い満州から続く時間の空白が、ひとつずつ埋まっていく。二年前、伊東市の海で死んだ大塚――吉岡――金山史成という男の素顔が、神山の脳裏で少しずつ肖像を結んでいく。

「その後、松子はどうしたんでしょう。彼女の消息を知りませんか」

神山が訊いた。老婆が、何かを思い出したように空を見上げる。

「松子は、帰ってきただよ。一度、この村によ」

「それは、いつ頃ですか」

「そんなに、昔じゃねえ。確か、三年くれえ前だったか……」

春の空に、白い糸のような雲が流れていた。

14

時間が止まった。

陽溜りに座る小柄な老婆の姿が、次第に透明になっていくような錯覚があった。

だが、神山は訊いた。

「三年前……。松子は、三年くらい前にこの村に戻ったのですね」

「うんだよ」

三年前といえば、兄の史成が石川町の母畑温泉から姿を消した頃だ。

「松子は、何をしに戻ってきたのでしょうね。兄の、史成を捜していたのですか」

老婆が、ふと小首を傾げた。

「いや、史成のことは何もいってなかっただよ。確か、近くを通ったから墓参りに寄っただけだとか。何だか、体の具合が悪そうだったけんども……」

「その時、松子は一人だったのですか」

「いや、一人じゃねがったな。身なりのいい男が一緒だったさ……」

男……。

いったい、誰のことだろう。竹町の十井は、そんな話はしていなかった。長田であるわけもない。だが、身なりのいい男……というひと言に、思い当たる節はあった。

「松子が帰ってきたのはその時、一度だけですか」

「いや、わがんねえよ。でも、誰かは帰ってきてるみてえだったよ。時々、墓に花が供《そな》えてあったから。金山の墓に参るのは、松子か史成しかいねえべ」

「史成は、死にましたよ。二年前に」

老婆が、ふと遠くを見た。

「知らんかったなあ……。あの子が、死んだのけ……」

風が強くなりはじめた。ちぎれ雲が空を流れ、影が地面を走り抜けていった。老婆の声が、風の音の中に消えた。

神山は車に戻り、運転席に座った。佳子は貝のように自分の殻の中に閉じ籠《こも》り、明るい日射しの中で、だが闇に迷うように目を見開いていた。

「どうしたんだ」

神山が訊いた。

「姉さんの、声が聞こえる……」

佳子が、震える声でいった。

「近いのか」

「近いわ。すぐ近くよ……」

「方向がわかるか」

佳子が、目を閉じた。そして、村の奥に向けて指をさした。

「あっちの方……」

神山は、村の奥に車を進めた。老婆の家の前を通り、何軒かの廃屋を過ぎると、右手の丘の上に古い墓があった。車を止め、手を合わせ、さらに奥へと進んでいく。

やがて村が途切れた。だが未舗装の細い道が、渓から山へと続いている。道の脇の枯れた草の中に、トロッコの錆びた線路が続いていた。広大な草原には石炭積込場の巨大なコンクリートの廃墟が聳え、彼方にはズリ山が影を重ねるように連なっていた。

「まだ、姉さんの声は聞こえるか」

「聞こえるわ……。近くなってる……」

佳子が、怯えるように呟いた。

道は丘を登り、渓に下りながら、次第に草の中に埋もれていく。だが神山は、さらに奥へと進んだ。やがて道は立ちはだかるような壁に阻《はば》まれ、前方の古いトンネルの闇の中へと消えた。

神山は、その前で車を止めた。車一台が通れるほどの、暗く狭いトンネルだった。入口には錆びた鉄パイプの柵《さく》が置かれ、朽ちかけた立て札に「立ち入り禁止」と書かれていた。

「この先よ……」佳子がいった。「トンネルの向こうだわ……」

「わかった。行ってみよう」

神山は車を降り、柵と立て札をどけた。そして車を、トンネルの中へと進めた。路面は抉《えぐ》れ、深い水が溜まっていた。

トンネルを抜けると、痩《や》せた疎林と草原の茫漠《ぼうばく》とした風景の中に出た。周囲は、荒れた山肌に囲まれていた。

誰からも、忘れ去られた土地——。

神山は、ふとそんな言葉を頭に思い浮かべた。風に、枯れた草原が波打っていた。やがて道も、その下生《したば》えの中に消えた。

「車ではこれ以上、進めない。少し歩いてみよう」

神山は車を降り、メレルのトレッキング・シューズの紐《ひも》を締めなおした。風が、飄々《ひょうひょう》と啼いている。その音が、この土地に近付いてはならぬという大山祇《おおやまつみの》大神《かみ》の怒りの声にも聞こえた。

草に埋もれるように、古いトロッコのレールが続いていた。神山は、そのレールに沿って歩きだした。佳子が、黙って後ろをついてくる。

二本の錆びたレールは、緩やかに丘を下っていた。間もなく、急な岩盤に突き当たった。切り立った岩の壁には大きな横穴が穿《うが》たれ、レールはその中に消えていた。穴の周囲は、煉瓦で丸く縁取《ふちど》りされている。見上げるとその頂点に銅板のプレートが埋め込まれ、『中嶋炭鉱第二坑道』と書かれていた。

「どうやら、古い坑道の跡らしい」

神山は、穴の中に足を踏み入れた。だが穴は、入口から二メートルほど先でブロックとコンクリートの壁で塞がれていた。

振り返ると、佳子が神山の背後に立っていた。大きく目を見開き、涙がこぼれ落ちている。

「姉は、この中に埋められているわ……」

視線を虚空の闇に漂わせながら、佳子がいった。

15

車から、道具を運んだ。とりあえず、鶴嘴とスコップだ。情況によっては、他の道具も必要になるかもしれない。

神山は鶴嘴を手にし、あらためて坑道を塞ぐ壁面を見た。壁面のコンクリートとブロックが、一部分だけ真新しい。そこに誰かが穴を穿ち、また塞ぎなおした跡のように見えた。

鶴嘴の柄を握り、神山はそれを振り上げた。ブロックの継ぎ目に向けて、鋭い刃先を振り降ろした。乾いた音が、山の中に木霊《こだま》した。どこかで、神山の姿を、死んだ金山史成が見ているような気がした。

五度目に鶴嘴を振り降ろした時に、ブロックが崩れて穴が開いた。神山は鶴嘴をスコップに持ち換え、さらに穴を広げた。ＬＥＤペンライトで中を照らす。

やはり、思ったとおりだった。穴の中には、さらに広い空洞が奥へと続いていた。

「ここから先は、危険だ。おれが一人で行く」

だが佳子が、首を横に振った。

「だめです。私も、行きます……」

「勝手にしろ」

神山はまた車に戻り、他の道具を運んだ。ヘルメットにヘッドランプ、一〇ミリ径の長さ六〇メートルのクライミング・ロープが一本。旧磐城一帯に炭鉱が点在していたことを想定し、用意してきたものだ。だが、本格的なケイビングの道具ではない。もしこの道具で足りなければ、助けを呼ばなくてはならない。

　ヘルメットにヘッドランプを付け、スイッチを入れた。佳子にも、同じものを渡す。コンクリートの穴から体を滑り込ませ、坑道に入った。手を差しのべ、佳子を中に引き入れた。

「おれから、離れるな」

「はい……」

「もし危険な場所があったら、そこで引き返す。無理はしない」

「わかりました……」

　ヘッドランプとLEDライトの光を頼りに、坑道を下りた。トロッコの二本のレールが、延々と奥へと延びている。最初はほぼ直線の、緩やかな下りが続いた。坑道の周囲の壁面は煉瓦で補強されているが、足元は地下水で濡れていた。

「姉の声が、聞こえる……。だんだん、大きくなる……」

　佳子がうわ言のように呟いた。

　坑道の中は意外に暖かく、まだかすかに人の気配が残っていた。途中には古いトロッコや鉄製のサイドダンプローダーが乗り捨てられ、至る所に朽ちかけたヘルメットやオーガードリルなどが落ちていた。ヘッドランプの光芒の中に、いまにもガスマスクをつけた炭鉱夫の幻影が浮かび上がるような気がした。

二〇〇メートルほど下りてきた所でトロッコのレールが左に大きく曲がり、坑道の様子が一変した。周囲が急に狭くなり、下る角度がきつくなった。ここで煉瓦造りの壁面が終わり、腐りかけた木の合掌枠《がっしょう》の梁に変わった。

坑道は、さらに下へと続いていた。途中に広場があり、何台ものトロッコが並んでいた。神山はLEDペンライトの光を当て、中を確かめた。佳子の姉、洋子の屍体はどこにあるのか。だが、中には何もない。

途中に何本か、さらに狭い坑道の分岐点があった。おそらく、採炭切羽《きりは》の跡だろう。だが急な下りの階段はすでに腐り落ち、人間が入っていけるような状態ではなかった。

神山は、時折振り返った。佳子の様子を見る。佳子は、何かに集中しようとしていた。闇の中で、目が異様に光っていた。

「何か聞こえるか」

神山が訊くと佳子は立ち止まり、額に両手の指先を当てた。

「聞こえるわ……。もう、すぐそこ……」

揺れるかすかな光を頼りに、坑道を下る。すでに入口から、距離にして五〇〇メートルは入ってきているはずだ。途中で、合掌枠の梁に板切れの標識らしきものが釘で打ちつけられていた。

神山は歩み寄り、軍手をはめた手で板切れを拭《ぬぐ》った。板には白いペンキが塗られ、青い矢印と、文字が書かれていた。文字はかすれていたが、「交番所」と読めた。

「この先に、坑道の詰所のようなものがあったらしい」

「きっと、そこだわ……」

坑道は、標識の先で右に折れていた。だが神山は、角を曲がった所で足を止めた。合掌枠の梁で支えられた天井が落磐し、坑道が完全に埋まっていた。

「ここまでだな」

神山が、そういって振り返った。だが、佳子は止まらなかった。落磐した瓦礫《がれき》に登り、岩をどけはじめた。

「私は、行くわ。この先に、姉さんが〝いる〟のよ……」

「無理だ」神山は、佳子を止めた。「一度、坑道を出よう。警察に事情を話して、応援を頼もう」

だが、佳子は聞かなかった。

「私は、ここに残る。姉さんを捜すの」

「だめだ。出なおした方がいい」

神山はその時、ふとしたことを思いついた。この先には、詰所がある。詰所ならば、他の坑道からも続いているはずだ。

「どうしたの」

佳子が訊いた。

「ちょっと待て。他の道を探してみよう。手前に、何本かの坑道との分岐点があった。もしかしたら、回り道が見つかるかもしれない」

神山は、坑道を戻った。佳子もその後を追う。すでに坑道に入ってから一時間以上が経っていた。歩きながら、神山は佳子と自分の分のヘッドランプのバッテリーを換えた。

最初の分岐する坑道。これは入口から向かって、左に下っている。「交番所」と書かれた矢印とは、方向が逆だ。

だが、二本目の坑道は右へと下っていた。神山は、その前で足を止めた。方向は、一致する。

傾斜角度が三〇度以上の、急で狭い坑道だった。おそらく、メインの坑道同士の連絡通路として使われた縦坑だろう。天井はレールの鋼材を曲げた梁で補強され、足元にも鉄骨と板で階段が作られているが、ほとんどが腐り落ちていた。

神山は、LEDライトの光を当てた。だが強いスポットの光は、奈落の闇に吸い込まれるように消えていく。深さがわからない。

佳子は坑道の入口に跪《ひざまず》き、喰い入るように闇を見つめていた。そして神山を振り返り、いった。

「この穴から、姉さんの声が聞こえる。姉さんは、この下にいるのよ」

「無理だ。この穴に入るのは危険だ」

「私一人でも行くわ」

「やめた方がいい」

佳子が、すがるような目で神山を見た。

「お願い。行かせて……」

だが、その時、神山の耳にも姉の洋子の声が聞こえたような気がした。

——助けて——。

闇の中に長い時間いると、人間の感覚は少しずつ狂いだす。夢と現実の区別が、次第につかなくなってくる。もしくは坑内に何らかのガスか二酸化炭素が充満し、思考能力が鈍《にぶ》っているのか。

神山は、自分の意思とは逆の行動に出ていた。肩からクライミング・ロープを外し、その一端を入口の近くにあったサイドダンプローダーの車体に固定した。

「わかった。行ってみよう。おれが先に降りる。もしだいじょうぶなら、下から君を呼ぶ」

「はい……」

神山は、ロープを坑道の中に投げ入れた。ロープを摑み、坑道を下る。所々に腐りかけた木の階段や足掛かりになる岩の突起があるが、体重を掛けられるほどのあてにはならない。それでもロープさえあれば、何とか降りられる角度だった。

クライミング・ロープの目盛が二〇メートルを過ぎた所で、下の別の坑道に出た。やはりトロッコのレールがある広い坑道だった。

神山は、下から佳子を呼んだ。

「降りてきていい。下まで、約二〇メートルだ。足元が危ないから、気を付けろ」

「はい……」

ロープに、気配が伝わってくる。神山は、坑道を見上げながら待った。闇の中に、佳子のヘッドランプの光が揺れていた。やがて神山が手にしたＬＥＤランプの光軸の中に、佳子の姿が現れた。

坑道を下り終えた佳子は、肩で大きく息をしていた。体が、震えている。

「恐かったか」

「だいじょうぶです。少し、疲れただけ……」

ロープをそのままにして、また歩きだした。坑道はかすかに登り、確実に詰所の方向へと向かっていた。しばらくすると先程と同じような矢印と、「交番所」と書かれた標識があった。だが、自分が地底のどの辺りにいるのかは感覚がない。

――助けて――。

また佳子の姉の声を聞いたような気がした。幻聴《げんちょう》だ。頭の中が、混乱しはじめている。

神山は、坑道の入口からここまでの道程《みちのり》を頭の中で反芻《はんすう》した。最初は直進し、左に曲がり、狭い坑道を右に下って……。だが、それほど複雑な道程ではなかったはずなのに、記憶に自信が持てなくなっていた。

それでも足は止まらなかった。しばらくすると、坑道の窪《くぼ》みに水が溜まっている場所があった。トレッキング・シューズと靴下を脱ぎ、水を渡った。水面下に透過するヘッドランプの光の中で、何かが動いた。透明の小さな蝦《えび》や、目の退化した魚だった。

地底の世界は不思議だ。この光のまったく当たらない空間の闇にも、生命の輪廻《りんね》が繰り返されている。

水を渡り、しばらく行くと、坑道はまた別の広い坑道へと突き当たった。矢印の標識。その矢印に沿って、左に曲がる。間もなく、廃坑の一部とは思えないほど広い空間に出た。

「ここは、どこ……」

鉄の梁がめぐらされた高い天井を見上げ、佳子がいった。

「わからない……」

そこは、地底の小さな〝町〟だった。周囲にはいくつもの坑道が口を開け、その中からトロッコのレールが集まっていた。岩盤の壁には、朽ちかけた部屋のようなものが、しがみつくように並んでいる。一角には、神社と小さな鳥居のようなものもあった。

神山は、鳥居に歩み寄った。背後に小さな木造の社が建ち、その間に石の祭壇《さいだん》があった。祭壇の上に置かれたものに光が当たった瞬間、佳子が悲鳴を上げた。

髪の長い、女の屍体だった。女は完全にミイラ化していた。白っぽい着物を着て、胸の上で指を組み、石の祭壇の上に静かに横たわっていた。

背後の社には、一枚の古い札が貼られていた。

〈大山祇大神
　大山阿夫利大神〉

さらにその上に、〈八道《はちどう》〉の文字が入っていた。神山はしばらく、その文字を見つめた。

腕の中で佳子が胸に顔を埋《うず》め、嗚咽《おえつ》を洩らしていた。

だが、その時また、声が聞こえた。

――助けて――。

幻聴だ。頭が、どうかしている。だが、佳子が顔を上げた。

――助けて。私はここよ――。

今度は、はっきりと聞こえた。幻聴ではない。神山と佳子の他に、誰かがいる……。

「姉さん！」

佳子が、叫んだ。神山の腕を振りほどき、走る。神山も、それを追った。

「待て。走るな！」

岩盤の壁面に、いくつもの〝部屋〟が並んでいた。それぞれに門標があり、掠《かす》れた文字で「道具倉庫」、「食料庫」、「売店」などと書いてある。まるで、何かの古い舞台装置のようだ。その中にひときわ大きな〝建物〟があった。

佳子が、その前で立ち止まった。門標に「交番所」と書かれている。右手に事務所のような木造の小さな部屋があった。奥が一段高くなり、柱で支えられた休憩所のような広い部屋になっていた。

部屋の中央に、亡霊が座っていた。

いや、違う。体にぼろ布を纏った、生身の女だった。女は長い白髪《しらが》の下で顔を伏せ、目を固く閉じ、震える手を掲げて二人のヘッドランプの光を遮《さえぎ》った。

「眩しい……。目が潰れる……。その光を、止めて……」

確かに、それは人間の声だった。

「姉さん！」

佳子が叫び、女に駆け寄った。

16

佳子の姉は生きていた。

神山が一人で坑道を出た時には、すでに周囲の山々は闇に包まれていた。まず最初に、携帯で地元の警察と消防に助けを求めた。およそ三〇分後に救助隊の第一陣が現場に到着し、一時間後から本格的な救助活動がはじまった。

茫漠とした闇の中でパトカーや救急車の赤色燈が回転する光景を、神山はぼんやりと眺めていた。オレンジ色の制服に身を包んだレスキュー隊員が、次々と狭い坑道に入っていく。神山は、自分が現場まで案内するといったのだが、聞き入れられなかった。

およそ四時間後に、佳子と姉が坑道の入口に姿を現した。時間はすでに、午前〇時を回っていた。姉の洋子は担架《たんか》に乗せられ、久し振りの外界の光から角膜を保護するために厳重に目隠しをされていた。救急車に積み込まれ、佳子がそれに付き添い、神山の前から走り去っていった。神山はそのまま警察に赴《おもむ》き、佳子の調査依頼にはじまった一連の事件について聴取に応じた。

中嶋洋子は、なぜ廃坑という地底の世界で二年間も生存することができたのか。これは後にわかったことだが、すべては多くの必然といくつかの偶然が積み重なった結果だった。

まず第一の必然として、洋子が発見された地下一〇〇メートル地点の坑道は年間を通して気温が安定していたことが上げられる。しかもこの『中嶋炭鉱会社』の第二坑道は地下六〇〇メートル付近に温泉床があり、気温は二三度と比較的高温だった。そのために結果として、衣服をほとんど持っていなかった洋子が凍死することはなかった。

水に関しても、まったく問題はなかった。坑道内には、至る所から良質の地下水が涌《わ》き出している。都会の水道水などよりも、よほど安心して飲むことのできるミネラル・ウォーターだ。

むしろ不思議だったのは、食料についてだった。中嶋洋子は、二年もの間、いったい何を食べて命を繋いできたのか――。

この点についても、後に意外なことがわかった。地底の坑道は、むしろ食料の宝庫だったのだ。『中嶋炭鉱会社』では、不慮《ふりよ》の落盤事故に備え、常時坑夫数十人の二週間分の食料を備蓄していた。それがほとんど手付かずのまま、「交番所」の備蓄倉や食料庫、売店の中に残っていた。普通の女性一人分に換算すれば、一〇〇〇日分以上に相当する量だ。

もちろん三〇年も前のものなので、米はネズミに食い荒らされ、肉や魚介類の缶詰もほとんど腐っていた。だが同じ缶詰でも大量の乾パンや、一部のカレーなどのレトルト食品には食べられるものもあった。さらに洋子は地下水の中に乾パンを入れたシャツを沈めておけば、小魚や小蝦をいくらでも捕まえられることも知っていた。

他に、いくつかの好運な偶然も重なった。洋子は慎重かつ臆病《おくびょう》な性格だったために、坑道に幽閉《ゆうへい》されてからの二年間、ほとんど「交番所」の周辺を動かなかった。最初は出口を探してみたのだが、離れた場所に別の遺体があるのを〝発見〟し、それ以来恐ろしくて動けなくなったという。結果として、闇の中で縦坑などに転落して命を落とすこともなかった。

洋子はまったく光の存在しない世界で、手探りだけで土竜《もぐら》のように生きていた。おそらく二年間の日常的な行動範囲は、「交番所」を中心にした半径三〇メートルにも満たなかっただろう。彼女がいた「交番所」の手の届く範囲内に、周辺の売店などから拾い集めてきた生活用具一式がすべて揃えられていた。

彼女は、精神的にきわめて不安定な状態にあった。それも無理はない。だが、その証言の内容から、金山史成との経緯《いきさつ》がある程度は明らかになった。

やはり、ストーカー殺人などではなかったのだ。金山は中嶋洋子と佳子の名前をはっきりと区別し、自分とは〝親戚《しんせき》〟関係にあることも認識していた。その上で「どちらかに死んでもらわなくてはならない……」といっていた。洋子は赤坂の自室のマンションの前で金山に待ち伏せをされ、アイスピックのようなものを突き付けられて拉致《らち》された。そのまま車に乗せられ、おそらく東北地方のどこかの山中に連れ込まれた。そこで左胸をアイスピックで刺され、気を失った。次に気が付いた時には、あの地底の坑道にいたという。

ここで、もうひとつの好運な偶然が重なった。本来ならば洋子の左胸のアイスピックは、ちょうど心臓の位置に刺さっていた。常識的に考えても、生きていられた訳がないのだ。だが、意識が戻った時に洋子は自分の左胸のアイスピックに気が付き、それを引き抜いた。激痛は感じたが、心臓は正常に動き続けていた。

後に病院で検査した時に、奇妙なことが判明した。洋子の体の内臓は、すべて左右が反転していたのだ。つまり、心臓が右胸にあった。一卵性双生児によく見られるミラー・ツインという現象だった。その偶然のために洋子は、死を免《まぬか》れることができたことになる。

ともかく、中嶋洋子は生きていた。極度のビタミンの欠乏症などで体力は衰《おとろ》えていたが、様々な検査の結果も特に命に別状はないことがわかった。彼女は、まだ若い。精神を破壊するほどのＰＴＳＤ（心的外傷後ストレス障害）や視力障害も、ゆっくりと時間を掛けることによって少しずつ回復していくことだろう。

奇妙なのは、坑道の社の祭壇の上で発見された女の屍体だった。屍体はバクテリアの少ない気温の安定した坑道の中で、完全にミイラ化していた。屍体には外傷がなかったことから、おそらく自然死であることが明らかになった。だが、誰が、いつ、何の目的でこの屍体を廃坑に運び込んだのか。そしてこの屍体は、いったい誰なのか。

考えられる可能性は、ひとつしかない。おそらく、松子だ。そして何らかの理由で自然死した松子を祭壇に祀《まつ》ったのもまた、兄の金山史成ではなかったのか――。

金山はなぜ、中嶋洋子を殺そうとしたのだろう。おそらく洋子でも、佳子でも、どちらでもよかったのではなかったのか。それは自分たちの不運な境遇に悲観した、恵まれた中嶋家に対する復讐《ふくしゅう》であったのかもしれない。もしくは中嶋家に――おそらく金山家にも――伝わる奇妙な因縁を信じていたのか。

一家に、子供は二人育たない……。

いまとなっては、金山史成が何を考えていたのかは謎だ。だが、そうとしか思えない節はある。松子が死んだことにより、中嶋家の財産だけでなく、自分たち兄妹の生存権さえも洋子と佳子の姉妹に奪われると考えたのかもしれない。中嶋姉妹のどちらかを殺し、自分も自殺すれば、松子が生き返ると信じていたのではなかったのか――。

実際に、それを裏付ける情況証拠がいくつか発見された。松子らしき女の屍体の足元には、小さなリュックが置かれていた。その中には女物の着換えが一式と、食料、ペットボトルの水、懐中電灯などが揃っていた。さらに三万円の現金に加え、走り書きの手紙が一通、入っていた。


〈妹へ。

兄ちゃんは、先に行きます。ここは昔よく遊んだ場所だから、どこだかわかるだろう。

目が覚めたら外に出て、弁護士の先生の所に行きなさい。何も心配しなくていいからね。
では、頑張って。

兄より〉

金山史成は、妹の松子が、ただ眠っているだけだと信じたかったのかもしれない。

『中嶋炭鉱会社』の坑道で洋子を発見した二日後、神山は一人で白河に戻った。当初の目的どおり二年前に伊東市の海で自殺した大塚某という男の身元を洗い出し、失踪した中嶋洋子の身柄を保護することができた。さらに前日の朝刊には、竹町のナオミ——本名堀口喜江——殺しの犯人、長田浩信が所轄のいわき東署に自首したという記事が載った。これで中嶋佳子からの調査依頼に関しては、一応の決着を見たことになる。

だがいまひとつ、釈然としなかった。本来の調査依頼とは別に、重要な謎が残っている。いったい、黒幕は誰なのか。何を目的として、一連の事件を誘導していたのか——。

あくまでも自分の問題として、けじめをつけておかなくてはならなかった。

17

東京は、久し振りだ。

神山は新幹線で東京駅に降り立ち、丸《まる》の内《うち》三丁目の『国際ビルヂング』まで歩いた。このビルの一一階に、中嶋家の顧問《こもん》弁護士、菊池洋介が事務所を構えている。

事前に昔の興信所仲間に依頼し、菊池についての基本的な情報を仕入れておいた。昭和二一年東京生まれ。現在六三歳。中央大学の法学部を卒業後、昭和四四年に弁護士資格を取得。父親の菊池和典《かずのり》もまた弁護士だった。昭和五八年に父親から『菊池弁護士事務所』を引き継ぎ、ここ数年は日本弁護士会の役員に名を連ねている。二歳下の弟は検事。従兄弟にも弁護士が一人と、国立大学の教授がいる。典型的なエリートの系譜だ。

だが、周辺を洗う内に、いろいろと問題が出てきた。菊池洋介は元々、相続や会社経営、土地取引など経済事例を専門に扱う弁護士だった。自分自身も、かなり高額の株取引に手を染めていた。そして前年の九月、米投資会社『リーマン・ブラザーズ』の破綻《はたん》に端を発するいわゆる〝リーマン・ショック〟の前後から、巨額の損失を計上していた。その損失額は、おそらく五億円を上回っている。いくら経済問題を扱う弁護士とはいえ、深刻な額だ。

菊池には、あらかじめ面接の予約は入れておいた。事務所に入り女性事務員に名を告げると、奥の応接室に通された。五億円の借金のある経済畑の弁護士としては、質素で小ぢんまりとした事務所だった。

菊池洋介は、誠実な弁護士を絵に描いたような男だった。ロマンス・グレーの髪に、仕立てのいい英国製のスーツ。表情はにこやかで、上品な顔つきは年齢よりもかなり若く見える。しかも、物腰も柔らかい。だがこの手の人間に限って、腹の中では何を考えているのかわからないものだ。

「さて、中嶋佳子さんの件でしたね。どんなお話でしょう」

女性事務員がコーヒーを置くのを待って、菊池が口を開いた。神山はまず、佳子から預かってきた代理人としての委任状をテーブルの上に置いた。

「中嶋洋子と佳子の遺産相続の件、もうひとつは金山史成と松子の兄妹の件でお伺いしたいことがありましてね」

神山がいった。それでも菊池は表情を崩さなかった。テーブルの上には、磨き込まれたクリスタルの灰皿が置いてあった。それを急に汚してやりたい衝動に駆られ、神山はラッキーストライクに火を付けた。

「〝金山〟の兄妹とは、誰のことなのですか」

菊池が、あっさりと白を切った。上等だ。そうこなくては面白くない。

「兄の金山史成というのは、二年前に伊東の海で自殺した大塚義夫という男の本名ですよ。その妹が、松子だ」

「なるほど……。事情がよく呑み込めてないものでしてね」

神山はタバコの煙を吸い込み、灰をクリスタルの灰皿に落とした。これで少し、気分が良くなった。

「あなたは大塚の身元を確認するために、中嶋佳子にプライベート・リサーチの長田浩信を紹介した。そうだろう」

「確かに」菊池が素直に認めた。「もうひとつ、二年前に失踪した姉の洋子さんの捜索も調査目的のひとつでしたが。中嶋様の顧問弁護士としては、当然の職務ですよ。洋子さんは、御無事だったらしいですね。本当に、良かった」

菊池はまだ、平静を保っている。

「とんだ〝職務〟だったな。長田は調査中に女を一人殺して、いま、いわき東署に勾留《こうりゅう》されているぜ」

神山は、菊池の表情を探った。穏やかな笑い顔が、少しずつ強張りはじめている。

「まあ……それは不可抗力ですな。私としても、長田があのような事件を起こすとはまったく予測できなかった。中嶋佳子さんには、申し訳ないことをしたと思っていますがね」

〝不可抗力〟が聞いて呆れる。

「長田は本当は、何を調べていたんだ」

「と、いいますと」

「中嶋佳子の調査依頼を受けて動いていたわけではないだろう。本当は裏で、あんたの命令でまったく別のことを調べていた。違うか」

「神山さんが何をおっしゃっているのか、私にはさっぱり……」

「ならば、教えてやるよ。あんたと長田の狙いは、最初から金山松子だった。そうなんだろう」

「まさか……」

「長田は最初から、松子の名前を知っていたよ。その松子を捜している時に竹町でトラブルを起こし、女を殺した。長田が松子の存在を知っていたとしたら、可能性はひとつだけだ。菊池さん、あんただよ。長田に教えたのは、あんたしかいないんだ」

菊池は、父親の和典の代から中嶋家の顧問弁護士を務めていた。父親は当然、佳子の祖父の豊秀が亡くなった時の遺産相続にも立ち会っていた。いかなる理由があれ、親族の金山家に史成と松子の兄妹がいたことを知らない訳がない。問題は、なぜ菊池が金山史成と松子の存在を佳子に隠していたかだ。

神山が続けた。

「あんたは、あの兄妹に会ったことがあるはずだ。兄の史成にも。そして、妹の松子にもだ」

「何を根拠にそんなことを……」

菊池が驚いたように目を見開いた。

「少なくとも、あんたが松子と一緒にいるところを見た人間がいる。三年前、あんたは松子と二人で彼女の生まれ故郷の鯔谷の集落に行っただろう。金山史成が自殺する一年くらい前だ。あの村の荻タミエという婆さんが、あんたのことを覚えていたよ」

「……」

菊池の表情から、少しずつ顔色が失せていく。

「ところがその直後から、急に松子と連絡が取れなくなった。しかも兄の史成が自殺した。それであんたは、長田を使って妹の松子の行方を調べはじめた」

神山がいうと、菊池は引き攣《つ》ったような笑いを浮かべた。

「松子は、病死していたらしいね。警察から、連絡は受けたよ。しかし、そこまでわかっているなら神山さん。それ以上、私から何を訊き出したいんだね」

菊池が、開き直ったようにいった。

「あんたが金山の兄妹を知っていたのかどうか。そんなことはどうでもいい。問題は三人の間でどんな話し合いがあったのか。そしてなぜ、あんたが松子を捜していたのか。その理由だよ」

「あなたは、どう思っているんだね」

神山は、胸に溜まっていた重い息を吐いた。冷めたコーヒーを口に含み、ゆっくりと、自分の考えていたことを話しはじめた。

中嶋家と金山家の間には、戦時中に佳子の曾祖父の中嶋豊が亡くなった時から遺産相続に関する確執《かくしつ》があった。ロシアの名家出身の正妻アーニャ・イワノフとの長男、豊秀は、東京の赤坂周辺の土地家屋など莫大な資産を相続した。だが同じ兄弟でも妾腹《しょうふく》の金山豊光の方は、山の中の小さな炭鉱だけを引き継いだ。おそらく、中嶋豊がアーニャの死後も金山の母を入籍しなかったのは、中嶋家では子供が一人しか育たないという奇妙な因縁を信じていたからかもしれない。

だが、中嶋豊秀と金山豊光の〝兄弟〟は、その後も運命の明暗がさらに大きく開いていくことになる。戦後の土地ブームと高度成長期の波に乗り、豊秀の資産はさらに莫大な額に膨れ上がった。逆に豊光の経営する炭鉱は、時代の波に押し流されるように消えていった。

おそらく菊池弁護士の許に金山史成から中嶋家の財産のことで相談があったのは、ここ数年来のことだろう。神山はその時期を、洋子と佳子の姉妹が『マイ・ルーム』という写真集を発表した二〇〇六年の六月頃ではないかと考えている。あの写真集で洋子の肩の痣を見た金山史成は、ケイ・中嶋というモデルが自分たちの親族であることを知った。

史成は、金に困っていた。妹の松子を、竹町のソープから身請けさせる金も必要だった。そこで史成は、中嶋家の顧問弁護士である菊池に、中嶋家への財産請求について相談を持ちかけた。だがその話の半ばで竹町から足抜けさせた松子が病死し、史成自身も自殺することになった。

「だいたい、そんなことだろう」神山がいった。「違っている所があったら教えてくれ」

菊池が、ふと笑いを洩《も》らした。

「たいした推理力だね。ほとんど当たっているよ。まあ、いくら死んだとはいえ金山の兄妹も私の顧客だ。守秘義務があるのですべては教えられないがね。しかし、あなたの推論にはひとつだけ決定的な間違いがある」

「何がだ」

「金山豊光は、中嶋豊の息子ではない。つまり、中嶋豊秀の腹違いの兄弟ではないんだよ」

「何だって……」

「金山豊光は、中嶋豊秀の子供さ。二人は兄弟ではなく、親子だったんだ。つまり金山家に財産権が発生したのは豊が亡くなった昭和一九年ではない。中嶋豊秀さんが亡くなった、昭和六二年の六月だよ」

昭和六二年六月——。

その日付を耳にして、神山はすべての謎が解けたような気がした。

金山史成が父豊光を鏰谷の集落で撲殺したのが、前年の昭和六一年の早春だった。本来の遺産相続人の一人である金山豊光は、すでに死んでいた。長男の史成は、父を殺害した罪で服役中だった。金山家の唯一の相続人である松子は、芸者に売られて行方が知れない。結局、そのどさくさの中で、中嶋家の全資産を佳子の父の敬司が相続してしまった。金山松子こそは、中嶋家の財産の正当な相続人の一人だったのだ。史成が、逃走中になぜ吉岡〝敬司〟という名前を使っていたのかも、理解できるような気がした。それもすべて、自分たちの権利を奪った中嶋敬司に対するアンチテーゼだったに違いない。

「それであんたは、松子を捜していたわけか……」

神山がいった。

「そうですよ。一人の弁護士として、クライアントである金山松子の権利を守る義務がある。まさか彼女が死んでいたとは思わなかったがね」

「しかし菊池さん。あんたは昨年の夏頃から、また長田を使って松子を懸命に捜しはじめた。しかも、中嶋佳子が相続すべき資産を凍結してまでだ」

「何が、いいたいのかね」

「あんたは昨年のリーマン・ショックの前あたりから、かなり株で損をしているらしいね。約、五億か。中嶋家の資産は、不動産や有価証券を合わせて数十億にはなる。もし松子の消息を掴み、その後見人にでもなれば、かなりの額を自由にできただろうな」

神山は、静かに菊池の目を見据えた。菊池の顔色が、見る間に青ざめていった。

「証拠でもあるのかね」

気を取りなおしたように、菊池がいった。

確かに、この男のいうとおりだ。残念ながら、証拠はない。

「まあ、いいだろう。とにかく金山松子は死んだ。そしてもう一人の相続人である中嶋洋子は、生きて発見された」

「そんなことは、わかっている」

「それならあの姉妹が中嶋家の遺産を相続するのに、何も支障はないはずだ。一刻も早く、手続きをすませるんだ」

神山はそういって、席を立った。

18

春休みになって間もなく、久し振りに陽斗が遊びにきた。

一度、坊主刈りにした髪も少し伸びはじめていた。陽斗は庭に入ってくるとメタリック・グリーンのホンダCB400FOURのエンジンを切り、ガレージに入れた。神山も汚れたツナギに着換え、作業の準備に取り掛かった。

「調子はどうだ」

工具を出しながら、神山が訊いた。

「うん、まあまあだよ。二速に入れてクラッチを繫いだ時に、少しぎくしゃくするけど

「……」

「だいじょうぶだ。それも直る」

今日はすり減っている一速と二速のギア、そしてクラッチを交換する約束だった。部品は白河市のバイクショップに注文し、すべて届いている。他にも神山は、インターネットのオークションでCB400FOURの中古のガソリンタンクを見付けておいた。ノーマルカラーのタンクだ。すべてを交換すれば、暴走族仕様のぽんこつバイクも少しは見られるようになるだろう。

バイクをばらしてスタンドに立て掛け、のんびりと作業を進める。古いオイルの匂いが、つんと鼻をついた。

部品をひとつ取り外し、ひとつ組み付ける度に、神山が作業の手順を丁寧に陽斗に説明した。できることは、すべて自分の手でやらせる。こうして男は機械という生き物を少しずつ理解し、自分のバイクに愛着を持つようになる。

神山は陽斗の作業を見守りながら、ラッキーストライクに火を付けた。春の穏やかな日射しが、心地好い。

古いソニーのCDプレイヤーからは、ドゥービー・ブラザーズの『スタンピード』のアルバムが流れていた。このアルバムは神山が深谷達司と公道レースをやった時に聴いて以来、陽斗のお気に入りだ。いまもボックスレンチでギアボックスのナットを締めながら、陽斗は無意識の内にエンジニアブーツの右足を動かしてリズムを取っている。

ガレージの外の陽溜りでは、三毛猫が体を丸めて眠っていた。森の樹木の梢はかすかに芽吹き、うっすらと新緑に染まっている。どこかで、ウグイスが鳴いた。あと半月もすれば、この辺りにもカタクリの花が咲きはじめる。

「少し休んで、コーヒーでも飲むか」

神山がタバコの最後のひと口を吸い、灰皿の中で消した。

「うん。でも、ギアボックスだけ組み付けちゃうよ」

陽斗がオイルで汚れた顔で笑った。

「先に戻ってる。終わったらこいよ」

家に上がり、神山は薪ストーブの上のケトルの湯でコーヒーを淹れた。豆は、ブルーマウンテンだ。しばらくすると陽斗が入ってきて、テレビを点けた。

ちょうど、午前中のワイドショー番組をやっているところだった。神山はその音を、何気なく聞いていた。ドリップで落としたコーヒーをマグカップに分けていると、陽斗が驚いたような声を上げた。

「この前の女の人、テレビに出てるよ」

神山はマグカップをリビングに運び、テレビを見た。電波が悪く、少し乱れた画面に、モデルのケイ・中嶋が映っていた。

それが自分のよく知る中嶋佳子であることを、神山はしばらくの間、実感できなかった。画面の中のケイ・中嶋は髪をセットし、メイクを整え、新しいドルチェ&ガッバーナの服に身を包んでいた。佳子とは、姉の洋子を廃坑から助け出した日以来、一度も会っていない。つい一〇日ほど前までは一緒に暮らしていた女なのに、なぜかまったく別人のような印象があった。

佳子の脇には、車椅子に乗った姉の洋子の姿があった。洋子の髪は、この二年間にすっかり白くなってしまった。まだ視力が完全に戻らないために濃い色のサングラスを掛けていたが、佳子と揃いの服を着て穏やかに微笑《ほほえ》む表情は、意外なほどに元気そうだった。そしてもし髪を明るいブラウンに染めたならば、二人は見分けがつかないほどによく似ているだろう。

「綺麗な人だね……」

コーヒーを飲みながら、陽斗が改まったようにいった。

「そうだな。まあ、悪くはない」

神山もコーヒーを飲み、またタバコに火を付けた。陽斗のいうとおり、テレビで見る佳子は、確かに別世界に存在する女のように美しかった。

「こんなに有名な人だったんなら、あの時に一緒に写真撮って、サインもらっておけばよかったな」

中嶋佳子から調査費用が届いたのは、神山が東京で弁護士の菊池洋介に会った三日後だった。調査費用は正規の請求金額に加え、謝礼としてその一〇倍以上のとんでもない金額が振り込まれていた。その理由について佳子は当日に発信したメールの中で、「姉の洋子の命を救ってくれたことに対するお礼……」だと説明していた。

確かに神山は、佳子から期待された以上の働きをした。もし神山でなければ、佳子の姉の洋子はあの地底の坑道の中でやがて朽ち果てていただろう。中嶋家の数十億円という財産も、どうなっていたかはわからない。これはいつものことだが、神山自身も多少は危険な目に遭っている。出来高制のボーナスだと考えれば、むしろ妥当《だとう》な金額なのかもしれない。

ケイ・中嶋は、カメラとマイクに向かって話し続ける。自分たち姉妹の生い立ちと、中嶋家にまつわる数奇な運命。二年前に起きた忌《いま》わしい事件と、姉洋子の失踪。そして、地底の坑道の奇跡の救出劇――。

その中には神山の知っていることもあり、知らないこともあった。だが、なぜか神山には、すべてが非現実的な出来事のように思えてならなかった。自分と佳子の距離が、少しずつ遠ざかっていくような錯覚があった。

テレビの画面の中の佳子は、もう怯えてはいなかった。スポットライトの光を浴びて、気高く輝いていた。自信に満ち溢《あふ》れ、過去と決別し、新たな未来を見つめて歩きはじめようとしていた。彼女はすでに、神山の知る中嶋佳子とは別人だった。有名モデルの、ケイ・中嶋に戻っていた。

佳子は、帰っていったのだ。別の世界へ。神山の腕の中から、陽の当たる自分の場所へと——。

神山はコーヒーを飲み干し、テレビを消した。

「さてと。早いところ〝仕事〟をすませちまうか」

陽斗と二人で、ガレージに戻った。あとはタンクをノーマルのものに交換すれば、今日の作業は終わりだ。神山はナットのサイズを確かめ、それに合うサイズのスナップオンのスパナを陽斗に渡した。

「そういえば、お母さんが後で来るっていってたよ」

陽斗がタンクのナットを緩めながらいった。

「薫がか。なぜだい」

「天気がいいから、今日は山菜を採りにいってるんだよ。後でそれを持ってくるから、夜バーベキューでもやらないかって」

「またかよ。お前の母さんは、バーベキューが好きだな」

「田舎のアラフォーだからね。他に、楽しみがないんじゃないかな」

バイクを見つめながら話す陽斗の顔が、急に大人びて見えた。

どこかでまた、ウグイスが鳴いた。梢の間を吹き抜ける穏やかな南風に、庭の梅の木の花弁が舞った。春はうつらうつらと、微睡《まどろ》んでいる。

静かな音楽が聴きたくなり、神山はプレイヤーのＣＤを換えた。

スイッチを入れた。

春の風の中に、ジャクソン・ブラウンの『ザ・プリテンダー』が流れはじめた。

解　説――「奇想」と「ハードボイルド」の融合

ミステリ評論家　千《せん》　街《がい》　晶《あき》　之《ゆき》

柴田哲孝というと、ルポライターの有賀雄二郎《ありがゆうじろう》が登場する、『KAPPA』（一九九一年）『TENGU』（二〇〇六年）『DANCER』（二〇〇七年）『RYU』（二〇〇九年）という一連のサイエンス・スリラー小説を真っ先に想起する読者が多いかも知れない。あるいは、『GEQ』（二〇一〇年）『中国毒』（二〇一一年）といった、現実のトピックをモチーフにして巨大な謀略を描いた作品群を思い浮かべるだろうか。それとも、日本推理作家協会賞評論その他の部門を受賞したノンフィクション『下山事件　最後の証言』の著者という印象が強いだろうか。これらの作品に共通するのは、奇怪な生物の出現や歴史上の事件の裏面暴きといった、「奇想」たっぷりの大ネタである。

それらに較《くら》べ、『渇いた夏』（二〇〇八年）から始まった私立探偵・神山健介《かみやまけんすけ》シリーズは、大ネタを排してじっくり読ませる深いハードボイルド小説というイメージを漂わせている。実を言うと、私も『渇いた夏』を読んだ時点では、東北を舞台にしてハードボイルドを書くという趣向には目新しさを感じたものの、まずオーソドックスさを感じた覚えがある。

しかし今にして思えば、神山健介シリーズにおいても基調となっているのは、著者特有の「奇想」なのだ。そのことが明らかになったのが、今回文庫化される第二作『早春の化石』《小説NON》二〇〇九年五月号～二〇一〇年二月号掲載、二〇一〇年四月に祥伝社から単行本刊行）と言えるだろう。

その内容を紹介する前に、前作『渇いた夏』に簡単に触れておきたい。本書では前作の犯人名が明かされているくだりがあるので、なるべく先にそちらを読んでおくのが望ましいのだが、本書を先に手に取った読者のために最低限の説明は必要と思われる。

神山健介は東京出身だが、少年時代に四年間、福島県白河《しらかわ》地方の西郷村《にしごう》で暮らしていたことがある。だが高校生の時、母親は彼を連れて急に東京へ戻った。その後、母親に先立たれた彼はさまざまな職に就《つ》いたのち、東京で興信所の調査員として働いていたが、唯一の肉親である伯父《おじ》・達夫《たつお》が死亡し、西郷にある彼の家を相続することになった。六年間働いた興信所を辞め、二十年ぶりに西郷を訪れた神山は、自殺とされている達夫の死に不審な点があったと知る。直前まで達夫と一緒にいた人々の証言では、自らの命を絶《た》つような様子はなかったというのだ。更に、達夫が過去の殺人事件について調査していたことも判明する。

——というのが『渇いた夏』の発端だが、神山の高校時代の同級生たちも物語に絡んでくる上、神山一家の過去が事件に大きく関連しているため、シリーズ第一作にして「神山健介自身の事件」といった印象が強い作品となっている。

さて『早春の化石』は、前作の翌年の出来事を描いた物語だ。神山の同級生でスナックの雇われママをしている薫《かおる》、その息子の陽斗《はると》、白河西署の奥野《おくの》刑事など、前作でお馴染《なじ》みの人物も引き続き顔を見せる。

福島で暮らすようになった神山は東京の興信所の下請けをしている一方、地元・白河での仕事の依頼も引き受けている。そんな彼のもとに、東京の興信所で働いていた頃の上司からの下請け仕事として、中嶋佳子《なかじまけいこ》という女性からの依頼が回ってくる。ところがその依頼というのが、実に複雑かつ奇妙なものであった。

佳子には洋子《ようこ》という一卵性双生児の姉妹がおり、家族すら識別に迷うほどそっくりだったため、それを利用して「ケイ・中嶋」という名前を二人で使いながらモデルの仕事をしていた。ところが今から二年前、佳子の周囲を大塚義夫《おおつかよしお》という男がストーカー的につきまとうようになり、やがて、洋子が突然行方不明になった。その三日後、大塚は伊東《いとう》市の海岸から車ごと飛び込んで自殺する。彼の遺書には洋子を殺害したと記《しる》されていた。大塚が死ぬ前に、自分と間違えて姉を拉致《らち》したのではないかと疑う佳子は、ふたつの調査を神山に依頼する。ひとつは、大塚と名乗っていた男の素性をはっきりさせること。というのも、実在する大塚と、伊東の海で死んだ男は全くの別人だったのだ。死んだ男の素性を探る手掛かりは、東京と白河を往復した高速道路の領収書と、白河にいた頃に那須《なす》の北《きた》温泉の話をしていたという情報しかない。

もうひとつの依頼はもっと漠然としている。それは洋子の遺体の捜索だ。姉の遺体を見つけてその死を立証しない限り、佳子は遺産相続が受けられないのである。

ここまででも相当ややこしく風変わりな依頼だが、佳子は更に面妖なことを神山に告《つ》げる。双生児の精神的な絆で、自分は土に埋められているという姉の声が聞こえてくると主張するのだ。

結局、佳子のふたつの依頼を引き受けることになった神山は、彼女とともに北温泉を訪れる。ところが、調査を進めるうちに神山の周囲では不穏な出来事が相次ぐ。何者かが調査を妨害しようとしているのだろうか。そして、大塚と名乗る男が書き残した「八道《はちどう》」なる謎の言葉の意味とは……。

『渇いた夏』で描かれたのは、神山の亡き母親や伯父の過去など、遠い昔に起因するさまざまな因縁が影を落とす事件だった。同様に本書も、洋子・佳子姉妹の一族の過去に纏《まつ》わるエピソードが絡んでくる。明治期に満州《まんしゆう》へ渡り、ロシア人女性と結婚したという姉妹の曾祖父は妻の死の翌年である昭和九年、莫大な財産を築いて日本に帰国した。その曾祖父が犯した罪のせいで、中嶋一族の血を引く者には肩に蝶に似たかたちの痣《あざ》があり、しかも代々、子供が複数生まれても一人しか育たないというのだ。

著者の作品には、過去の因縁、特に先祖の行いが子孫の代まで尾を曳《ひ》くというパターンが散見される。ノンフィクションである『下山事件　最後の証言』でも、著者自身の祖父が事件に関与した人物として描かれていた。その点で神山シリーズもこのパターンを踏《とう》襲《しゅう》したと言えるけれども、本書の場合、先祖の祟《たた》り、遺伝する痣、双生児の神秘的な絆――といった要素は通常のハードボイルド小説ではあまり見られないものであり、むしろ伝奇小説的とすら言える。それを思うと、神山シリーズ――殊《こと》に二作目の本書以降は、著者の作品の中で地味な系列どころか、「奇想」の重視という著者の作風の本質をハードボイルドのスタイルに融合させた、意欲的・冒険的な試《こころ》みと言えるのではないだろうか。遺体探しのあまりにも型破りな決着にしても、そのような試みだからこそ生まれた発想のように思えるのである。

ところで本書の、蝶のようなかたちの痣が一族に遺伝する――という設定は、横溝正史《よこみぞせいし》の小説にでも出てきそうな印象だが、会津《あいづ》の山間の寒村を舞台にした神山シリーズ第三作『冬蛾』（二〇一一年）は、その横溝正史への本格的なオマージュだ。古風な伝奇的舞台設定で私立探偵を活躍させればどうなるか――という実験作であり、ハードボイルドファンのみならず、本格ミステリファンも読んで損はない仕上がりである。

そして、「夏」「春」「冬」と四季を逆に辿《たど》ってきたこのシリーズも、現在《小説ＮＯＮ》

に連載中の第四作『秋霧の街』で一段落を迎えるようだ。娘が殺された理由を知りたいという依頼を引き受けた神山が、二年前の殺人事件の調査に取りかかる物語だが、その展開は完結篇に相応しい衝撃的なものだ。今年中には単行本として刊行されると思われるので、大いに期待したいところである。

（この作品は平成二十二年四月、小社より四六判『早春の化石』として刊行されたものです）

早春の化石

一〇〇字書評

切・り・取・り・線

購買動機（新聞、雑誌名を記入するか、あるいは○をつけてください）	
□（　　　　　　　　　　　　）の広告を見て	
□（　　　　　　　　　　　　）の書評を見て	
□ 知人のすすめで	□ タイトルに惹かれて
□ カバーが良かったから	□ 内容が面白そうだから
□ 好きな作家だから	□ 好きな分野の本だから

・最近、最も感銘を受けた作品名をお書き下さい

・あなたのお好きな作家名をお書き下さい

・その他、ご要望がありましたらお書き下さい

住所	〒				
氏名		職業		年齢	
Eメール	※携帯には配信できません	新刊情報等のメール配信を 希望する・しない			

この本の感想を、編集部までお寄せいただけたらありがたく存じます。今後の企画の参考にさせていただきます。Eメールでも結構です。

いただいた「一〇〇字書評」は、新聞・雑誌等に紹介させていただくことがあります。その場合はお礼として特製図書カードを差し上げます。

前ページの原稿用紙に書評をお書きの上、切り取り、左記までお送り下さい。宛先の住所は不要です。

なお、ご記入いただいたお名前、ご住所等は、書評紹介の事前了解、謝礼のお届けのためだけに利用し、そのほかの目的のために利用することはありません。

〒一〇一－八七〇一
祥伝社文庫編集長 坂口芳和
電話 〇三（三二六五）二〇八〇

祥伝社ホームページの「ブックレビュー」からも、書き込めます。

http://www.shodensha.co.jp/bookreview/

祥伝社文庫

早春《そうしゅん》の化石《かせき》　私立探偵《しりつたんてい》　神山健介《かみやまけんすけ》

平成24年3月20日　初版第1刷発行

著　者　柴田哲孝《しばたてつたか》
発行者　竹内和芳
発行所　祥伝社《しょうでんしゃ》
東京都千代田区神田神保町3-3
〒101-8701
電話　03（3265）2081（販売部）
電話　03（3265）2080（編集部）
電話　03（3265）3622（業務部）
http://www.shodensha.co.jp/
印刷所　図書印刷
製本所　図書印刷
カバーフォーマットデザイン　芥 陽子

Printed in Japan ©2012, Tetsutaka Shibata ISBN978-4-396-33741-4 C0193